TRADUÇÃO
Jana Bianchi

Copyright © 2015 by Camille DeAngelis

Grafia atualizada segundo o Acordo Ortográfico da Língua Portuguesa de 1990, que entrou em vigor no Brasil em 2009.

Título original
Bones & All

Capa e ilustração
Gabriel Azevedo

Preparação
Diana Passy

Revisão
Marise Leal
Valquíria Della Pozza

Dados Internacionais de Catalogação na Publicação (CIP)
(Câmara Brasileira do Livro, SP, Brasil)

DeAngelis, Camille
    Até os ossos / Camille DeAngelis ; tradução Jana
Bianchi. — 1ª ed. — Rio de Janeiro : Suma, 2023.

    Título original : Bones & All
    ISBN 978-85-5651-168-3

    1. Ficção de fantasia I. Título.

22-136167   CDD-813.5

Índice para catálogo sistemático:
1. Ficção de fantasia : Literatura norte-americana   813.5

Aline Graziele Benitez – Bibliotecária – CRB-1/3129

Todos os direitos desta edição reservados à
EDITORA SCHWARCZ S.A.
Praça Floriano, 19, sala 3001 — Cinelândia
20031-050 — Rio de Janeiro — RJ
Telefone: (21) 3993-7510
www.companhiadasletras.com.br
www.blogdacompanhia.com.br
facebook.com/editorasuma
instagram.com/editorasuma
twitter.com/editorasuma

Para Kate Garrick

*Um dia desses, vou acordar e descobrir
que construíram um labirinto
ao meu redor, e vai ser um alívio.*

1

Penny Wilson era louca para ter um bebê. É o que imagino, porque na teoria ela só precisava cuidar de mim por uma hora e meia, e obviamente me amou um pouco além do recomendado. Ela deve ter murmurado uma canção de ninar, brincado com meus dedos dos pés e das mãos, beijado minhas bochechas e assoprado meu cabelo como se estivesse desfazendo um dente-de-leão. Eu já tinha dentinhos, mas era muito pequena para engolir os ossos, então, quando minha mãe voltou para casa, encontrou uma pilha deles no tapete da sala de estar.

Penny Wilson ainda tinha um rosto quando minha mãe a viu pela última vez. Sei que mamãe gritou, porque qualquer um teria gritado. Depois que fiquei um pouco mais velha, ela me disse que na hora achou que minha babá tinha sido vítima de um culto satânico. Ela já vira coisas piores nos subúrbios.

Mas não foi um culto. Se esse fosse o caso, teriam me levado e feito coisas indizíveis comigo. Mas lá estava eu, adormecida no chão ao lado do monte de ossos, as lágrimas ainda secando nas bochechas e a boca suja de sangue úmido. Eu já me odiava desde aquela época. Não lembro de nada, mas sei que sim.

Mesmo quando notou o viscoso no meu macacãozinho de bebê, mesmo quando registrou o sangue no meu rosto, ela foi incapaz de *ver*. Quando abriu meus lábios e colocou o indicador na minha boca (mães são as criaturas mais corajosas do mundo, e a minha era a mais corajosa de todas), encontrou uma coisa dura entre as gengivas. Quando deu uma boa olhada nela, viu que era um dos ossinhos do tímpano de Penny Wilson.

Penny Wilson vivia no mesmo conjunto habitacional que nós, do outro lado do pátio. Morava sozinha e fazia vários bicos, então ninguém sentiria falta dela por dias. Foi a primeira vez que a gente precisou se mudar às pressas, e de vez em quando me pergunto se minha mãe tinha a mínima noção de como ficaria eficiente naquilo. Da última vez que nos mudamos, ela empacotou tudo em doze minutos, nem um segundo a mais.

Não faz muito tempo, perguntei sobre Penny Wilson: *Qual era a aparência dela? De onde ela era? Quantos anos tinha? Ela gostava de ler? Era uma pessoa legal?* A gente estava no carro, mas não a caminho de uma cidade nova. Nós nunca conversávamos sobre o que eu tinha feito logo depois do acontecido.

— Você quer saber disso tudo por que, hein, Maren? — Ela suspirou, esfregando os olhos com o polegar e o indicador.

— Só quero saber, ué.

— Ela era loira. Tinha cabelo loiro e comprido, que deixava sempre solto. Era bem nova, mais nova do que eu na época, mas acho que não tinha muitos amigos. Era muito na dela. — Depois a voz da minha mãe pareceu se enroscar numa memória que ela preferia não ter encontrado. — Lembro de como o rosto dela se iluminou quando perguntei se ela podia cuidar de você naquele dia. — Ela enxugou as lágrimas com as costas da mão, parecendo irritada. — Tá vendo? Não faz sentido perguntar essas coisas já que não tem como mudar nada. O que passou, passou.

Refleti por um instante.

— Viu, mãe...

— Fala.

— O que você fez com os ossos?

Ela demorou tanto para falar que comecei a temer a resposta. Afinal de contas, havia uma mala que a gente sempre levava para cima e para baixo e que eu nunca vi aberta. Enfim, ela respondeu:

— Tem algumas coisas que nunca vou te contar, por mais que você pergunte.

Minha mãe era gentil comigo. Nunca dizia coisas como *o que você fez* ou *o que você é*.

Mamãe foi embora. Ela havia acordado enquanto ainda estava escuro, juntado algumas coisas e partido com o carro. Mamãe não me amava mais. E como eu a culparia, se ela nunca me culpou?

Às vezes, pela manhã, depois que estávamos instaladas havia algum tempo e quase começando a esquecer de tudo, ela me acordava com aquela música de *Cantando na chuva*.

— *Good morning, good mooooooooorning! We've talked the whole night through...*

Só que ela sempre soava meio triste quando cantava os versos sobre ter passado a noite acordada.

No dia 30 de maio, quando completei dezesseis anos, minha mãe veio me acordar com a cantoria. Era um sábado, e a gente tinha planejado um dia inteiro de diversão. Abracei meu travesseiro e perguntei:

— Por que você sempre canta assim?

Ela abriu as cortinas, empolgada. Vi ela fechar os olhos e sorrir com o sol no rosto.

— Assim como?

— Como se preferisse ter ido dormir numa hora decente em vez de ter conversado a madrugada toda, como na letra.

Ela riu, se sentou no pé da minha cama e esfregou meu joelho por cima do edredom.

— Feliz aniversário, Maren.

Fazia muito tempo que não via ela tão feliz.

Comendo panquecas com gotas de chocolate, enfiei a mão numa sacola de presentes que continha um único livro enorme — *O Senhor dos Anéis*, o compilado com os três volumes — e um vale-presente da Barnes & Noble. A gente passou a maior parte do dia na livraria. Naquela noite, ela me levou para um restaurante italiano, um restaurante italiano *de verdade*, onde os garçons e o chefe conversavam na língua materna deles, e as paredes eram cobertas de fotografias em preto e branco de família, e o minestrone era do tipo que sustentava por dias.

O lugar estava na penumbra, e aposto que sempre vou me lembrar de como a luz vinda do porta-velas vermelho tremulava no rosto da mamãe enquanto ela levava as colheradas de sopa até a boca. A gente falou sobre como andavam as coisas na escola, como andavam as coisas no trabalho. Falamos sobre quando eu fosse para a faculdade: o que ia querer estudar, como seria. Um quadrado macio de tiramisu chegou com uma velinha enfiada em cima, e todos os garçons cantaram parabéns para mim, só que em italiano: *Tanti auguri a te*.

Depois ela me levou para assistir *Titanic* na última sessão do cinema, e por três horas mergulhei na trama como quando lia meus livros preferidos. Me vi bonita e corajosa, uma pessoa destinada a amar e sobreviver, a ser feliz e guardar lembranças. A vida real não me reservava nenhuma daquelas coisas, mas, na agradável escuridão do cinema caindo aos pedaços, esqueci que nunca teria nada daquilo.

Caí na cama, exausta e feliz, porque pela manhã eu poderia comer os restos do jantar e ler meu livro novo. Mas quando acordei o apartamento parecia silencioso demais, e não senti cheiro de café. Tinha alguma coisa errada.

Fui até o corredor e vi o bilhete na mesa da cozinha:

Sou sua mãe e te amo, mas não consigo mais fazer isso.

Ela não podia ter ido embora. Não era possível. Como podia ter feito aquilo?

Olhei para minhas mãos, virando as palmas para cima e depois para baixo, como se fizessem parte de outra realidade. Nada mais parecia real: a cadeira na qual me larguei, a mesa na qual apoiei a testa, a janela pela qual olhei. Nem minha própria mãe.

Eu não estava entendendo. Não tinha feito a coisa feia em mais de seis meses. Mamãe tinha se estabelecido no emprego novo, e a gente gostava do apartamento. Não fazia sentido nenhum.

Corri até o quarto dela e vi os lençóis e o edredom ainda na cama. Ela havia deixado outras coisas para trás também. Na mesa de cabeceira, edições econômicas de livros que ela já tinha lido. No banheiro, embalagens quase vazias de xampu e hidratante para mãos. Algumas blusas, as que não eram tão bonitas, ainda estavam penduradas no armário, nos cabides baratos que dava para pegar na lavanderia. A gente sempre largava esse tipo de coisa quando nos mudávamos, mas dessa vez eu era uma das coisas que ela tinha abandonado.

Tremendo, voltei para a cozinha e li o bilhete de novo. Não sei se tem como ler nas entrelinhas quando há apenas uma frase escrita, mas fui capaz de captar tudo o que ela não tinha dito com todas as letras:

Não sou mais capaz de proteger você, Maren. Não quando eu devia estar protegendo o resto do mundo de você.

Se soubesse quantas vezes eu pensei em te entregar pra polícia, em pedir pra te prenderem pra nunca mais fazer aquilo...

Se soubesse como me odeio por ter te colocado no mundo...

Eu sabia. E devia ter percebido o que ia acontecer quando ela me levou para comemorar meu aniversário, porque foi especial demais para não ser a última coisa que a gente ia fazer juntas. Ela planejara como uma despedida.

Para ela, eu não passava de um fardo. Um fardo, uma coisa horrorosa. Tudo o que ela tinha feito por mim até então era por medo da própria filha.

Estava me sentindo estranha. Havia um zumbido no meu ouvido, do tipo que você ouve quando está tudo muito quieto, mas dessa vez era como se eu estivesse com a cabeça apoiada num sino de igreja que tinha acabado de badalar.

Depois notei outra coisa em cima da mesa: um envelope branco, bem grosso. Nem precisei abrir para saber que tinha dinheiro dentro. Meu estômago se revirou. Me levantei e saí da cozinha aos tropeços.

Fui até a cama dela, me enterrei debaixo do edredom e me encolhi numa bolinha tão apertada quanto possível. Não sabia mais o que fazer. Queria dormir até passar, acordar e ver que nada daquilo tinha acontecido, mas sabe como é quando a gente quer desesperadamente dormir... Quando a gente quer desesperadamente *qualquer coisa*.

Passei o resto do dia meio atordoada. Não cheguei nem a abrir meu *O Senhor dos Anéis*. Não li nada além das palavras naquele bilhete. Mais tarde, me levantei de novo e vaguei pelo apartamento, enjoada demais para sequer pensar em comer, e quando escureceu fui para a cama e fiquei lá deitada, acordada, por horas. Não queria acreditar. Que tipo de vida eu poderia ter?

Eu não conseguiria dormir num apartamento vazio. Nem chorar, porque ela não tinha me deixado nada com que eu pudesse chorar abraçada. Tudo o que ela amava, mamãe tinha levado embora.

Penny Wilson foi minha primeira e única babá. Daquele dia em diante, minha mãe me deixava na creche, onde as funcionárias estavam sempre sobrecarregadas e eram mal pagas, e não corria risco algum de eu ser o xodó de alguém.

Nada aconteceu por anos. Eu era uma criança exemplar, quietinha e séria e ávida por aprender, e com o tempo minha mãe se convenceu de que eu não tinha feito aquela coisa horrível. As memórias se distorceram, virando verdades com as quais era mais fácil de conviver. Tinha sido *sim* um culto satânico. Tinham matado minha babá, me banhado em sangue e me dado um osso do tímpano dela para mastigar. Não era culpa minha — não tinha nada a ver comigo. Eu não era um monstro.

Então, quando eu tinha uns oito anos, minha mãe me mandou para o acampamento de férias. Era um desses lugares em que meninos e meninas ficam em chalés nas margens opostas de um lago. A gente se sentava separado durante as refeições também, e quase nunca podíamos brincar juntos. Durante a hora das atividades de artesanato, as meninas faziam chaveiros e braceletes de amizade, e depois a gente aprendia a como juntar gravetos e montar uma fogueira, embora nunca tenhamos acendido uma depois do escurecer. Dormíamos em beliches, oito meninas por chalé, e, todas as noites antes de deitarmos, a monitora conferia nossa cabeça para ver se a gente não estava com piolho.

Nadávamos no lago todo dia cedinho, mesmo quando amanhecia nublado e a água estava fria e turva. As outras meninas só entravam até a água bater na cintura e ficavam de bobeira no raso, esperando a sineta do almoço.

Mas eu nadava bem. Me sentia viva na água escura e gelada. Tinha noite em que eu até dormia de maiô. Certo dia, resolvi atravessar o lago a nado até a margem dos meninos só para dizer que tinha conseguido. Então nadei sem parar, me deleitando com a sensação dos braços e das pernas abrindo caminho pela água revigorante, apenas levemente ciente da salva-vidas que apitava, me mandando voltar.

Parei para conferir meu progresso, e foi quando o vi. Ele provavelmente havia tido a mesma ideia que eu e estava tentando nadar até o lado das garotas.

— Oi — disse ele.

— Oi — respondi.

E ficamos os dois ali, com menos de cinco metros nos separando, agitando os braços e as pernas enquanto olhávamos um para o outro. As nuvens fervilhavam no céu. A chuva começaria a cair a qualquer segundo. Dos dois lados, os salva-vidas apitavam freneticamente. Nadamos até chegarmos mais perto, perto o bastante para encostarmos a ponta dos dedos. Ele tinha o cabelo bem ruivo e era mais sardento do que qualquer outra pessoa que eu já tinha conhecido, menino ou menina — eram tantas pintinhas que mal dava para ver a pele bem branca por baixo. Ele abriu um sorriso conspiratório, como se a gente já se conhecesse e tivéssemos combinado de nos encontrarmos ali, bem no meio de um lago no qual ninguém mais queria nadar.

Olhei por cima do ombro.

— Acho que a gente tá enrascado.

— Não se a gente ficar aqui pra sempre — respondeu ele.

Sorri.

— Eu não nado tão bem assim.

— Eu posso te ensinar como ficar boiando por horas. É só você relaxar e deixar seu cérebro flutuar. Tá vendo? — Ele se inclinou para trás, as orelhas afundando abaixo do nível da superfície. Eu só conseguia ver o rosto dele na água, virado para o céu onde o sol deveria estar.

— Não cansa ficar assim? — perguntei, mais alto para que ele pudesse me ouvir.

O garoto levantou e chacoalhou a cabeça para tirar a água dos ouvidos.

— Não.

Então, tentei. Estávamos pertinho, tão perto que ele estendeu a mão e segurou a minha. Ergui rápido a cabeça, ri e tamborilei os dedos ao longo de seu braço.

— Eu sei — disse o menino. — Eu sou sardento pra dedéu.

Os salva-vidas dos dois lados continuavam apitando — dava para ouvir mesmo quando afundava as orelhas —, mas a gente sabia que nunca pulariam para nos tirar de lá. Nem os salva-vidas queriam nadar naquela água.

Não tenho nem ideia de quanto tempo ficamos daquele jeito, mas acho que não deve ter sido tanto quanto tenho na memória. Se eu fosse qualquer outra pessoa, essa seria a história de como conheci meu primeiro amor.

O nome dele era Luke, e ao longo dos dias seguintes ele encontrou maneiras de se comunicar comigo. Deixou um bilhete no meu travesseiro duas vezes, e certo dia depois do almoço me levou até os fundos da sala de recreação carregando uma caixa de sapatos sob o braço. Depois que encontramos um lugar protegido, ele a abriu e me mostrou uma coleção de cascas de cigarra.

— Encontrei nos arbustos — disse ele, como se fosse um grande segredo. — É o exoesqueleto delas. Elas só trocam de pele uma vez na vida. Não é demais? — Ele pegou uma das cascas da caixa e a colocou na boca. — É uma delícia — disse, mastigando. — Por que tá fazendo essa cara de nojo?

— Não tô.

— Tá sim. Larga de ser fresca. — Ele pegou outra casca. — Toma, experimenta. — *Croc, croc.* — Preciso pegar um saleiro no jantar... Deve ficar mais gostoso ainda com um tiquinho de sal.

Ele colocou a casca da cigarra na minha mão e eu a olhei. Me deu um clique naquele momento, num canto escuro da minha mente: eu sabia muito bem sobre coisas que não deviam ser comidas.

Foi quando o apito soou, convocando todo mundo para a chamada da tarde. Larguei o exoesqueleto do inseto na caixa de sapatos e saí correndo.

Naquela noite, encontrei um terceiro bilhete sob meu travesseiro. Luke tinha escrito os dois primeiros como se estivesse se apresentando para uma nova amiga por correspondência: *Meu nome é Luke Vanderwall, eu sou de Springfield, Delaware + tenho 2 irmãzinhas, esse é o 3º verão que passo no Acampamento Ameewagan + essa é minha época preferida do ano. Gostei de conhecer você aqui. Agora tenho alguém pra nadar comigo mesmo que a gente precise desobedecer às regras...*

Mas o terceiro era curto. *Me encontra lá fora às 11 da noite,* dizia, *+ a gente vai mais longe + viver várias aventuras.*

Naquela noite, vesti o maiô por baixo do pijama. Fiquei deitada na cama até ouvir todo mundo respirando devagar, depois abri a porta de tela e saí do chalé. Ele já estava lá fora, parado logo além do alcance da luz do alpendre. Fui pé ante pé encontrá-lo, e ele pegou minha mão e me puxou escuridão adentro.

— Vem — sussurrou ele.

— Não posso. — *Não devo.*

— Claro que pode. Vem! Quero te mostrar uma coisa.

De mãos dadas, a gente passou pela sala de recreação e seguiu até o acampamento dos meninos. Depois de alguns minutos, comecei a ver os chalés por entre as árvores; ele me puxou para longe deles, porém, para mais fundo na escuridão.

A mata ali parecia viva, de um jeito que eu nunca tinha percebido à luz do dia. Uma lua minguante bem fininha pairava acima das árvores, iluminando apenas o bastante para enxergarmos, e vaga-lumes flutuavam por todos os lados, piscando suas luzes esverdeadas. Me perguntei o que estariam dizendo uns para os outros. Uma brisa noturna soprava, tão gelada e fresquinha que imaginei os pinheiros suspirando, exalando ar filtrado, e a floresta pulsava com uma orquestra invisível de cigarras e corujas e rãs.

Um cheiro de fumaça fez meu nariz coçar. Do lado de fora do terreno do Acampamento Ameewagan, mas não muito longe, alguém tinha acendido uma fogueira.

— Uma salsichinha na brasa cairia bem, hein... — disse Luke, saudoso.

No instante seguinte, vi o brilho de algo mais à frente, mas quando nos aproximamos percebi que não era uma fogueira.

Havia uma barraca vermelha no meio da mata, toda acesa por dentro. Não era uma barraca de verdade, dessas de loja com armação de metal dobrável e zíper, o que tornava tudo mais misterioso. Luke tinha encontrado uma lona vermelha e a pendurado num varal amarrado entre duas árvores. Por um momento, fiquei ali parada, admirando o feito. De onde eu estava, dava para fingir que era uma barraca mágica, e que se eu entrasse nela iria parar num mercado lotado no Marrocos.

— Você que fez isso?

— Sim — disse ele. — Pra você.

Foi a primeira vez que me lembro de ter sentido aquilo. Ao lado de Luke na escuridão, inspirei o ar noturno e descobri que conseguia farejar tudo no garoto, até o fiapo da meia entre os dedos do pé. O corpo dele ainda exalava o fedor do lago, úmido e com um toque de ovo podre. Não tinha escovado os dentes depois do jantar, e eu conseguia sentir o aroma da pimenta do sanduíche de carne desfiada toda vez que ele respirava.

A sensação se espalhou por mim, me causando um arrepio: a fome, e a certeza. Eu não sabia nada sobre Penny Wilson. Tinha a sensação de que havia feito algo horrível quando pequena e que estava prestes a fazer de novo. A barraca não era mágica, mas eu sabia que um de nós não sairia dela.

— Preciso voltar — falei.

— Mas que covardona! Ninguém vai encontrar a gente. Tá todo mundo dormindo. Você não quer brincar comigo?

— Quero — sussurrei. — Mas...

Ele me pegou pela mão e me fez passar pela aba da lona.

Para um esconderijo improvisado, a barraca estava muito bem suprida: duas latas de Sprite, um pacote de goiabinhas e um de Doritos, um saco de dormir azul, a caixa de sapatos cheia de cascas de cigarras, uma lanterna, um livro daqueles de ir escolhendo o que acontece na trama e um baralho. Luke se sentou de pernas cruzadas e tirou um travesseiro de dentro do saco de dormir.

— Pensei que a gente podia passar a noite aqui. Recolhi todos os gravetos. O chão ainda é bem duro, mas acho que pode ser um bom treinamento de sobrevivência na selva. Quando eu crescer, vou ser guarda-florestal. Você sabe o que um guarda-florestal faz? — perguntou ele, e neguei com a cabeça. — Ele patrulha as florestas pra garantir que ninguém tá cortando as árvores, caçando animais ou fazendo outras coisas feias. Então é isso que eu quero fazer.

Peguei o livrinho: chamava *Fuga de Utopia*. Na capa, havia duas crianças perdidas na selva, o chão se desfazendo num abismo sob seus pés. *Com 13 fins diferentes! Sua escolha pode levar ao sucesso ou ao desastre!*

Desastre. Tive um mau pressentimento.

— Quer Sprite? — Ele abriu uma latinha e a entregou para mim. — Toma, um biscoito. — Depois pegou um para si mesmo e começou a comer pelas beiradinhas. — Mas, antes de eu virar guarda-florestal, quero competir num triatlo.

— O que é um triatlo?

— É quando você corre cem quilômetros, pedala cem quilômetros e nada cem quilômetros, tudo num dia só.

— Que loucura — falei. — Não tem como nadar cem quilômetros de uma vez.

— E como você sabe? Já tentou?

Dei uma gargalhada.

— Claro que não.

— Bom, agora você sabe como boiar pra sempre. Já é um bom começo. Eu consigo boiar pra sempre, mas preciso conseguir nadar pra sempre também. Então vou treinar sem parar, por quanto tempo for necessário, até conseguir. Aí vou atravessar as Montanhas Rochosas no meu cavalo e combater incêndios florestais e morar numa casa na árvore que eu mesmo vou construir. Vai ter dois andares, tipo uma casa de verdade, só que você vai ter que subir por uma corda pra chegar lá em cima, e pra descer vai ter que escorregar por um poste de bombeiro. — Ele franziu a testa, aparentemente pensando em algo. — Só que aí o poste de bombeiro vai ter que ser de metal, né, pra não soltar farpa na gente.

— Como você vai comer? Vai ter que ter uma cozinha, mas aí corre o risco da sua casa pegar fogo.

— Ah, eu vou ter uma esposa pra cozinhar pra mim. Só não sei ainda se a cozinha vai ficar no chão ou em cima da árvore.

— Sua esposa vai ter uma casa na árvore só pra ela?

— Acho que não precisa de outra casa, né, mas ela pode ter um cômodo próprio num outro galho se quiser. Talvez ela seja uma artista ou coisa assim.

— Parece legal — falei, triste.

— O que foi? Achei que você gostava de ficar ao ar livre.

— Eu gosto.

— Achei que você ia ficar feliz de vir aqui.

— Eu fiquei. Mas você vai se enfiar numa enrascada se não voltar pro seu chalé.

— Ah, eu não ligo de ter que limpar as mesas do refeitório amanhã — disse ele, com um aceno despreocupado da mão. — Estar aqui vale a pena.

Amanhã. A palavra soou errada, como se não significasse mais nada.

— Não é disso que eu tô falando.

— A gente pensa nisso de manhã. Senta aqui comigo e a gente joga uma partida de solteirona antes de ir dormir.

Sentei e ele pegou o baralho. Começamos a jogar. Ele ergueu as cartas e escolhi uma (a solteirona, lógico). Botei ela na minha mão e a ofereci para ele, que balançou a cabeça e me mandou embaralhar. Não conseguia pensar no jogo. Só conseguia sentir o cheiro de pimenta e de ovo podre e do fiapo da meia. A empolgação, o ânimo, a vontade de viver ao ar livre que ele tinha: tudo isso também tinha um odor próprio, um que lembrava folhas úmidas, pele salgada e chocolate quente num copinho já acostumado às mãos dele.

— Não quero mais jogar — sussurrei.

Ele não vai envelhecer. Nunca vai ser guarda-florestal. Nunca mais vai cavalgar. Não vai combater incêndios na mata. Nunca vai morar numa casa na árvore.

Luke largou as cartas no chão e pegou minhas mãos entre as dele.

— Não vai, Maren. Eu quero que você fique.

Eu não queria. Eu queria, queria muito. Me inclinei para a frente e dei uma boa cheirada nele. Pimenta, ovos podres, fiapo de meia. Levei os lábios à garganta dele e o senti se tensionar de expectativa. Luke passou a mão pelo meu cabelo, como se estivesse fazendo carinho num cavalo. Respirou, senti o aroma apimentado do bafo dele, e de repente não havia mais como voltar atrás.

Cambaleei para fora da barraca vermelha na direção do lago, dei a volta até a ponta do cais e joguei a sacolinha plástica na água. Depois tirei o pijama e joguei as peças o mais longe possível. Vi a camiseta da Pequena Sereia afundar, ouvi a sacola borbulhar conforme enchia.

Me larguei no cais, balançando para a frente e para trás com as mãos sobre a boca para não gritar, mas o berro martelou meu rosto por dentro até eu sentir que os globos oculares iam saltar para fora. Enfim, não consegui mais segurar, então me deitei de barriga nas tábuas, enfiei a cabeça no lago e me esgoelei até a água fazer meu nariz arder.

Foi só enquanto voltava pelo caminho por entre os pinheiros — molhada, com frio, tremendo por fora, horrivelmente quentinha e cheia por dentro — que pensei na minha mãe. *Ah, mamãe. Você não vai me amar mais quando souber o que fiz.*

Me esgueirei até meu chalé tão silenciosamente quanto consegui e coloquei o pijama reserva por cima do maiô. Se alguém perguntasse, eu diria que tinha ido ao banheiro. Me deitei na cama, tremendo, encolhida como se quisesse me manter isolada do mundo. Queria ser uma cigarra. Queria arrancar minha pele, deixar ela no meio dos arbustos e aí ninguém ia me reconhecer, nem mesmo minha mãe. Eu seria uma pessoa completamente diferente e não lembraria de nada.

Amanheceu chovendo, e minhas unhas estavam todas sujas de vermelho. Vesti o poncho, escondi as mãos e corri para o banheiro. Esfreguei os dedos sem parar debaixo da água corrente, e mesmo assim ainda dava para ver o sangue. Alguém saiu da cabine para lavar as mãos e me olhou com uma cara engraçada. Minhas unhas estavam tão limpas quanto possível.

Segui as outras meninas até o refeitório, tão atordoada que não conseguia sentir o chão sob os pés. Fiquei na fila do bufê. Peguei um waffle, mas nem senti o gosto. O diretor do acampamento foi até a frente do salão e ligou o microfone.

— Lamentamos anunciar que um dos colegas de acampamento de vocês está desaparecido. Pela segurança dos demais, avisamos seus pais, e eles virão lhes buscar hoje à tarde. Nesse meio-tempo, terminem o café da manhã e voltem pros chalés. Ninguém pode ir pra nenhum outro lugar do acampamento até a chegada dos responsáveis.

Fomos saindo em fila do refeitório e vimos as vans das emissoras de TV no estacionamento. O diretor do acampamento não queria falar com os jornalistas.

As garotas do meu chalé se apinharam em volta da mesa de piquenique no meio do quarto.

— Ouvi o diretor conversando com outra pessoa enquanto esperava pra ir ao banheiro — sussurrou alguém. — Eles acham que o Luke foi assassinado.

As outras arquejaram.

— Por que eles acham isso? Quem foi?

— Meninas — interveio nossa monitora, do outro lado do cômodo. Ela estava diante da porta de tela, com os braços cruzados, vendo a chuva cair e transformar em lama a trilha entre as árvores. — Não quero mais ouvir nem um pio sobre isso. Chega. — Ela era gente boa antes, sempre disposta a fazer trança no nosso cabelo ou jogar uma partida de porco.

Era minha culpa que ela não estava mais sorrindo, minha culpa que Luke já era, minha culpa que todo mundo ia precisar voltar para casa. Fiquei deitada na minha cama virada para a janela, fingindo que estava lendo.

A tempestade continua caindo, e a água sobe até seu peito num rio de lama. Você vaga pela selva por dias, incapaz de encontrar um lugar seco para dormir. Quando a exaustão bate, você fecha os olhos e afunda, e a correnteza te carrega para longe.

FIM.

Fechei o livro com um suspiro pesado. *Quem me dera.*

— Ele disse que o Luke saiu sozinho na floresta ontem à noite — continuou a primeira menina, mais baixinho. — Encontraram o saco de dormir dele, cheinho de sangue.

— Eu falei *chega.*

Ninguém voltou a abrir a boca. As outras garotas começaram a fazer novos braceletes de amizade enquanto eu seguia deitada num canto, desejando poder desaparecer. Depois de uma hora, os primeiros pais começaram a chegar, e as meninas foram saindo com as mochilas uma a uma.

Minha mãe chegou, empalidecida e calada, e me acompanhou pelo estacionamento. Outros pais aguardavam em grupos, de braços cruzados ou chacoalhando com nervosismo as chaves do carro. Sussurravam entre si, mas consegui ouvir parte do que falavam.

"Fugiu... não tinha nada que estar na mata... esse acampamento não tem um pingo de disciplina... Aquele diretor é um bunda-mole... Ainda bem que a minha Betsy é comportada... Dizem que definitivamente não foi um urso... O saco de dormir estava encharcado de sangue, parece que não tem como ele estar vivo... Acho que vão drenar o lago... Ouvi dizer que vão entrevistar todo mundo num raio de quinze quilômetros — acham que foi alguém que mora aqui perto..."

E onde estavam os pais *dele*? Se aparecessem antes que mamãe me levasse embora, será que olhariam para mim e saberiam que tinha sido eu? Soltei a mão dela e voltei correndo até o chalé.

Todo mundo já tinha ido, e as roupas de cama estavam empilhadas no meio do chão. Me joguei no meu beliche do canto e caí no colchão descoberto, enterrando o rosto no velho travesseiro todo encaroçado. Minha mãe entrou e se sentou na borda da cama.

— Maren — murmurou ela. — Maren, olha pra mim.

Ergui o rosto do travesseiro, mas não consegui olhar nos olhos dela.

— Olha pra mim — repetiu ela, e olhei. Estava estranhamente calma para alguém que tinha acabado de descobrir que a filha comera outra criança. — Fala que não é verdade.

Voltei a esconder o rosto.

— Não posso.

Ela precisou me levar no colo até o carro. "Tadinha", falaram os outros pais. "Ela tá bem abalada."

Mamãe queria ir embora imediatamente. O Acampamento Amee-wagan ficava a três horas da nossa casa, mas o diretor tinha nosso endereço na ficha de cadastro, e, se descobrissem que eu tinha passado aquela noite com Luke, poderiam nos encontrar. Com calma, ela me explicou tudo aquilo e disse que eu precisava juntar todas as minhas coisas o mais rápido possível.

— A gente só vai embora e pronto?

Puxei um pouco o cinto para dar uma folga, me inclinei para a frente e apoiei o queixo no encosto do banco do motorista. Fiquei vendo os limpadores guincharem contra o para-brisa e o asfalto sumir sob o capô do carro até meus olhos desfocarem. Estava me sentindo estranha. Ir para uma escola nova na terceira série?

— Não sei o que mais fazer.

— Você falou que eu devia falar a verdade sempre.

Ela suspirou.

— Falei, e deve mesmo. Mas eu pensei a respeito disso, Maren. A gente não pode contar pra ninguém. Não vão acreditar.

— Mas se eu contar sobre o Luke e você contar sobre a Penny...

— Não é simples assim. Às vezes, as pessoas confessam assassinatos que não cometeram.

— Por que alguém ia fazer uma coisa dessas?

— Pra chamar atenção, acho.

Ela continuou dirigindo em silêncio, mas as palavras de mamãe pairavam no ar: um assassinato, e eu o havia cometido. Aquilo fazia de mim uma assassina. Pensei em Luke e em seu cavalo e em sua casa na árvore e nos cem quilômetros que ele queria nadar. Tentei não pensar em seus dedos ou no lanche de carne desfiada ou em como seu sangue estava quentinho e tinha gosto de moedas antigas.

Tinha uma cigarra no meu ouvido. Ela se arrastou para fora da casca e ficou zumbindo bem atrás do meu olho direito. Me larguei no banco e encostei a testa na janela, mas o zumbido só ficou pior.

Eu sou sardento pra dedéu. Larga de ser fresca. Preciso conseguir nadar pra sempre.

Meu ouvido começou a doer, mas disse a mim mesma que não era nada comparado ao que ele tinha sentido.

— Mas você disse que não existe crime perfeito — murmurei.

Por um minuto ou dois ela não respondeu, e achei que nem iria.

— Algum dia você vai ter que responder por isso — disse ela, os olhos na estrada. — Algum dia, alguém vai acreditar em você.

Eu preferia responder por isso agora, pensei. Esfreguei a orelha. *Me levem embora, pedacinho por pedacinho. Minha vida em troca da dele.*

Mamãe olhou para mim pelo retrovisor.

— O que foi?

— Tô com dor de ouvido.

Quando paramos no acostamento, a dor tinha apagado tudo, menos o horror da noite anterior. Conseguia ouvir ela murmurando enquanto me arrastava para fora do carro — "*Sabia* que aquele lago era poluído... Aposto que não pingaram álcool no ouvido de vocês depois de nadar... Nunca devia ter deixado você ir praquele acampamento idiota..." — mas a voz dela soava estranha, como se estivesse vindo de léguas e mais léguas debaixo do mar. Ela me deitou na cama e pingou algumas gotas de Tylenol na minha boca.

Naquela noite, um homem se ajoelhou ao lado da minha cama e espetou meu tímpano com uma faca tão afiada que era invisível. Claro, eu não conseguia ver nem o homem, mas sabia que ele estava ali, me apunhalando no ritmo das batidas do meu coração. *Espeta, torce, espeta, torce.* Sonhei que ele me mostrava meu próprio tímpano, espetado na ponta da faca, e depois o levava até minha boca. Os dedos dele eram compridos e ossudos, a respiração gelada. Minha mãe tinha deixado a luz do corredor acesa, mas eu não conseguia ver o rosto dele. Talvez ele nem tivesse um.

Virei, e uma sombra surgiu à porta.

— Maren? — Minha mãe correu até a cama e enfiou o dedo na minha boca, como tinha feito quando eu era um bebê. — O que é isso? O que você tá mastigando?

O ossinho do meu tímpano.

Ela caiu de joelhos, apoiou a bochecha na cama e começou a chorar. *Ela consegue ver o homem*, pensei. *Ela sabe quem é, mas não consegue fazer ele ir embora.*

De manhã, ouvi ela ligar na agência de empregos temporários e dizer que não ia conseguir completar o trabalho. Depois veio com um copo de refrigerante de gengibre na mão, mexendo com uma colher para tirar o gás.

— Sei que ele tá me castigando — falei.

Ela olhou para mim, curiosa.

— Ele quem?

— Deus.

— Maren... — Mamãe se sentou na beirada da cama, fechou os olhos e esfregou a ponte do nariz. — Deus não existe.

— Como você sabe?

— Ninguém sabe. Mas acho que é seguro dizer que Deus é uma coisa que as pessoas inventaram pra dar algum sentido à vida delas. Pra ter alguém pra culpar quando coisas horríveis acontecem.

As palavras, que por muito pouco ela não disse, pairaram no ar depois que ela saiu do quarto. *Se Deus não existe, nossa vida faz sentido.*

Não comi nada por dias. Não bebi o refrigerante de gengibre, e apertava bem os lábios sempre que ela tentava me dar antibiótico. Minha vista começou a turvar, meus lábios enrugaram e racharam e minha boca parecia um deserto, mas eu não estava nem aí. A dor no ouvido tinha melhorado e não passava de um pulsar meio incômodo. Mal conseguia ouvir minha mãe quando ela me implorava para beber água.

— Você tá muito desidratada. — Ela me pegou pelos ombros e tentou me colocar sentada, mas eu parecia um saco de batatas. — Se continuar assim, vou ter que te levar pro hospital.

Não dei ouvidos. Não me mexi. Logo fechei os olhos, e tudo sumiu.

Quando acordei, estava na ala pediátrica. Minha mãe estava sentada numa cadeira ao lado da cama, roendo a unha do dedão e encarando o nada, um livro cheio de orelhas aberto no colo. Uma enfermeira pairava sobre mim do outro lado, sorrindo vagamente enquanto mexia na agulha enfiada na dobra do meu braço.

— Tá tudo bem — ela murmurou, tirando o cabelo do meu rosto com carinho, como se me conhecesse. — Você vai ficar bem agora.

Mamãe colocou o livro no peitoril da janela e se inclinou quando a enfermeira foi para o outro lado do quarto encher um copinho de papel com água da torneira. Ela pegou minha mão, mas não disse nada. Mamãe não tentaria me confortar com coisas que não eram verdade.

— Por que você me trouxe pra cá? — Mesmo depois do que eu tinha feito, ela queria que eu vivesse.

— Porque sou sua mãe — falou ela. — Precisava te trazer.

— Foi porque você me ama?

Ela hesitou, mas por tão pouco tempo que mais ninguém teria notado.

— É claro que sim — respondeu ela, e largou minha mão quando a enfermeira voltou com o copinho d'água.

— Você deve estar com muita, muita sede — arrulhou a moça.

Mais tarde naquele dia, uma mulher que não era enfermeira apareceu à porta e pediu para conversar com a minha mãe. Elas saíram juntas para o corredor e demoraram para voltar.

A enfermeira apareceu de novo com uma nova bolsa de soro.

— Bom, fico feliz de ver que está um pouco mais coradinha. Agora que você tá acordada, podemos te dar comida de verdade. O que acha de um hambúrguer pro jantar? Gelatina ou sorvete de sobremesa? — Ela apertou o pedal do lixo hospitalar e jogou fora a bolsa vazia. — Ou quem sabe gelatina *e* sorvete? — Abriu outro sorriso rápido, *esse vai ser nosso segredinho*. — Amanhã, desde que você volte a comer e beber, a gente te tira do soro. Você é uma garotinha sortuda, Maren.

Não havia nada de sortudo naquilo. Uma mulher estranha tinha acabado de me chamar pelo nome num lugar cheio de cheiros estranhos, vozes apressadas e cliques e bipes mecânicos. Meu nome na sua boca me dava aflição.

— Quero minha mãe — falei. — Quem era aquela mulher que saiu com ela?

— É uma assistente social. Ela quer trabalhar junto com a sua mãe pra você ficar melhor logo.

Uma mentira, é claro. Apenas a encarei até ela desviar o olhar e se apressar a sair do quarto.

Depois de uma hora, talvez, mamãe voltou. Parecia muito, muito cansada.

— O que aquela moça queria? — perguntei.

— Ela achou que eu não estava te dando comida direito.

— E o que você falou?

— A verdade... Boa parte dela, pelo menos. Disse que você estava chateada porque um amigo do acampamento de férias foi... — Ela suspirou. — Precisei contar os detalhes pra ela, senão não teria acreditado em mim. — Ela aproximou o polegar do indicador. — Você ficou a *isso aqui* de ir pra um abrigo do conselho tutelar.

Fiquei olhando para ela, maravilhada. Eu poderia ter virado o problema de outra pessoa.

— Por favor, só come e bebe tudo o que trouxerem pra você pra gente poder sair logo daqui, tá bom?

Na manhã seguinte, antes de mamãe voltar, a assistente social retornou com sua prancheta. Me cumprimentou com um aperto de mão, disse que se chamava Donna e fez perguntas sobre minha mãe e sobre nossa vida. Falei que mamãe sempre tinha cuidado bem de mim, que eu sempre tinha comida suficiente, e Donna ficou me olhando enquanto eu cutucava os ovos mexidos com um garfinho de plástico. Ela enfim acabou as perguntas que tinha para fazer e me deixou em paz. Nunca perguntou nada sobre o acampamento de férias.

Tive alta no dia seguinte. Minha mãe passou um braço sobre meus ombros enquanto andávamos até o carro, e, quando chegamos, vi que um dos lados do banco de trás estava cheio até o teto de sacos de lixo e caixas de papelão. Havia mais sacolas no banco do passageiro e, sem dúvida, muitas outras no porta-malas. Enquanto eu comia gelatina, ela havia enchido nosso carro com tanto da nossa vida quanto coubesse num veículo.

2

Na manhã seguinte à partida de mamãe, entrei na cozinha e joguei um prato no chão só para ver qual era a sensação. Pisando por cima dos cacos, peguei o envelope branco grosso, e não encontrei apenas dinheiro dentro dele. Ela também tinha deixado minha certidão de nascimento. Era azul e estava meio amassada, e desdobrei o papel com toda a calma do mundo. Uma certidão de nascimento é um documento sagrado para a pessoa a quem pertence, mesmo que ela seja um monstro como eu.

Lembro de perguntar do meu pai uma única vez.

— Ele foi embora — disse minha mãe.

— Mas qual era o nome dele?

— E isso lá importa?

— Eu só queria saber.

— Ele não tinha nome.

— Todo mundo tem nome!

Ela não respondeu, e deixei por isso mesmo. Algumas semanas depois, ouvi as crianças da minha sala sussurrando sobre outra garota, Tina, cuja mãe tinha dormido com tantos caras que ela nunca saberia quem era o pai. Não entendi na época como sabiam daquilo, mas apontavam o dedo como se tivessem muita autoridade no assunto.

No início, eu achava que talvez Tina e eu estivéssemos no mesmo barco, mas minha mãe não era como outras mães solo. Ainda usava uma aliança na mão esquerda, nunca namorava, e a gente tinha o mesmo sobrenome. Então meus pais deviam ter se casado. Talvez estivessem morando juntos naquele apartamento na Pensilvânia na época em que minha mãe voltou para casa e encontrou os ossos de Penny Wilson no tapete, e foi depois disso que ele foi embora. Já sobre a razão de ela nunca ter namorados... Bom, essa era fácil de responder. No fim eu era uma mala sem alça, bem pesada.

Abri a certidão de nascimento e alisei o papel para desfazer os vincos antes de me permitir ler o conteúdo. *Hospital Beneficente Geral de Wisconsin*. Havia meu nome, minha data de nascimento, informações como sexo feminino, cinquenta e dois centímetros, três quilos e meio, o nome de solteira da minha mãe, Janelle Shields, no espaço marcado como *Mãe* (*local de nascimento: Edgartown, Pensilvânia*), e, na lacuna reservada para o *Pai*, um nome que eu nunca tinha visto antes: *Francis Yearly*. Eu tinha um pai! Um pai de verdade! Já sabia disso, é claro, mas fazia toda a diferença ver o nome dele nas letras desbotadas de máquina de escrever acima daquela linha pontilhada.

A informação se espalhou aos poucos dentro de mim, como um ovo quebrado escorrendo até minhas orelhas: *Sandhorn, Minnesota*. Era para onde ela queria que eu fosse com o dinheiro que tinha me dado. Mamãe queria que eu subisse num ônibus, encontrasse meu pai e esquecesse da existência dela.

Mas e se eu *encontrasse mesmo* meu pai? Faria o que depois? Algo dentro de mim se agitou. Não ia dar, não ia dar mesmo. Eu precisava descobrir uma forma de reparar tudo com a mamãe.

Eu tinha colado o envelope de um cartão de Natal com o endereço dos meus avós na contracapa do meu caderno, mesmo tendo decorado a informação assim que recuperara o papel do lixo. Eu não via meus avós desde antes de Penny Wilson — nem me arriscava a pedir, porque já sabia que minha mãe nunca me levaria até os dois —, mas era para lá que ela tinha ido, então era para lá que eu iria também. Não sabia o que falaria para ela; só sabia que cem dólares era mais do que suficiente para chegar até lá.

Comi o que ainda restava na geladeira, tomei um banho e juntei minhas coisas. Sempre que a gente se mudava, eu enfiava a maior parte dos meus pertences numa mochila velha do exército com as inscrições SHIELDS e EXÉRCITO DOS ESTADOS UNIDOS bordadas nela em grandes letras pretas. Era do meu avô, mas eu supostamente não devia saber disso. Agora precisava fazer tudo o que eu tinha caber nela.

Tive que ser seletiva quanto aos livros que levaria porque sabia que a mochila pareceria cada vez mais pesada ao longo da viagem. Escolhi o que tinha ganhado de aniversário e a edição dupla com *Alice no País das Maravilhas* e *Alice através do espelho*. Guardei os demais livros, os *deles*, junto com outras coisas que tinha pegado para mim — uma bússola que brilhava no escuro, um par de óculos com armação de casco de tartaruga.

Deixei a chave de casa sobre a mesa, segui até o fim da rua e peguei o ônibus circular. Um homem tentou sorrir para mim, mas a expressão dele acabou igual a uma careta de dor. Parecia não fazer a barba havia uma semana.

— Tá indo pra algum lugar?

Fulminei o estranho com o olhar.

— Todo mundo tá sempre indo pra algum lugar, não?

Ele se virou no assento, rindo, e abracei a mochila com mais força enquanto olhava pela janela. Me sentia estranha por estar indo embora de um lugar mesmo sem ter feito a coisa feia. O ônibus passou na frente da minha escola. Naquele dia, era para eu estar fazendo prova de geometria.

Cheguei na rodoviária e gastei uma porção considerável do dinheiro que mamãe tinha me deixado numa passagem só de ida para Edgartown. Ao longo da viagem, comi coisas que comprei em máquinas de venda: Pop-Tarts frias de café da manhã, pretzels de almoço, salgadinho de milho de jantar. Precisei trocar de ônibus três vezes, e em todas o motorista ergueu a sobrancelha para mim como se quisesse perguntar: *Você não devia estar na escola, não?*

Quanto mais perto a gente chegava, mais eu sentia o estômago se revirando. Estava nervosa com a ideia de ver minha própria mãe.

Eu costumava ter dois tipos de sonhos sobre o Luke, e não sabia qual era pior. Nos da primeira categoria eu não o via, apenas escutava sua voz no meu ouvido. *Minha casa na árvore vai ter três andares e uma escadinha simples pra subir no tronco, e uma escadaria de verdade dentro dela — escadas caracol e várias janelas dos dois lados pra ver os pássaros e observar o pôr do sol e o nascer do sol também, pra quem conseguir acordar cedinho. Vou ter uma esposa, e ela vai ser bonita que nem você, e a gente vai dormir num beliche no terceiro andar. Eu gosto mais da cama de cima do beliche, mas se ela quiser ficar em cima tudo bem, eu vou deixar, porque é isso que os homens fazem, isso chama cavaloeirismo. E, falando nisso, eu vou ter um cavalo também, pra quando eu for proteger as florestas, mas acho que o estábulo vai ter que ficar embaixo...*

No outro tipo de pesadelo, a gente estava na barraca. A pilha da lanterna acabava, e eu não conseguia ver a forma do rosto do Luke, mas ele me encarava com olhos vermelhos e brilhantes. Eu me encolhia para longe do bafo dele, quente e nojento como o meu deve ter ficado, e aí ele abria a boca cheia de presas brilhantes e arrancava minha cara a mordidas. Falando assim parece que esse era pior — mas, mesmo acontecendo comigo, é como uma cena de filme de terror. Não é tão assustador quando as pessoas só estão tendo o que merecem.

— Você acha que mais alguém faz isso também? A coisa feia? — perguntei para minha mãe certa vez.

Ela hesitou.

— Se tivesse outros, você ia se sentir melhor ou pior?

— Acho que me sentiria melhor, mas sei que não deveria. É a mesma coisa que querer que mais pessoas... — Não terminei o raciocínio. — Só que aí eu não ia estar sozinha.

Eu queria que ela dissesse: *Você não tá sozinha, meu bem, eu tô aqui.* Mas mamãe nunca me dizia coisas só para fazer eu me sentir melhor. Ela nunca me chamava de *meu bem*, e não diria nada que não fosse verdade.

Era só nas histórias que lia na biblioteca que encontrava pessoas como eu. Gigantes. Trolls. Bruxas. Carniçais. O Minotauro. Se minha vida fosse um mito grego, eu seria a vilã da qual o mocinho escaparia por um triz. Cronos, o deus do tempo, botou na cabeça que um de seus filhos roubaria seu trono, então toda vez que a esposa dava à luz um bebê, ele o devorava numa bocada só.

Devorar. Essa palavra foi a razão pela qual comecei a odiar o Dia de Ação de Graças. Uma vez, minha professora da quarta série disse à mamãe que eu era uma leitora voraz, e minha mãe ficou realmente chateada e fingiu que estava doente para fugir da reunião de pais e mestres. Talvez nem tenha fingido. Mamãe nunca lia contos de fadas para mim, e eu sabia por quê.

Sempre que estava matriculada em alguma escola, eu passava todo o tempo livre na biblioteca. Minha mãe não queria comprar *O Bom Gigante Amigo* pra mim, então decidi ler sobre ele na hora do almoço — mas Roald Dahl me decepcionou. A mocinha nunca comia ninguém, e todos os terríveis gigantes comedores de gente eram punidos no final.

Mas eu estava esperando o quê? Alguém como eu jamais estaria do lado do bem.

Passei a colecionar todas as histórias de monstros que encontrava, anotando tudo num caderno. Às vezes, copiava partes inteiras da história, e sempre tirava xerox das imagens. *Saturno devorando um filho*, de Goya. Pintado aproximadamente em 1820. Sawney Bean, líder de um clã de canibais que vivia numa caverna no litoral escocês. Eu costumava me esconder nos cantinhos mais obscuros para que as bibliotecárias não viessem me perguntar o que eu estava lendo. *Não me importa se João está vivo ou não, vou moer os ossos dele para fazer meu pão.*

Cheguei em Edgartown e perguntei a um atendente do McDonalds como fazia para chegar no endereço certo. Já estava escurecendo quando achei o bairro dos meus avós, se é que dava para chamá-los assim.

Eles moravam numa daquelas casas geminadas de dois andares construídas na década de 1950, numa vizinhança onde o quintal de cada propriedade fazia divisa dos três lados com outras casas idênticas. Meu coração se partiu quando vi nosso carro na garagem, atrás de um Cadillac azul-escuro que devia ser do meu avô. Esperei anoitecer por completo, dei a volta no quarteirão e pulei a cerca do vizinho de trás. Se era para alguém me pegar, melhor que fosse um desconhecido.

Descobri que a cozinha ficava na parte de trás, então me agachei atrás da cerca do quintal do vizinho e olhei para o interior da casa dos meus avós. As janelas panorâmicas não deviam ter esse nome porque a visão de dentro para fora é ampla. Deviam ser chamadas assim porque, quando as luzes estão acesas no interior e tem alguém do lado de fora na escuridão, dá para ter uma visão panorâmica da família jantando como se a cena estivesse sendo projetada numa tela de cinema.

Minha mãe trouxe a cumbuca de salada para a mesa, eles se sentaram, e o pai serviu a ela uma taça de vinho. Eu não conseguia enxergar direito meus avós, porque meu avô estava de costas para a janela e minha avó estava bem na frente dele. Mas conseguia ver minha mãe direitinho. Vi ela cutucar a comida no prato exatamente do jeito que mandava eu não fazer, vi os lábios dela formando respostas monossilábicas, e vi quando soltou o garfo e levou as mãos ao rosto. Minha avó se levantou e deu um abraço nela, e mamãe a apertou forte e chorou. Provavelmente tinha contado tudo a eles.

Eu achava que entendia quanto as coisas eram difíceis para a minha mãe. Sentia muito e queria ser diferente, mas não era o mesmo que entender. Eu não entendia quando ela se trancava no banheiro, quando eu via as garrafas vazias de vinho enfileiradas na pia, quando a ouvia chorando no quarto dela. Mas ali estava começando a compreender.

Ela chorou até cansar, e minha avó deu um lencinho para ela. Meu avô acendeu um cigarro. Ofereceu o maço para mamãe, e ela estendeu a mão e aceitou um. Aquilo me chocou, porque minha mãe *nunca* fumava.

Minha avó limpou a mesa e lavou os pratos enquanto minha mãe e o pai fumavam em silêncio. Depois ela envolveu os ombros de mamãe com um dos braços e a levou para fora do cômodo. Meu avô apagou a luz da cozinha, e eu pulei a cerca de novo e fui embora do bairro.

Segui por uma via movimentada cheia de lojas que já tinham fechado. Não havia um lugar sequer onde eu pudesse comprar uma fatia de pizza.

Dei a volta até os fundos de uma galeria, pensando que talvez encontrasse algo que ainda desse para comer, embora a ideia de pegar comida do lixo me enojasse. Não tinha nada tragável por lá, mas encontrei um carro estacionado atrás da caçamba de lixo. Forcei a maçaneta da porta, e estava destrancada. Era um Cadillac, como o do meu avô, mas os bancos estavam cheios de jornais e latinhas de refrigerante, o estofado todo esburacado, como se o carro tivesse sido largado ali e esquecido por meses. Limpei o assento traseiro tanto quanto possível, entrei e travei todas as portas por dentro. O carro cheirava a mofo e cigarro e suor de quem quer que tivesse dirigido o veículo por último, mas era melhor do que ficar vagando pela rodovia a noite toda.

Usei a mochila de travesseiro e acabei caindo no sono, e quando acordei minha cabeça estava no colo de uma mulher, que me fazia cafuné. Minha avó me olhava com atenção, o rosto cheio de carinho e preocupação. Perguntei algumas coisas para ela enquanto ela tirava uma manta xadrez sei lá de onde e me cobria com ela — *Cadê a mamãe? Ela sabe que você veio atrás de mim?* —, mas ela apenas sorriu e ajeitou uma mecha de cabelo atrás da minha orelha, como mamãe costumava fazer.

Meu avô estava no banco do motorista, fumando um cigarro. Ele ergueu os olhos para o retrovisor e nos encaramos, mas ele não falou nada. Soltou uma longa baforada de fumaça, jogou a bituca na rua e fechou a janela.

Seguimos em silêncio pela cidade vazia, a luz dos postes banhando o Cadillac com um brilho alaranjado em intervalos ritmados. Virei de lado, deitei a cabeça no assento frio de couro e, quando acordei, estava de volta no carro vazio, suada e tremendo.

Às vezes, do nada eu sentia aquele gosto na boca — o gosto de coisas que pessoas honestas nunca provariam. Quando isso acontecia, corria para o banheiro e bochechava Listerine. Fazia gargarejo por um tempão, deixando o antisséptico na boca até arder, mas o gosto voltava assim que eu cuspia, o gosto ruim que sentia depois de fazer a coisa feia. Na escola, outras garotas entravam no banheiro e me flagravam lavando a boca. Pelo espelho, via elas me encarando enquanto eu cuspia, fechava a garrafinha de Listerine e a guardava de novo na mochila. Talvez aquele fosse o motivo pelo qual nunca tive amigas meninas.

Na sexta série, a gente começou a fazer os primeiros trabalhos de pesquisa, com direito a notas de rodapé, bibliografia e tudo. Eu estava acostumada a procurar coisas nos livros, então adoraria poder ter escolhido qualquer tema, mas todo mundo precisou escrever sobre cupins. Nossa turma passou a semana toda tendo as aulas de redação na biblioteca.

Na quinta-feira de manhã, alguém veio até minha mesa, e ergui os olhos. Era Stuart, o menino mais inteligente da sala. Eu o senti olhando por cima do meu ombro para ver o que eu estava lendo, senti a proximidade dele e o cheiro de atum em seu bafo, mas ele não me fez sentir aquela sensação estranha. Ele era um daqueles garotos que nunca mostravam interesse por garotas, ou pelo menos não mostrariam por um bom tempo. Enfim, perguntei:

— Você tá precisando desse livro ou o quê?

— Não. Terminei meu trabalho em casa, ontem à noite. Você tá lendo sobre o quê?

— Nada.

— A gente devia pesquisar sobre cupins — disse ele.

— Ah, jura?

Senti ele encolher os ombros atrás de mim.

— Mas você tá certa. A aranha-preta australiana é muito mais interessante. — Ele continuou lendo por cima do meu ombro. — Esse verbete aí tá incompleto. A enciclopédia entomológica que tenho lá em casa é melhor. Você sabe por que chamam essa aranha de viúva-negra?

— Por quê?

— Porque todos os parceiros dela morrem. Ela come eles. — Stuart se sentou diante de mim enquanto falava. — Ela come o parceiro logo depois de copular, às vezes enquanto ainda nem terminaram. Ele se deixa ser comido porque ela precisa de proteína pros filhotes, e de qualquer forma o destino reprodutivo dele já se cumpriu.

O destino reprodutivo dele já se cumpriu? Eu teria rido do garoto por decorar frases inteiras da enciclopédia, mas de repente fiquei nervosa demais para falar qualquer coisa. Meu coração batia como se estivesse tentando sair pela boca.

— Chama "canibalismo sexual" — continuou ele. — É a coisa mais importante que você precisa saber sobre as aranhas-pretas australianas, e nem tá escrito isso aí nesse livro.

— Essa é uma enciclopédia pra crianças — respondi. — Não pode ter a palavra "sexual". — Hesitei. — Viu, Stuart...

— Fala.

— Tem outras espécies que fazem isso?

— Isso o quê? Que se comem?

Assenti.

— Outras espécies de viúva-negra, como falei. E também tem algumas outras aranhas que morrem depois da cópula de qualquer forma. Os machos, digo. Então mesmo que não sejam atacados durante a cópula em si... — ele estava usando a palavra "cópula" e variantes com muita frequência, e em voz muito alta; outras crianças estavam começando a olhar —... ela pode comer o parceiro depois, sabe?

— Pra conseguir proteína — falei, tomando o cuidado de manter a voz baixa.

— Isso, pra conseguir proteína.

— Mas, fora os insetos, tem algum bicho que faz isso? Tipo, algum mamífero?

Stuart me olhou com uma cara esquisita e não respondeu. Fiquei muito consciente de que estávamos tendo uma conversa antes, e agora não estávamos mais, e quis dar um soco na minha própria cara.

— Por que você usa roupa preta sempre? — perguntou ele.

Só por garantia.

Para esconder a sujeira.

Mas o que respondi foi:

— Porque assim não preciso combinar as peças.

— Você devia usar roupas coloridas. Talvez as pessoas não falassem tanto sobre como você é esquisita. — Nossos olhos se encontraram, mas apenas por um instante. — Foi mal. Mas é verdade.

Nós, crianças excluídas, dávamos um jeito de nos organizar em círculos concêntricos, então gente como o Stuart era capaz de se sentir mal por alguém como eu, que estava ainda mais distante do centro social do que ele, ao mesmo tempo que sentia alívio por não estar no meu lugar.

— Vão me achar esquisita de qualquer jeito, mesmo que eu vista outra coisa — respondi.

Ele me fitou.

— Isso é verdade. — Levantou da mesa e abraçou o fichário junto ao peito. — Acho que você tá certa. — E então se sentou sozinho em outro lugar.

Os meninos que queriam ser meus amigos eram como eu — bom, "como eu", naquele caso, significava que tinham alguma coisa estranha que ninguém sabia muito bem explicar. Então, como eu, ficavam excluídos durante a aula de educação física e no refeitório. Havia os meninos que se mudavam com muita frequência, os que precisavam usar bombinha de asma ou eram gagos ou estrábicos, os que eram invejados por serem inteligentes demais.

Então, um ou dois meses depois da minha chegada numa escola nova, um desses garotos achava uma desculpa para conversar comigo. Vinha me perguntar sobre a lição de matemática como se não anotasse tudo, sempre. Se sentava à minha frente durante o almoço e me contava sobre o que estava planejando para a feira de ciências ou para a fantasia de Dia das Bruxas. E certo dia, depois de meses, o menino em questão me convidava para ir até a casa dele depois da escola — para estudar para a prova de história ou testar o mecanismo do tal projeto de ciências. Depois de um tempo descobri o nome disso: "pretexto", uma razão que, na verdade, é uma desculpa. Os pais do garoto ainda estavam no trabalho. A gente subia para o quarto dele. Acontecia quase sempre do mesmo jeito.

Eu devia dizer não. Todas as vezes, queria dizer não. Sabia que o certo a fazer era dizer para me deixarem em paz, mas eram meninos que já tinham sido esnobados um milhão de vezes. Como eu poderia rejeitá-los?

Então foi assim que aconteceu com Dmitri, Joe, Kevin, Noble, Marcus e C. J. Eu sempre ia para a casa do menino achando que daquela vez ia conseguir me segurar, que ele não seria tão legal comigo ou chegaria tão perto. Que, daquela vez, eu não ia me sentir tentada.

Com o tempo, acabei percebendo uma coisa. Sempre que uma pessoa diz a si mesma que *Dessa vez vai ser diferente*, é o mesmo que prometer que vai fazer igualzinho ao que sempre fez.

Depois de C. J. a gente se mudou para Cincinnati, em Ohio.

— Acho que eu não devia mais ir à escola — sugeri no carro certa manhã. Minha mãe não respondeu nada. — Mamãe?

— Vou pensar sobre isso. — Mas acho que, àquela altura, ela já tinha decidido ir embora.

A estrada parecia tão deserta quanto na noite anterior, nada além de postos de gasolina e galerias com lojas vazias. Animei quando vi um letreiro anunciando PÃO QUENTINHO antes de ver a placa de ALUGA-SE na vitrine. Já estava quase chegando de volta na rodoviária quando vi uma placa dizendo EGDARTOWN, CENTRO HISTÓRICO. Talvez eu pudesse parar num restaurante de verdade, me aquecer um pouco e tomar um belo café da manhã antes de comprar a passagem para Sandhorn.

Depois de alguns quarteirões, a estrada se transformava na rua principal da cidade, toda em estilo antigo. Ainda era cedo, então a maioria das lojas ainda não tinha aberto, mas havia uma sorveteria, um sebo, um restaurante italiano. Uma igreja, uma imobiliária, uma galeria de arte com quadros de barquinhos na vitrine, outra igreja, uma floricultura, uma farmácia, outra igreja: os estabelecimentos pareciam que nunca iam acabar, até que enfim encontrei um café com uma placa escrita à mão na porta que anunciava 2 OVOS, BATATAS RÚSTICAS E TORRADAS POR $1,99. Exatamente o que eu precisava.

O movimento no único salão do pequeno restaurante mais do que compensava o vazio das ruas. Inalei o cheirinho de café e senti uma pontada de saudades de mamãe. Uma garçonete viu minha mochila e disse que eu podia me sentar no balcão. Todas as pessoas nas mesas ao longo da parede ergueram os olhos quando passei, trombando com a mochila numa outra garçonete enquanto avançava e murmurava um pedido de desculpas.

Cheguei ao balcão, e um cara ou outro desviou os olhos do jornal. Não tinha sequer uma banqueta desocupada.

Depois de Luke, a gente se mudou para Baltimore. Minha mãe conseguiu um emprego num escritório de advocacia — era sempre contabilidade ou advocacia; os dedos rápidos no teclado eram a única coisa que ela podia levar consigo para onde quer que fosse — e, por um tempo, fingimos que estava tudo na mais pura normalidade.

Então, logo antes do Natal, mamãe me levou para uma festa na casa do chefe dela. Como disse, depois do que tinha acontecido com Luke e Penny Wilson, ela não podia mais me deixar com uma babá.

Antes de sairmos, ela me fez sentar no sofá.

— Esse é o primeiro emprego bom que consigo na vida, Maren. Tenho amigos... Pessoas com quem conversar, pessoas com quem posso rir na hora do almoço. E tem mais: talvez eu seja promovida em breve.

— Que legal, mamãe — falei, mas não consegui me sentir feliz por ela. Não considerando que só estava me contando aquilo por medo de que eu arruinasse tudo, que pisasse na bola de novo e a gente tivesse que se mudar mais uma vez.

— Pode ser ótimo pra nós duas, é só você... — Ela suspirou. — Por favor, por favor, *por favor*, se comporta. Promete que vai se comportar dessa vez?

Concordei com a cabeça, mas nunca foi uma questão de esforço. Era como me levar a um banquete e me pedir para não comer.

A festa em questão era um coquetel de adultos, desses com camarões pendurados na borda de tigelas cheias de molho vermelho-sangue e mulheres com unhas perfeitamente feitas bebendo drinques em taças altas de martíni, rindo um pouquinho alto demais enquanto pescavam a azeitona da bebida. O teto da sala de estar tinha pé-direito duplo, e a árvore de Natal quase encostava lá em cima.

Havia um quarto de visitas logo ao lado da porta de entrada, e a sra. Gash disse que a gente podia entrar e deixar os casacos na cama. Ninguém entrou junto com a gente, então minha mãe fechou a porta e me disse:

— Não fala com ninguém. Se qualquer pessoa disser oi ou perguntar seu nome, tudo bem, pode responder, mas só isso. Não quero ninguém pensando que você é malcriada. Só fica lendo seu livro.

— Onde?

Ela apontou para uma poltrona no canto da sala. Fui até ela e me sentei com um suspiro.

— Vou te trazer um pratinho e alguma coisa pra beber. *Por favor*, Maren... Por favor, fica aqui e se comporta.

Em alguns minutos, ela voltou com o prometido prato cheio de camarões e biscoitos, pediu mais uma vez para eu não sair do quarto e foi embora. Comi os camarões e fiquei olhando enquanto três mulheres entraram, tiraram os casacos e esfregaram as mãos para espantar o frio. Nenhuma me viu sentada no cantinho.

O monte de casacos foi crescendo, e depois de um tempo pararam de chegar pessoas novas. Conseguia ver a pontinha de um casaco de peles embaixo da pilha e me levantei, estendi a mão e passei os dedos na manga. Imaginei que talvez fosse uma boa ideia me esconder no meio do monte e tirar um cochilo, assim, quando acordasse, já ia ser hora de ir embora. Foi o que fiz.

Embaixo dos casacos era quentinho, seguro e confortável, e a cada respiração eu sentia cheiro de perfume e fumaça de charuto. Caí no sono. Mas o camarão não tinha me satisfeito, e meu estômago roncava enquanto eu adormecia.

Depois de um tempo senti alguém roçar na minha bochecha, e num piscar de olhos estava totalmente desperta, meu coração quase saindo pela boca. Na escuridão, senti uma mão entrando num bolso na altura do meu ombro, remexendo o conteúdo e puxando algo — ouvi o barulhinho suave de uma caixa de fósforos. Depois, senti a pessoa recém-chegada hesitar, percebendo minha presença. De cima, veio um cutucão forte.

— Ei! — exclamei, nadando para fora da montoeira de tweed e tecidos impermeáveis e de lã grossa. Um garoto estava de pé ao lado da cama. Tinha um nariz pontudo e arrebitado que o fazia parecer um roedor amigável de uma história infantil, e óculos de armação de casco de tartaruga que eram grandes demais para seu rosto. No tapete, aos pés dele, havia várias coisinhas que tinha tirado dos bolsos dos casacos das outras pessoas. — Quem é você?

— Eu moro aqui. E você?

— Eu sou filha de uma das secretárias — expliquei. Ele estava com a mão esquerda fechada, ainda erguida diante do corpo, como se eu não fosse notar caso ele não fizesse algum movimento para escondê-la. — Você estava fuçando nos bolsos, não estava? Eu vi. Você pegou uma caixa de fósforos.

— Eu não ia roubar nada. Só dar uma olhadinha.

— Ah tá, sei. — Me arrastei de debaixo do bolo de roupas e parei diante dele. — Como você chama?

— Jamie. E você?

— Maren.

— Que nome engraçado...

Revirei os olhos.

— Nossa, nunca ninguém me falou isso.

Ele olhou para o chão.

— Foi mal.

— Achou alguma coisa legal?

Jamie abriu os dedos, e uma fileira de embalagens de camisinhas ainda presas pelos picotes se desenrolou. Claro que, na época, eu não sabia o que aquilo era. Talvez ele não soubesse também, e por isso nenhum de nós comentou nada.

Apontei para os objetos no chão.

— Você disse que ia devolver tudo isso pro lugar, né? — perguntei, e ele confirmou com a cabeça. — Mas como vai fazer pra lembrar de qual bolso tirou cada coisa?

— Eita. Eu não tinha pensado nisso.

— Talvez seja uma boa só ir botando em qualquer bolso se você não lembrar, aí segunda-feira os donos trocam os pertences lá no escritório.

— Boa.

Ele pegou um pacote de Marlboro do montinho e o enfiou no bolso de um sobretudo azul-marinho. Ajudei o garoto a devolver tudo para o lugar e, com o chão já limpo, ficamos parados nos encarando por um minuto inteiro.

— O que foi?

— Você gosta de estrelas?

— Tipo, estrelas do céu?

Ele assentiu.

— Eu tenho um telescópio — falou. — Quer ir ver?

— Quero. — Saí do quarto de visitas e subi a escada atrás dele.

— Ganhei de Natal ano passado — disse Jamie por sobre o ombro. — Meu pai estudou astronomia na faculdade, então sabe um montão dessas coisas. — O quarto dele ficava no fim do corredor, e quando chegamos lá mal dava para ouvir os barulhos da festa.

Eu nunca tinha entrado no quarto de um menino antes. Havia coisas de Star Wars para todos os lados — a roupa de cama, o edredom, um pôster de Han Solo e da Princesa Leia na parede atrás da cama. Ele tinha uma estátua de papelão do Darth Vader no canto perto do guarda-roupa e um cofrinho com formato de R2-D2 na mesinha de cabeceira. Era tudo muito organizado, e eu conseguia até ver a sra. Gash lembrando o filho de limpar tudo mesmo sabendo que nenhuma visita subiria. A sra. Gash era bem esse tipo de mãe.

Jamie tinha uma prateleira cheia de livros em cima da cômoda, e estiquei o pescoço para ler as lombadas — *A guerra dos mundos*, uns do Isaac Asimov e uma fileira dos livrinhos de escolher a trama que fez meu estômago se revirar quando pensei em Luke. Enquanto eu espiava, ele foi até o grande telescópio preto montado num tripé diante da janela e começou a fazer alguns ajustes. Depois abriu o vidro, e uma lufada de ar gelado soprou pelo quarto, chacoalhando os penduricalhos do móbile de sistema solar instalado acima da cama.

— Agora apaga a luz aí — disse o garoto. Apertei o interruptor perto da porta e parei ao lado dele, estremecendo de frio. — Obviamente é melhor quando a gente leva ele pra cima do telhado, mas sou proibido de ir até lá sem meu pai. — Ele deu um passo para longe do telescópio e o apontou, indicando que era minha vez. — Vem, vou te mostrar as Plêiades. Dá pra ver sem o telescópio, mas é muito mais legal com ele — explicou. Me inclinei e apoiei o rosto na ocular. Um grupo perfeito de estrelas cintilava com força no fim do túnel escuro. — Tá vendo?

— Tô sim — sussurrei. Ele estava perto demais de mim, tão perto que eu conseguia sentir o cheiro do sabonete com cheirinho de mato. A mãe de Jamie tinha feito ele tomar banho antes da festa.

— Você conhece o mito das Plêiades?

— Não.

— Eram as filhas de Atlas. Sabe, o cara que carrega o mundo nas costas?

— Sei sim.

— Então, depois que os Titãs perderam pros Olimpianos e Atlas foi punido, as irmãs ficaram tão chateadas que se mataram, e Zeus ficou com dó delas e transformou todas em estrelas pra elas poderem fazer companhia pro pai pelo resto da existência. Essa é só uma das versões, mas é minha preferida. Meu pai sempre me conta de onde veio o nome de cada constelação — contou ele, e me afastei do telescópio. — Agora vou te mostrar a Via Láctea.

Ouvi passos subindo as escadas, e no instante seguinte a sra. Gash acendeu a luz.

— Jamie? O que você tá fazendo aqui em cima?

Não achava que a gente estava fazendo nada de errado (e eu tinha esquecido totalmente os alertas da minha mãe), mas notei algo estranho na voz da mãe dele.

— O Jamie estava me mostrando o telescópio dele — respondi. — A gente estava vendo as Plêiades.

Ele ainda estava com a cara pressionada contra a ocular.

— Jamie, escuta. Não quero você e a Maren sozinhos aqui em cima.

Ele se virou apenas para dizer:

— Tá bom.

Depois voltou a atenção para o telescópio, e a mãe dele cruzou os braços, encarando a gente.

— *Agora*, Jamie. Por que não leva a visita lá pra baixo e pega alguma coisa pra ela comer? Você gosta de camarão, Maren?

— Gosto sim, sra. Gash.

— Por que você não come uns biscoitos natalinos também? O Jamie e eu que fizemos.

Jamie suspirou enquanto saímos do quarto e seguimos escadaria abaixo. Ficamos perambulando perto da mesa de bebidas montada ao lado da árvore de Natal. Ele serviu dois copos de ponche de uma tigela de cristal lapidado e entregou um deles para mim.

— Foi mal.

Dei de ombros.

— Valeu por me mostrar as Plêiades.

A sra. Gash tinha voltado às tarefas de anfitriã, e ninguém mais parecia estar prestando atenção em nós. Vi mamãe conversando com duas mulheres diante da lareira. Estava contando alguma piada, e quando chegou no desfecho, elas jogaram a cabeça para trás e caíram na gargalhada.

— Vem! — Jamie agarrou minha mão livre e me puxou pelo corredor, para longe do barulho da festa, e bebi meu ponche rapidinho para não derrubar nada no carpete.

— Pra onde a gente tá indo?

— Quero te mostrar um negócio lá embaixo.

A porta que levava até o porão ficava perto do quarto de visitas. Estava frio lá embaixo, tinha cheiro de tinta e mofo e naftalina e a única luz vinha de uma lâmpada simples pendurada no teto sem forro, com as vigas expostas. Havia uma lavadora e uma secadora de roupa ao lado do último degrau, e o resto do espaço estava lotado de móveis velhos e caixas de papelão empilhadas. O chão de concreto estava nu, exceto por um pedaço de carpete cinza diante das máquinas.

— Por que você me trouxe pra cá? — perguntei. — Lá em cima é mais legal.

Ele colocou o copo de ponche em cima da secadora.

— Me mostra.

— Mostrar o quê?

Jamie ficou mexendo no passador do cinto da calça jeans, os olhos fixos no carpete entre os pés.

— Você sabe...

Quero te mostrar um negócio lá embaixo. Caiu a ficha.

— Não — falei. — Você primeiro.

Ele abriu o zíper e deixou as calças caírem. A cueca dele era de cometas e foguetes. Jamie enfiou os polegares no elástico e puxou a peça para baixo e depois para cima tão rápido que nem consegui ver nada direito.

— Agora você — ordenou, mas neguei com a cabeça. — Ah, você falou que ia mostrar.

— Não falei não.

Consegui ver ele repassando o último minuto e meio na cabeça. Franziu a testa quando percebeu que eu estava certa.

— Tá, agora tô me sentindo idiota.

— Não fica assim — falei.

— Foi uma péssima ideia. Eu nunca devia ter te trazido aqui.

Dei um passo na direção da escada.

— Tá tudo bem. Vamos voltar pra cima.

— Você deixa eu fazer só uma coisinha então?

— O quê? — perguntei, e Jamie resmungou alguma coisa. — Oi?

— Posso... te dar um beijo?

Eu sabia que não devia, mas já tinha ferido os sentimentos dele uma vez. *Fere de novo, vai, é um favor que você faz pra ele. Vai embora. Agora. Vai.*

Mas ele deu um passo adiante, e não me virei nem saí correndo. Algo dentro de mim estava despertando. Senti o pânico borbulhar no peito. *Vai, vai, vai embora... Se ele chegar mais perto, você não vai conseguir se segurar.*

A lâmpada zumbia acima de nós, balançando devagarzinho ao sabor da corrente de vento frio. Por um segundo, era como se eu fosse uma garota normal prestes a dar o primeiro beijo.

Vai... Corre... AGORA...

Levei os lábios ao pescoço dele, apertei e absorvi sua presença. Conseguia sentir o cheiro de molho no bafo dele, dos pedacinhos de frutos do mar apodrecendo nos cantos escuros da boca dele. Dei um passo para trás e olhei para o menino. Estava com os olhos fechados, sorrindo como se eu pudesse fazer o que quisesse com ele que ele adoraria. *Não vai ser exatamente como você imaginou,* pensei. *Mas é tarde demais agora.*

Quando terminei, caí de joelhos no carpete diante da secadora, tremendo tanto que fiz a máquina tremer como se estivesse ligada. Era impossível que alguém lá em cima tivesse escutado algo. Pelos alto-falantes da sala de estar, um grupo feminino cantava: *"Take good care of yourself, you belooooong to me..."*.

Fiquei ali sentada por mais um tempinho, pensando no telescópio e na fronha do Chewbacca e no cubo mágico em cima da cômoda. Será que deixariam o quarto do garoto como estava? Por que ele não me deixou em paz?

Encontrei um saco plástico amassado no chão atrás da máquina de lavar e enfiei tudo dentro dele: a calça jeans e a camisa vermelha de botão e a cueca de estampa espacial e os pedacinhos que não consegui comer — tudo, exceto os óculos de armação de casco de tartaruga. Depois tateei entre as teias de aranha atrás da secadora, procurando o espaço onde as mangueiras entravam na parede, para enfiar o saco no buraco. Puxei o carpete manchado até o canto mais escuro do porão. Alguém o encontraria em algum momento. *Sinto muito. Sinto muito mesmo.*

Lavei o rosto, tirei a calça e a blusa de gola alta e torci tudo embaixo da torneira do tanque. Tinha sangue na camiseta que eu estava usando por baixo também, mas ninguém ia notar. Eu poderia lavar aquela em casa.

Não, não em casa. A gente não ia ter tempo para isso.

Enxaguei a boca e me sentei no chão de concreto com as costas contra a secadora, esperando minhas roupas secarem. Me sobressaltava a cada som que vinha de lá de cima, horrorizada com a ideia de alguém descer e me encontrar.

Mamãe. Eu precisava contar para mamãe.

Vesti de novo a blusa e a calça e subi as escadas como se nunca fosse chegar lá em cima. Ela estava saindo do quarto de visitas, nossos casacos pendurados na curva do braço. Fechei a porta rapidinho atrás de mim e me afastei.

— Maren! A gente tá indo embora, tá? Peguei seu casaco. — Ela me estendeu a peça, e a vesti. — Onde você estava?

— No banheiro.

— Tá achando que eu nasci ontem, é? Por que você estava no porão?

Fiquei ali parada num silêncio sofrido enquanto ouvia a sra. Gash chamar Jamie do cômodo ao lado. Senti mamãe tensionar os músculos. A mãe de Jamie voltou para o corredor um instante depois.

— Mas onde esse menino se meteu?

— Ele não tá no quarto? — perguntou o sr. Gash. Estava parado à porta, apertando a mão das pessoas antes de elas saírem para o frio da noite. Os dentes brancos dele cintilavam sob o bigode preto e brilhante.

— *Claro* que não tá no quarto dele.

— Dá uma olhada no telhado — disse o sr. Gash, dando uma risadinha por cima do ombro enquanto estendia a mão na direção da minha mãe. — Que bom que você conseguiu vir, Janelle. — Me cumprimentou com a cabeça. — Prazer em conhecer você, Maren. — Depois, virando de novo para a minha mãe, disse, em voz baixa: — A gente conversa no primeiro horário de segunda, tá bom? Mal posso esperar.

A sra. Gash foi até o pé da escada.

— Jamie! Jamie, cadê você?

— Também mal posso esperar — respondeu mamãe, baixinho. Olhou para mim de canto de olho, e dava para ver como ela estava se esforçando para não demonstrar o pânico, o horror. A cada vez que eu fazia a coisa feia, ela ficava um pouco melhor em esconder os sentimentos. *Você não fez isso. Por favor, me diga que não fez.*

A sra. Gash se virou para nós.

— Você estava brincando com o Jamie mais cedo, não estava, Maren?

Encolhi os ombros, mantendo o olhar baixo. Como poderia olhar a mulher nos olhos? Estava à beira das lágrimas de novo, e a sra. Gash fez a suposição que me salvou.

— Coitadinha! Certeza que ele falou alguma coisa que chateou ela. Ele é um bom garoto, mas tem a tendência de excluir outras crianças. Espertinho demais pro próprio bem, se é que me entende, Janelle. Mas não foi nada demais, tenho certeza.

Minha mãe não estava ouvindo palavra alguma do que a sra. Gash estava falando, e o sr. Gash agora se despedia de outra pessoa. Mamãe agarrou minha mão com tanta força que arquejei de dor, e ela recuou um passo na direção da saída enquanto as engrenagens giravam rápido em sua cabeça. Estava calculando quanto tempo a gente levaria para juntar nossas coisas e ir embora da cidade, criando uma nova lista de frustrações. Na segunda-feira, não haveria nenhuma conversa sobre promoção — ela nunca mais veria qualquer uma daquelas pessoas — e senti a raiva correndo pelo corpo de mamãe, passando por sua mão e chegando até a minha.

A sra. Gash cruzou os braços na frente do peito e olhou por cima do ombro.

— Ele deve ter levado o telescópio para o quintal. Melhor eu checar lá.

— Obrigada pela festa, foi incrível — murmurou minha mãe. A de Jamie já seguia pelo corredor até a porta dos fundos.

— Obrigada por vir, e cuidado com a estrada na volta — exclamou ela quando mamãe abriu a maçaneta e me puxou para fora da casa.

Eu desejava com todas as minhas forças poder desfazer o que tinha feito; queria que a sra. Gash encontrasse o filho no balanço do quintal, fazendo bico porque não abaixei minha calcinha.

Fomos para casa em silêncio, mais de quinze quilômetros por hora acima da velocidade máxima o percurso todo. Minha mãe olhou para mim quando tirei os óculos de Jamie do bolso e os virei nas mãos. Não falou nada. Eu tinha terminado a lição de casa antes de ir para a festa, mas nunca a entreguei.

Naquela noite, aprendi que há dois tipos de fome. A primeira consigo saciar com cheeseburgers e leite achocolatado, mas há uma segunda parte de mim sempre à espreita. Pode ficar adormecida por meses, talvez por anos, mas cedo ou tarde vou acabar cedendo a ela. É como se eu tivesse um buraco gigantesco do lado de dentro, e quando ele assume a forma de uma pessoa, ela é a única coisa capaz de preenchê-lo.

3

Não consegui suportar a ideia de ficar parada, ali dentro do café, esperando como uma idiota até alguém se levantar para poder sentar. Com as bochechas vermelhas de vergonha, saí do estabelecimento e continuei andando.

Alguns quarteirões depois, encontrei um mercado. Era meio esquisito estar com a mochila nas costas, mas entrei mesmo assim. Andei até a seção do hortifrúti, peguei uma maçã, dei uma volta e a recoloquei no lugar. Virei no corredor de enlatados e vi uma senhora mais velha correndo atrás de uma lata que rolava pelo chão brilhante de linóleo branco. Peguei o objeto e o devolvi para ela.

A velhinha sorriu para mim por trás de óculos de gatinho perolados. Estava vestida com um casaco verde-claro com uma rosa vermelha presa por um alfinete à lapela, uma saia de tweed cinza e sapatos colegial de couro, como se ir às compras fosse um evento.

— Muito obrigada. — Ela colocou a lata de novo nas minhas mãos. — Pode ler o rótulo pra mim por favor, meu bem? Esses óculos são inúteis, preciso comprar um par novo.

— "Metades de Pera em Suco de Uva Verde" — disse a ela.

— Ah, ótimo, é essa mesmo que eu quero. — A senhora colocou a lata no carrinho. — Obrigada.

Eu estava prestes a desejar um bom-dia quando ela se virou para mim.

— Você tá sozinha, querida? — perguntou, e concordei com a cabeça. — Fazendo compras pra sua mãe? Que graça, você. — Eu não sabia como responder, e acho que foi naquele momento que ela decidiu me adotar. — Ia me ajudar muito ter alguém pra levar minhas compras até em casa. Eu ando de ônibus, sabe, porque nunca aprendi a dirigir. Você já tirou carta?

Neguei com a cabeça, e ela continuou:

— Meu marido sempre me levava de carro pra cima e pra baixo. — Conforme ela falava, dei uma espiada nos itens no carrinho: duas cebolas-roxas, feijão, uma cartela de ovos, suco de laranja, leite, um pacote de bacon em fatias, quatro latinhas de comida de gato e as peras. — Quer ganhar um troquinho? — perguntou ela. — Mas só se você não estiver com muitas sacolas suas e não for atrapalhar.

Eu a ajudaria mesmo sem receber nada em troca.

— Vai ser um prazer — falei.

— Maravilhoso. Como você se chama, querida?

— Maren.

A mão dela estava gelada, mas o aperto foi firme.

— Maren! Que nome lindo. O meu é Lydia Harmon.

Depois de passar pelo caixa, saímos e ficamos esperando no ponto de ônibus. Me ocorreu que ela podia morar perto da casa dos meus avós, e torci para que não. A sra. Harmon se sentou num dos bancos do ponto, ao lado de uma mãe com filhos demais para manter sob controle. As crianças riam, batendo uma na outra e chutando pedras enquanto a mãe só fumava um cigarro, os olhos perdidos no asfalto. A sra. Harmon, alheia à balbúrdia, sorriu para mim e perguntou se eu estava com fome.

O ônibus chegou, e a sra. Harmon pagou minha passagem também. Quando o veículo se afastou do meio-fio, vi um antigo prédio de tijolinhos com a inscrição BIBLIOTECA PÚBLICA DE EDGARTOWN entalhada acima da porta. Vislumbrei um menino de uns nove ou dez anos segurando a porta para uma senhorinha entrar.

Para o meu alívio, a gente parecia estar indo para a direção oposta à do bairro dos meus avós. Poucos quarteirões depois, vi alguém na calçada — um homem mais velho, mas não tanto quanto a sra. Harmon, usando camisa xadrez vermelha com as mangas arregaçadas. Não parecia estar indo para lugar algum, nem olhando para nada. Quando o ônibus passou, fitou as janelas, analisando o rosto dos passageiros como se estivesse procurando alguém. Quando me viu, sorriu como se estivesse justamente atrás de mim. No mesmo instante, percebi que ele não tinha a parte de cima de uma das orelhas, cortada na diagonal. Aquilo o fazia parecer um gato de rua. Virei para acompanhá-lo conforme passávamos. Ele continuava olhando para mim, com um sorrisinho no rosto, e pareceu que ia acenar quando viramos numa esquina.

— Viu algum conhecido, querida? — perguntou a sra. Harmon.

— Não. Era só alguém que parecia me conhecer.

— Ah — respondeu ela. — Não é engraçado quando isso acontece?

Dez anos antes, a casa da sra. Harmon devia ser bonita e bem--cuidada, mas agora a tinta das janelas estava descascando um pouco e a grama havia crescido entre as tábuas da cerca de madeira. Mesmo assim, era uma casinha linda, branca com detalhes em azul-claro e uma alegre porta vermelha. A sala de estar era iluminada e aconchegante — havia fileiras de discos e livros de capa dura em armários com portas de vidro, além de fotos de lugares distantes, como o Grand Canyon e o Taj Mahal, e girassóis frescos num vaso de vidro em cima de uma mesinha de canto. Ouvi o tique-taque do relógio acima da lareira antes de vê-lo.

Um gato com juba, que mais parecia um leãozinho branco, saltou de um pufe diante da lareira e marchou pelo tapete na direção da cozinha. A sra. Harmon colocou as sacolas de mercado numa cadeira ao lado da porta e se abaixou para fazer carinho no animal enquanto ele passava.

— Cadê o Bichano da mamãe, hein? — Depois pegou as compras de novo e seguiu o gato até a cozinha. — Ele sabe que é hora de comer. Escutou o tilintar das latinhas na sacola. — Deu uma risada. — E o que *você* quer de café da manhã, querida? Tem ovos e bacon, e estava pensando em fazer umas batatinhas...

Perfeito. Simplesmente perfeito.

— Seria maravilhoso, sra. Harmon, obrigada. — Acomodei a mochila atrás de uma poltrona e a acompanhei até a cozinha com o resto das compras.

A casa tinha tudo que eu imaginava num lar de verdade: fotos de crianças sorridentes na geladeira, o jogo americano feito de retalhos em cima da mesa, apanhadores de sol de vidro colorido nas janelas — um sapinho, um barco, um trevo de quatro folhas. Acima do interruptor, havia um enfeite pintado com um anjo segurando uma faixa que dizia DEUS ABENÇOE ESTA CASA E TODOS NELA. A gente nunca tinha coisas assim nas casas em que morávamos. O cômodo cheirava a canela.

Depois de abrir alguns armários, descobri onde guardar cada coisa. A geladeira parecia bem abastecida para uma pessoa, e dava pra ver, pelos grandes potes de vidro cheios de farinha e açúcar sobre a bancada, que a sra. Harmon adorava confeitaria. Tinha um bolo, não dava pra saber de quê, numa redoma de plástico transparente ao lado de uma fruteira cheia de maçãs e bananas.

Ela se desvencilhou do casaco e trocou por um avental quadriculado que pegou de um gancho perto da geladeira.

— O abridor elétrico de latas é a maior invenção do século XX — disse ela, enquanto usava o apetrecho para abrir uma latinha de comida de gato. — Quando você for velha como eu, vai entender.

Bichano (Será que aquele era mesmo o nome dele? Era o equivalente ao meu nome ser "Menina") ficou esperando diante de um potinho de aço inox logo abaixo da janela, agitando o rabo, enquanto a sra. Harmon servia a comida dele com um garfo.

— Agora, *nosso* café da manhã. — Ela pegou uma frigideira e apontou para o sofá na sala de estar. — Fica à vontade, Maren. Quer alguma coisa pra beber? Suco de laranja?

— Pode ser suco, muito obrigada. — Sentei e corri a mão pela manta de tricô azul e vermelha pendurada no encosto.

A gente nunca tinha dessas em casa. Quando dava frio, pegávamos o cobertor da cama mesmo. Mantas, assim como jogos americanos ou enfeites de janela, não eram necessários.

Virei para espiar os porta-retratos na mesa de canto enquanto a sra. Harmon chacoalhava a embalagem recém-comprada de suco de laranja, depois a abria e servia dois copos. A foto do casamento era pintada à mão, então as bochechas dela estavam rosadas como algodão-doce, e o jardim ao redor do casal brilhava como a cidade de *O Mágico de Oz*. Às vezes as pessoas mudam tanto que não dá para reconhecer seus traços nas versões mais novas, mas a sra. Harmon continuava parecida. Tanto ela quanto o esposo eram tão bonitos que poderiam ter sido astros de cinema. O retrato tinha uma borda marrom, e letras douradas na parte de baixo diziam:

SR. E SRA. DOUGLAS HARMON
2 DE JUNHO DE 1933

— O marido da senhora era muito bonito — falei quando ela me entregou o suco.

— Obrigada, querida. A gente ficou junto por cinquenta e dois anos. — Ela suspirou. — Dougie, meu amor. Logo vou me juntar a ele.

— Ah, não fala isso — respondi no automático.

Ela deu de ombros e voltou para a cozinha, acendeu uma boca do fogão e colocou uma colherada grande de manteiga numa frigideira.

— Chuta quantos anos eu tenho, Maren.

— Eu não sou muito boa nisso.

— Melhora com a idade. Eu tenho oitenta e oito anos, quase oitenta e nove.

Era mais velha do que aparentava.

— Espero ficar como a senhora quanto tiver oitenta e oito anos, quase oitenta e nove.

— Ora, obrigada, querida! Não podia ter elogio melhor — agradeceu ela. Continuei correndo o olhar pelo cômodo enquanto a sra. Harmon cozinhava as batatinhas congeladas junto com o bacon. Caímos no silêncio. Achei confortável, o tique-taque do relógio vindo de cima da lareira. — Não incomoda você, incomoda? — perguntou a idosa depois de um tempinho.

— O quê?

— O relógio. Minha sobrinha diz que o barulho é tão alto que mal consegue ouvir os próprios pensamentos. — Ela pousou a mão no quadril enquanto transferia as batatas e o bacon para um prato e começava a preparar os ovos. — Já eu acho reconfortante. Afinal de contas, a passagem do tempo é a única garantia que a gente tem na vida.

A sra. Harmon colocou duas fatias de pão na torradeira, tirou a frigideira com ovos do fogão e colocou os pratos na mesa.

Foi o melhor café da manhã que tomei na vida. Não tem como alguém se sentir totalmente sem esperança com uma refeição quentinha na barriga — uma refeição quentinha e *honesta*. Estar com a sra. Harmon só tornava tudo melhor. Ela me fez esquecer, pelo menos por um tempinho, que eu não tinha mais uma casa aonde voltar. A sra. Harmon sorriu para mim enquanto bebia o suco, e me toquei de uma coisa: ela confiava em mim.

Levei a louça para a pia e a lavei junto com a frigideira, e a sra. Harmon murmurou um agradecimento enquanto se deitava no sofá e cobria as pernas com a manta de tricô. O gato branco deu um salto e se acomodou em cima de sua barriga.

— Ah, Bichano... — disse ela, coçando as orelhinhas dele.

Me sentei na poltrona perto da porta e vi, na mesa ao lado, uma grande cesta de vime cheia de novelos de lã em cores pastel, rosa e laranja e azul-bebê.

— Você gosta de tricotar? — perguntou a sra. Harmon, e neguei com a cabeça. — Eu tenho uma montoeira de lã, mas nunca vou conseguir usar tudo. Não consigo usar as agulhas por tanto tempo... Minha artrite não deixa.

— Talvez a senhora possa me ensinar. Digo, se não for ficar com muita dor na mão.

Nunca tinha pensado em tricotar antes, mas do nada fiquei com uma vontade louca de aprender. Queria tricotar um suéter e me esconder dentro dele.

— Seria um prazer, querida. Deixa só eu descansar um pouquinho antes — disse ela. Na minha cabeça, eu já estava fazendo uma capa com capuz igual à mortalha da Morte. Eu a usaria o tempo todo para ninguém ver meu rosto. — Você também tá com cara de cansada, Maren. Por que não tira um cochilo no quarto de visitas?

Toda vez que ouço as palavras "quarto de visitas", penso em Nárnia. *Filha de Eva, da distante terra de Viz Itas, onde reina o verão eterno na brilhante cidade de Guar Dahoupa...*

— Ninguém dorme aqui em casa comigo há um tempão — continuou a sra. Harmon. — Acho que quartos de visita foram feitos para serem usados, concorda? É a primeira porta à direita depois da cozinha. Aí quando você acordar, a gente toma um chá e come um bolinho. Fiz um de cenoura ontem. E aí te ensino a tricotar, e você leva alguns novelos pra casa. Não parece ótimo?

Depois de passar a noite num Cadillac abandonado, parecia um sonho.

Vi ela começar a pestanejar de sono.

— Descansa direitinho, Maren.

— A senhora também, sra. Harmon.

Mas ela se sobressaltou ao lembrar de algo.

— Ah! Acho que é melhor ligar e avisar sua mãe que você tá aqui, né?

Balancei a cabeça.

— Ela já sabe que vou chegar tarde. — Não gostava da ideia de mentir para ela, mas eu desejava tanto que aquilo fosse verdade que talvez nem configurasse de fato uma mentira.

— Isso. Ótimo. — A sra. Harmon fechou os olhos.

Segui pelo corredor e abri a porta à direita. Era a cama mais chique que eu já tinha visto, com uma cabeceira de mogno escuro cheia de querubins sorridentes entalhados — velha demais, estranha demais e maravilhosa demais para uma casa normal como aquela — e uma manta alinhavada em amarelo e azul sobre o lençol. Na parede oposta, havia uma grande cômoda com gavetas e um espelho em cima, e uma cadeira no canto com estofado de veludo vermelho. Era o melhor quarto de Viz Itas do mundo.

Na mesa de cabeceira, encontrei uma escultura antiga, uma esfinge de bronze com as asas estendidas atrás do corpo. Peguei a peça na mão — era muito mais pesada do que eu esperava, a base forrada de feltro macio verde-esmeralda — e, quando li a plaquinha, percebi que era um troféu:

A TAÇA LUCRÉCIO É ENTREGUE

A DOUGLAS HARMON, COM GRANDE ESTIMA

E ADMIRAÇÃO POR SEU EXTRAORDINÁRIO ARTIGO

SOBRE A NATUREZA DA CONSCIÊNCIA HUMANA

SOCIEDADE CLÁSSICA DA

UNIVERSIDADE DA PENSILVÂNIA

JUNHO DE 1930

Era um prêmio de verdade, não uma daquelas porcarias baratas que meus colegas de classe ganhavam quando venciam algum campeonato de softbol. Corri os dedos pela esfinge, pelas patas e asas, depois pelo rosto, orgulhoso e distante. Ela me dava vontade de me esforçar por algum objetivo, de conquistar algo belo de que pudesse me orgulhar pelo resto da vida.

Devolvi o troféu para a mesinha e puxei a coberta, tirei as meias sujas e me enfiei debaixo dos lençóis brancos. O travesseiro estava geladinho quando pousei o rosto nele. Entendo agora por que o cheiro de amaciante é tão reconfortante: as coisas não podem estar tão desesperadoras se ainda tem alguém preocupado em lavar a roupa de cama.

Dormi, e quando acordei me espreguicei como um gato. A casa estava mergulhada no silêncio. Fui até a sala de estar e me ajoelhei ao lado do sofá.

— Sra. Harmon?

Não sei por que continuei chamando seu nome. Assim que encostei nela, soube que estava morta.

Eu nunca tinha visto uma pessoa morta antes — quer dizer, acho que deu para entender o que quis dizer. Uma sensação estranha subiu pelos dedos que eu tinha encostado nela, se espalhando pelo braço e depois pelo resto do meu corpo, e, mesmo estando ajoelhada ao lado do sofá, o chão pareceu ceder sob mim.

Balancei a cabeça e me levantei. O gato branco estava confortável no pufe em frente à lareira, como se nada tivesse acontecido. Ergueu a cabeça e olhou para mim, depois fechou os olhos e esfregou o rosto com a patinha — como se dissesse *E daí?*

E daí que já era seu patê enlatado. Voltei para o sofá e ajeitei a manta sob o queixo da sra. Harmon, como se aquilo fosse aquecê-la.

Vi de novo o cesto com as coisas de tricô, peguei alguns novelos e as agulhas de madeira e enfiei tudo na mochila.

— Obrigada, sra. Harmon — sussurrei.

Depois vaguei pelos cômodos da casinha, olhando para as fotos antigas e mexendo em todas as coisas que ela parecia ter feito à mão — o caminho de mesa no centro do móvel da sala de jantar; o cardigã com botões de pérola dobrado no espaldar de uma cadeira, como se estivesse nas costas de alguém; o quadrinho bordado com o provérbio O AMOR É O MELHOR REMÉDIO acima do interruptor do quarto dela — sem realmente enxergar nada. Voltei para o quarto de Viz Itas e me deitei de novo na cama, só porque não sabia mais o que fazer. Não queria deixar a senhorinha daquele jeito, mas não tinha ideia de quem chamar. Mesmo que tivesse, eu não saberia como explicar por que estava ali. Alguém com certeza pensaria que eu tinha feito alguma coisa errada.

Decidi voltar a dormir e fingir por um tempo que nada daquilo tinha acontecido. Não sabia o que mais fazer.

Não haveria mais bolo, aulas de tricô ou pessoas que confiavam em mim.

Ouvi um barulho em outra parte da casa, e foi isso que me acordou da segunda vez. Devia ser fim de tarde. Me sentei imóvel na cama, aguçando os ouvidos, e em alguns segundos ouvi de novo. Havia alguém ali — alguém vivo.

Abri a porta e senti, vindo pelo corredor, o cheiro azedo de uma refeição que só poderia ser degustada uma única vez. Também senti o odor de sangue, mas não era exatamente como o que eu já conhecia. Talvez o sangue de pessoas mortas não tivesse o mesmo cheiro e sabor.

Dava para ver um vulto no final do corredor escuro, inclinado sobre o sofá. Era o homem idoso que eu tinha visto do ônibus.

Reparei na orelha cortada. A cabeça dele estava mergulhada na barriga da sra. Harmon, e vi pedaços rasgados da blusa dela no tapete. O braço da mulher estava sobre as costas dele, rígido como uma tábua, enquanto ele afundava o nariz nela. A cabeça da sra. Harmon não existia mais, mas madeixas grisalhas jaziam no braço do sofá.

Abri a boca, mas nada saiu. Como poderia gritar, sendo tudo aquilo tão familiar para mim?

Se ele percebeu que eu estava ali, não deu sinal algum. Também não parecia nada agitado. Eu não conseguia ver o rosto dele, mas sabia que não estava arrependido. O homem mordia e mastigava e engolia calmamente — metodicamente, até. *É assim que fico quando faço isso? Também solto esses barulhos horríveis?*

Quando terminou com a barriga da velhinha, o homem estendeu a mão e puxou os dedos roxos dela para si, e os estalidos começaram. Ele se aproximou mais do sofá, ainda sentado nos calcanhares, enquanto comia as pernas. Eu queria desviar o olhar, mas não consegui.

Quando terminou, o estranho se endireitou e soltou um arroto com intensidade digna de ser registrada pela escala Richter.

— Perdão — murmurou ele, limpando a boca com um lenço amarelo imundo que tirou do bolso da calça. — Tu num tem nada com que se preocupar — continuou, devolvendo o lenço amarrotado ao bolso. — Eu nunca como gente viva.

Em nenhum momento ele tinha se virado na minha direção. De alguma forma, simplesmente sabia que eu estava ali.

O homem pegou os pedaços de roupa espalhados e enfiou tudo numa das sacolas que trouxemos do mercado. Os sapatos de couro marrom da sra. Harmon estavam cuidadosamente alinhados onde ela os havia deixado, esperando o próximo passeio que jamais chegaria. O homem olhou para mim, depois escondeu os calçados embaixo da saia da capa florida do sofá.

Quando enfim falei, minha voz parecia pertencer a outra pessoa.

— Achei que eu era a única.

Ele deu de ombros.

— Todo mundo acha. — Puxou algo do meio da manta embolada no sofá e balançou os objetos entre os dedos.

Eram as joias da sra. Harmon — os anéis que estavam em seus dedos e o medalhão esmaltado em rosa e creme que circundava seu pescoço. Juntando as peças na palma da mão suja, ele se levantou, estalando os próprios ossos, e se sentou na poltrona ao lado do sofá. Fez menção de guardar tudo no bolso da camisa, mas depois mudou de ideia.

— Toma — disse ele.

O estranho se inclinou e estendi minha mão, aceitando o montinho de acessórios. Depois tirou um cantil metálico e meio desgastado do bolso do peito e deu uma golada. Vi o pomo-de-adão dele subir e descer enquanto engolia. *Pra ajudar a empurrar tudo pra dentro.* Eu tinha convivido só uma hora com a sra. Harmon, mas naquele momento senti uma saudade como se a conhecesse desde sempre.

Fui até a lareira e desemaranhei os anéis do cordão, dispondo todas as peças diante das fotos que a sra. Harmon usava para se lembrar do marido. Um charmoso Douglas Harmon com o olhar calmo me encarava com uma benevolência que eu não merecia.

— Escuta. Passou da hora das apresentações, né. Eu sou o Sullivan. — O homem ficou de pé e estendeu a mão. Os olhos dele eram azul-clarinhos, e as sobrancelhas grisalhas estavam todas desgrenhadas. — Mas pode me chamar de Sully.

Antes que eu tivesse a chance de recusar o aperto de mão, ele olhou para os próprios dedos — manchados de vermelho, especialmente em volta das cutículas — e mudou de ideia. Foi até a cozinha e as lavou na pia, olhando para mim por cima do ombro.

— Mas e aí? — continuou. — O passarinho comeu tua língua, guria?

Eu nunca tinha conhecido ninguém que falasse daquele jeito. Ele devia ser do sul, de algum lugar rural como a Virgínia Ocidental.

— Eu sou a Maren — disse.

— Gracinha de nome. Nunca tinha ouvido antes — falou Sullivan enquanto secava as mãos no pano de prato da sra. Harmon. Os dedos não estavam exatamente limpos. Até onde eu sabia, porém, uísque podia muito bem ser mais eficiente que Listerine.

— Como você soube? — perguntei.

Ele ergueu uma sobrancelha grisalha.

— Tipo, como eu soube sobre ti? — questionou ele, e assenti. Sully hesitou, como se estivesse decidindo como responder. — Eu só sei, uai.

— O senhor me viu... hoje de manhã, no ônibus... e soube? Simples assim?

— Sim. Soube que era tu — disse ele.

— O senhor disse "Todo mundo acha" — comecei. — Como se houvesse outros.

— O quê, como se a gente andasse em bando ou coisa assim? — Sully deu uma risada, puxando uma cadeira para se sentar diante da mesa da cozinha, onde a sra. Harmon tinha se deliciado com ovos e bacon algumas horas antes. — Como se o povo se juntasse pra um carteadinho toda quinta à noite? — Ele riu de novo, uma risadona alegre e empolgada. Se eu fechasse os olhos, até conseguiria ver um Papai Noel que entornava o caneco e fumava que nem uma chaminé. A única diferença era que o homem era tão magro que os ossos marcavam as roupas. — Tu tá sozinha e sempre vai estar. É assim que vai ser, tendeu?

Encostei no batente da porta e cruzei os braços.

— Parece uma daquelas profecias que só se cumprem porque a pessoa ficou sabendo dela.

— Guria, tu tem muita coisa pra aprender. Tu pode ser perigosa pra um monte de gente, mas não significa que não tenha um monte de gente que também pode *te* machucar. Se quiser continuar com a cara no lugar, é melhor não se juntar com mais gente que nem tu.

— Mas e o senhor?

— Eu o quê?

— Ué, acabou de dizer que eu devia manter distância do senhor.

— Ah, mas eu não sou que nem tu, e tu não é que nem eu. Teu sangue ainda corre nas tuas veias, e desde o século XIX que deixei de ser adolescente. Por isso que a gente pode sentar juntos pra comer, tendeu?

Senti o estômago roncar à menção do jantar, mas algo que ele tinha dito me chamou a atenção.

— Como o senhor sabia? — perguntei de novo. — Que eu... Que eu como...?

— E quem mais tu comeria nessa idade? — Ele riu, e sorri.

— O senhor é velho assim mesmo?

O homem estalou a língua.

— Eu já vi muita, muita coisa, mas ainda não tô nem perto dos cem.

— E já conheceu muitas pessoas que nem a gente?

— Um gato-pingado aqui e outro ali — disse, encolhendo os ombros. — Mas, como falei, é melhor não fazer amizade.

Não era só a orelha de Sully — ele também não tinha boa parte do indicador esquerdo. Me viu olhando para a mão dele e a estendeu na minha direção, balançando os dedos como se fosse uma jovenzinha exibindo a aliança de noivado.

— Perdi numa briga de bar — disse ele. — O puto arrancou na base da mordida. Engoliu antes que eu pudesse pegar de volta. —

Ele se levantou da mesa e começou a abrir os armários. Pegou uma frigideira. — Tá com fome? Vou preparar um ranguinho pra gente.

— O senhor ainda tá com fome?

— Eu tô sempre com fome. — Sully pegou umas cebolas e batatas de um pote em cima da bancada e colocou tudo na tábua de cortar. — Vem cá botar a mão na massa. Vou te mostrar como faz um picadinho de pobre.

Cortei uma cebola na metade.

— O que é picadinho de pobre? — perguntei, sem conseguir resistir. — É feito com carne de...?

Ele gargalhou, jogando a cabeça para trás e dando uns tapinhas no joelho.

— Nada, nada. É só um picadinho com o que tiver à mão. — Ele abriu a geladeira e fuçou nas gavetas. — Vamos ver se ela tem um tiquinho de carne moída... Ah, olha aí! Tem umas cenouras também. — Sully se virou e ligou o forno. — Duzentos graus — disse por sobre o ombro, e tirou a carne da bandejinha com as mãos mesmo. Ainda dava para ver o sangue da mulher ao redor das unhas. Eu ia ter que tentar não pensar sobre aquilo.

Assisti enquanto ele ia de um lado para o outro da cozinha. Pegou duas latas de feijão cozido e apanhou o abridor elétrico antes de conseguir destampá-las. Deixou a carne e os vegetais cozinhando e se virou para o pote com o bolo. Abriu a tampa e deu uma cheiradinha.

— Nham, o que é?

— Acho que é bolo de cenoura.

— Com cobertura caseira. De cream cheese. Parece um manjar dos deuses. — Ele fechou a tampa de novo e olhou para mim. — O que tu tava fazendo com ela, aliás?

— Nada — respondi. — Ela me pediu pra ajudar com as compras, depois me convidou pra tomar café.

— Aí ficou cansada e disse pra você ficar à vontade, é isso?

Não sei por que me senti culpada de repente, ainda mais depois de ver o que *ele* tinha feito.

— Ela foi boazinha comigo — falei. — Eu não fiz nada de errado.

O homem me dirigiu um olhar que eu não soube interpretar.

— E eu lá disse que tu tinha feito? — Ele arrumou os ingredientes numa assadeira, cobriu tudo com queijo cheddar ralado e colocou a comida no forno.

O relógio sobre a lareira badalou as seis horas enquanto Sully trazia a mochila dele da sala de estar. Apoiou o volume contra a geladeira e, da abertura, tirou um objeto longo que parecia uma corda. No começo achei que era mesmo uma corda dessas de câ-nhamo, mas, depois que ele pegou o coque grisalho da sra. Harmon e o acomodou em cima do jogo americano com certa reverência, entendi do que aquilo era feito. Havia mechas de todo o tipo de cabelo trançadas juntas, ruivas e castanhas e pretas e brancas, de fios encaracolados e crespos e bem lisinhos. Eu nunca tinha visto nada tão grotesco e tão bonito ao mesmo tempo.

Sully colocou a ponta da corda sobre o joelho, puxou com cuidado uma mecha do coque da sra. Harmon e a dividiu em dois, depois em quatro porções iguais.

— Trabalho nisso aqui faz anos — disse ele, erguendo os olhos para mirar minha expressão enquanto começava a trançar a pri-meira parte. — E viu, cara feia pra mim é fome. Aprende uma coisa sobre o velho Sully: eu num vou mudar meu jeito de ser pra agradar ninguém. — Depois deu de ombros. — E que seja, é meio poético, se tu parar pra pensar.

— Como assim?

— Isso de fazer alguma coisa útil e preciosa do que já foi des-sa pruma melhor. No século passado o povo fazia pulseira com o cabelo dos cadáveres, sabia?

Neguei com a cabeça.

— As viúvas usavam joias feitas com o cabelo do marido pelo resto da vida — continuou Sully. A corda começou a se torcer conforme ele trançava os pedaços. — Uma coisa preciosa — repetiu baixinho, como se falasse consigo mesmo. — Uma lembrança do falecido. — As mãos dele eram ásperas e retorcidas, mas pareciam habilidosas enquanto trabalhava no trançado. — Preciso me manter ocupado — disse ele. — "Cabeça vazia, oficina do diabo", é o que o padre falava pra gente na aula de catequese quando eu era menino. E, enfim, é melhor do que ficar empurrando as pecinhas de xadrez pra lá e pra cá como alguns coroas fazem.

— Não seria problema algum — me intrometi — o senhor jogar xadrez.

Ele deu uma risadinha sarcástica.

— E eu faço como, jogo contra mim mesmo?

Por alguns minutos, fiquei observando ele trançar as madeixas grisalhas nas outras que já formavam a corda.

— O que o senhor vai fazer com isso aí quando terminar?

Ele deu de ombros.

— E quem falou que um dia vou terminar?

— Então não entendi qual é o propósito de fazer um negócio desse, já que nunca vai estar completo.

— Não dá pra falar a mesma coisa sobre a vida? A gente só segue, sem motivo.

Não tive como argumentar. De repente, os dias e as semanas e os meses que se estendiam diante de mim pareceram ainda mais deprimentes do que tinham parecido no dia anterior ou no outro ainda.

— Toma — disse Sully, puxando mais alguns metros de corda da bolsa e me entregando. — Puxa forte. Daria pra enforcar alguém com isso aí que o troço ia aguentar.

Hesitei — em parte porque não queria tocar naquilo, mas também por medo de estragar o negócio e deixar o velho bravo.

— Vai, menina — incitou ele. — Não vai estragar.

Então agarrei o troço com as duas mãos e puxei, mas o homem estava certo. Aposto que, se pendurassem aquela corda no teto de um ginásio, daria para subir nela que nem a gente fazia nas aulas de educação física.

— Como o senhor aprendeu a fazer isso?

— Meu velho trabalhava fazendo cordas. — Ele fez uma pausa, depois acrescentou, baixinho: — Entre outras coisas. — Torceu o punho, e a corda saltou e se contorceu como uma cobra. Tomei um baita susto, e ele riu de mim. — Tá — continuou. — Agora me conta sobre sua primeira.

Corri o dedo pelo alinhavado do jogo americano da sra. Harmon.

— Foi minha babá.

— E tu lembra?

Neguei com a cabeça.

Ele tirou o cantil metálico do bolso e deu mais um gole.

— Tua mamãe que te achou?

Assenti.

— E a primeira do senhor? — perguntei.

Sully riu consigo mesmo.

— Comi meu próprio vô enquanto esperavam a chegada do serviço funerário. — Ele lambeu os lábios e me olhou de soslaio enquanto fechava o cantil. — Dei uma economia de quase trezentas pilas pro meu velho. — Depois de um momento, ele perguntou: — Por que tu tá sozinha? Tua mãe te abandonou?.

— Como o senhor sabe?

Ele deu de ombros.

— E por isso que tu tá aqui?

Confirmei com a cabeça.

— Deixa eu adivinhar. — Ele suspirou. — Tu veio aqui achando que ia barganhar com ela. Aí encontrou a mamãe e viu que de jeito maneira ia ter coragem de tocar a campainha.

Odiei como aquele homem, um completo estranho, sabia tanto sobre mim. Tinha sido mais fácil ir embora do quintal dos meus avós pensando que poderia voltar, mas o velho estava certo. *Não tinha* como voltar. Não tinha como pedir perdão pelo que eu tinha feito.

— Escuta — continuou Sully. — Pode ter certeza de que tudo o que tu sentir as pessoas já vão ter sentido um milhão de vezes antes. — Ele franziu a testa, lembrando de algo. — Eu queria ter me despedido da minha mamãe. Dormi na floresta por semanas, esperando uma oportunidade.

Respirei fundo e tentei expulsar todos os pensamentos sobre *minha* mãe da cabeça.

— E não foi difícil? Ter que dormir ao relento, encontrar comida e outras coisas?

— Nada. Não é difícil depois que alguém te ensina a atirar, e a reconhecer as plantas, e a acender uma fogueira. Eu tinha um arco e flechas que usava pra caçar o jantar. Coelhos, esquilos. Meu vô que me ensinou essas coisas todas.

— Mas não era difícil adormecer pegando sereno?

— Pelo jeito, tua mamãe nunca te levou pra acampar. — Ele deu uma risada. — Pra que dormir debaixo de um teto tendo um céu cheinho de estrelas lá fora? — Com um gesto da cabeça, apontou para a janela da cozinha.

— O senhor sempre dorme ao relento?

— Não num lugar todo construído tipo aqui. Corre o risco da polícia te pegar e te acusar de vadiagem. Não interessa se tu não roubou nada ou se só acampou em terreno público. Se a gente estivesse no mato, eu teria feito esse picadinho na fogueira. — Ele suspirou. — Num tem nada melhor no mundo que o cheiro de fumaça de lenha. Se a gente estivesse no mato, ia achar uma clareira pra gente e te mostrar como ver desenhos nas estrelas.

Pensei em Jamie Gash, e fiz uma careta de tristeza.

— Mas perdão, tô perdendo o fio da meada, guria — continuou ele. — Como tava dizendo: eu voltava e ficava vendo minha mãe pela janela da cozinha. Tentando juntar coragem. Ia falar com ela enquanto meu pai estivesse fora.

— E conseguiu?

Ele negou com a cabeça.

— Tive algumas oportunidades, mas deixei todas passarem. Eu sabia que ela se assustaria que nem se visse assombração, e quanto mais tempo passava, acho que mais assustada teria ficado. — Ele manteve o olhar fixo no jogo americano, mas dava para ver que estava imaginando o rosto da mãe emoldurado pela janela da cozinha. — Essa é a pior parte — disse ele, enfim. — Quando tua própria família tem medo de tu. — Ele tombou a cabeça de lado e me encarou por alguns instantes. — Quantos anos tu tem, guria? Uns dezesseis, dezessete?

— Dezesseis.

— Novinha de tudo — disse ele. — Mas né, a gente nunca é novo demais pra começar a se cuidar sozinho. Eu fui embora de casa quando tinha catorze.

— Catorze!

Sully encolheu os ombros.

— O que mais eu ia fazer? Meu velho não queria que eu voltasse pra casa.

— Por causa do...

— Nada. Meu velho sempre dizia que eu não era muito certo da cabeça, mas nunca soube o porquê. Além da vez com o vovô, nunca fiz o negócio dentro de casa.

— E nunca souberam que foi você?

Ele negou com a cabeça.

— Eu tava cuidando do corpo. Era assim que as coisas eram feitas lá atrás, a gente nunca deixava o corpo sozinho. Aí falei que tinha ido tirar água do joelho e, quando voltei, ele tinha sumido. Todo mundo ficou triste, mas ninguém botou a culpa em mim. Eu só tinha dez anos, disseram, num sabia de nada. Minha tia meteu na cabeça que ele tinha levantado e saído andando por aí. — Ele começou a rir, uma risada baixa e retumbante no começo, mas que logo se transformou em um acesso de gargalhadas agudas. — Ela bateu nas portas dos dois lados da rua por quilômetros, perguntando se alguém tinha visto o paizinho morto dela.

O riso dele de alguma forma me pegou, e me fez esquecer de quem nós éramos mesmo enquanto ríamos a respeito. Ri também. E ele gargalhou até chorar, e depois a gente ficou parado por alguns minutos num silêncio confortável, Sully enxugando os olhos com os nós dos dedos.

Outra dúvida me ocorreu.

— O senhor já encontrou outra garota que...?

O homem correu a mão pelas bochechas cobertas de barba por fazer, fazendo um barulho que parecia lixa na madeira.

— Conheci algumas poucas mulheres — disse ele. — Muito tempo atrás.

— Como o senhor encontrou elas?

Ele deu de ombros.

— Igual encontrei tu.

— E que tipo de pessoa elas comiam?

Sully tombou a cabeça de lado, estreitando os olhos.

— Hein?

— Digo, elas comiam pessoas que eram gentis com elas, ou que eram malvadas, ou...?

— Acho que uma mistura das duas coisas.

Tentei de novo:

— O senhor sabe o que aconteceu com elas?

Sully deu de ombros mais uma vez.

— Eu já falei, guria. Eu segui meu caminho, elas seguiram o delas.

O gato branco entrou desfilando cozinha adentro. Eu tinha esquecido completamente dele, e esperava que ele não estivesse na sala enquanto a sra. Harmon era comida. Quando viu a corda feita de cabelos, o gato se sentou nas patas traseiras e começou a dar tapinhas no objeto.

— Xô! — Sully balançou a mão. — Vaza! Mete o pé! — Bichano não se afetou até o homem o empurrar para o lado com a bota. — Tu já teve um gatinho?

— Minha mãe dizia que não dava pra gente ter bichinho de estimação. A gente se mudava muito.

— Eu nunca gostei de gato. — Ele fungou. — Gatos só querem saber do próprio umbigo.

Sorri.

— Como a maioria das pessoas, acho.

Sully não respondeu. Bichano perdeu interesse na corda de cabelo, mas não deu sinal de querer sair da cozinha. Ficou ali sentado no piso de linóleo, agitando o rabo e alternando o olhar entre mim e Sully, como se estivesse participando da conversa.

— Gato burro — murmurou Sully. — Vaza!

— Acho que ele tá com fome. — Me levantei e abri uma lata de comida de gato, e Bichano se esfregou nas minhas pernas enquanto eu servia o patê no potinho no chão.

— Viu só? Gatos só querem saber do próprio umbigo.

Satisfeito, Bichano foi embora, e por alguns minutos fiquei vendo Sully trabalhar na corda. A sra. Harmon tinha bastante cabelo para alguém de oitenta e oito anos.

— O senhor só come gente morta mesmo?

Ele assentiu.

— Depois de um tempo comecei meio que a sentir se a pessoa estava prestes a morrer, pelo cheiro ou pela cara dela. Não me pergunta como, não é um odor ou uma aparência que dá pra explicar. Eu simplesmente sei. — Ele soltou a corda no colo, pegou uma maçã da fruteira da sra. Harmon, tirou uma faca dobrável do bolso da camisa vermelha de flanela e começou a descascar a fruta sem quebrar a espiral da casca. — Eu costumava me sentir um abutre, esperando do lado de fora da casa das pessoas, mas isso nem me passa mais pela cabeça. — Ele brandiu a faca no ar, reforçando o comentário. — A gente é como é, guria. Essa é a regra número um.

Sully partiu a maçã descascada e ofereceu um pedaço para mim com a ponta da lâmina. Eu ainda ficava com um pouco de nojo quando pensava nos restos da sra. Harmon nas mãos dele — sem falar nele mexendo no cabelo de Deus sabe quantas outras pessoas mortas. Mas não queria ofender, então aceitei.

— Tu já ouviu falar das ilhas do Pacífico Sul? — perguntou ele, e concordei com a cabeça. — Alguns povos de lá comem os mortos, e é uma coisa sagrada. Fazem um banquete e tal. — Ele cortou outro pedaço da fruta e o jogou na boca, falando enquanto mastigava. — O cara come o fígado do avô ainda quente, a língua do pai em conserva, o coração da mãe num picadinho, e aí depois de um tempo é a vez dele. E se o que sobrou dele pudesse falar, te diria que isso é bem o que ele queria. Que aprendeu um monte de coisa ao longo da vida, e que os filhos poderiam absorver essas coisas cortando o ancestral em pedacinhos e mandando tudo pra dentro.

— Isso não faz sentido — falei. — Por que ele só não ensina tudo pros filhos enquanto está vivo?

Sully deu uma gargalhada.

— Sabedoria não é uma coisa que dá pra ensinar, guria.

— É isso que o senhor faz? Come as pessoas na esperança de aprender alguma coisa?

— Nada — disse ele, fungando. — Eu só como elas, mesmo.

Quando o temporizador tocou, ele enrolou a corda de cabelo e a acomodou com cuidado no chão de linóleo amarelo antes de tirar o picadinho do forno. Sully colocou a assadeira no meio da mesa e começou a servir. O queijo estava perfeito, crocante em cima e derretido embaixo. Ele se deliciou com o picadinho como se não tivesse comido nem uma migalha o dia todo. Repeti uma vez, depois outra. Era um monte de vegetais se desfazendo, misturados com carne moída bem temperadinha.

— Ah — disse ele. — Que delícia. O gosto nunca é igual — afirmou. Completamente satisfeita, apoiei as costas na cadeira. — Já deu pra você?

Fiz que sim com a cabeça, e ele continuou comendo até estar arrancando os pedacinhos de queijo torrado das bordas da assadeira. Nunca tinha visto alguém que fosse tão saco sem fundo, mas o rosto dele era encovado como se vivesse a pão e água.

Sully se levantou e levou nossos pratos até a pia. Fiquei olhando enquanto ele lavava tudo.

— Que boca aberta é essa, guria? Eu gosto de deixar as coisas como encontrei, mesmo que pra dona aí não vá mais fazer diferença.

Depois que terminou de limpar a pia, pegou na despensa a lata de metades de pera no suco de uva verde e conseguiu tirar a tampa depois de um minuto ou dois se enrolando com o abridor elétrico. Com os dedos manchados e retorcidos, pegou os pedaços clarinhos e macios das frutas de dentro do suco, um por vez, e os acomodou em uma assadeira menor.

— O que o senhor vai fazer agora? — perguntei enquanto ele ligava a grelha de cima do forno.

— Pera caramelizada. — Ele jogou um pedação de manteiga na frigideira e depois acrescentou colheradas de açúcar mascavo enquanto ela derretia. — Por que escolher uma sobremesa se você pode ter duas?

Depois que a mistura derreteu e chegou no ponto que ele queria, o homem derramou tudo em cima das peras, polvilhou canela e cravo em pó por cima e botou a fôrma no forno. Depois trouxe o bolo de cenoura para a mesa e cortou uma fatia enorme.

— Quer um tequinho? — ofereceu.

Neguei com a cabeça. Até queria, mas não parecia certo, considerando que eu e a sra. Harmon iríamos comer o bolo juntas. Sully mandou tudo para dentro, bebeu o leite da sra. Harmon direto da embalagem e voltou a trançar a corda enquanto as peras chiavam no forno.

Peguei na mochila os novelos de lã e as agulhas da sra. Harmon e, no fundo do cesto com as coisas dela, encontrei um folheto com o molde de um casaquinho de bebê. Na parte de trás, havia o manual ensinando a fazer a peça, que fiquei encarando antes de desistir e voltar a observar Sully trançando e torcendo as madeixas grisalhas.

— O senhor lembra de quem cada cabelo era?

Ele ergueu um pedaço da corda e apontou um pedaço com o mindinho encalombado.

— Tá vendo esse trechinho arrepiado aqui? Era o que os jovens hoje chamam de dreads. Deu uma trabalheira pra trançar, mas consegui. — Ele balançou a cabeça. — Achei esse menino afogado no próprio vômito — afirmou, e fiz uma careta. — Precisei dar uma bela limpada no corpo antes de comer. E mesmo assim... O gosto do estômago é muito melhor quando tá vazio.

Ah, jura? Meu olhar recaiu sobre uma madeixa ruiva meio dourada, alguns centímetros abaixo dos dreads. Era o tom de cabelo mais lindo que já tinha visto.

— E aquele ali, de quem era?

— Essa... — Ele fez uma pausa. — Ela tava a fim *mesmo* de tirar a própria vida.

Aquilo bateu forte, a diferença entre nós dois. Eu fazia vítimas. Ele, não.

Levei meu prato até a pia e o lavei.

— O senhor disse que tinha uns dez anos quando seu avô morreu, né?

Ele concordou com a cabeça.

— Por quê?

— Nada, só parece um pouco velho pra primeira vez.

— Não é toda hora que a gente vê gente morta por aí — argumentou ele. — Meu pai não era coveiro.

— Mas o senhor disse que ele falava que tinha alguma coisa diferente no senhor.

— Eu costumava comer coisas — explicou ele. — Engoli o casaco que a mamãe tava fazendo mais rápido do que ela era capaz de tricotar. Ela sabia que meu pai ia me dar uma surra se descobrisse, então escondeu dele. Foi assim por anos. Eu pegava um sapato velho e mastigava até conseguir engolir. Só coisas macias. Uma vez comi uma colcha inteira que minha avó costurou, isso lá em mil novecentos e bolinha. Não comia nada que meu velho pudesse perceber. — Ele continuou entrelaçando as mechas de cabelo enquanto falava, mas estava de novo com aquele olhar distante no rosto, como se estivesse vendo o passado numa névoa flutuando logo acima do meu ombro direito. — Quando minha mãe cortava o cabelo da minha irmã, eu comia os cachinhos do chão como se fossem ostras. Papei uma boneca de pano sem pestanejar, e a menina quase morreu de chorar. Mas tinha medo demais de mim pra contar pro papai. — Ele hesitou. — Dessa parte eu me arrependo. — Sully olhou para mim. — Tu já comeu coisa que não devia? — perguntou, e só fiz uma cara feia. — Fora gente — acrescentou ele, e neguei com a cabeça. — Inventaram uma palavra pra isso agora. Uma palavra chique pra pessoas que têm vontade de comer coisas que não devem ser comidas. Jornal, terra, vidro. Caramba, até merda. Talvez já tenham inventado um nome pra gente também. — Ele descansou as costas na cadeira e repousou as mãos sobre a barriga.

Aquilo me fez pensar numa coisa.

— O senhor já foi no médico?

Sully ergueu a sobrancelha.

— Tu já foi pra Lua?

Sorri e revirei os olhos.

— O que quero dizer é... Acha que é hereditário? — sugeri, e os lábios dele se curvaram devagar num sorriso malandro. Senti um calafrio. — O que foi?

Ele se inclinou de novo na cadeira e coçou a lateral do pescoço, o sorriso sumindo.

— Não posso garantir que meu vô era um comedor, mas tenho minhas razões pra achar que era sim.

Senti a curiosidade pinicando a pele.

— Que tipo de razões?

— Quando penso agora no tempo em que a gente passava na mata juntos... caçando, pescando, aprendendo a viver da natureza... algumas memórias são claras, e outras são meio nubladas. Acho que as nubladas são nubladas por uma razão.

Na hora, entendi. Era igual a eu saber que o cabelo de Penny Wilson era tão loiro que era quase branco, com um nariz longo e pontudo num rosto igualmente longo, e olhos azuis arregalados um tiquinho demais para serem bonitos.

— Como se talvez o senhor se lembre de verdade, mas talvez esteja só inventando?

— Nada — negou ele. — Não é invenção não.

— E o seu pai?

Sully me fulminou com o olhar.

— O que tem ele?

Dei de ombros.

— Se o seu avô era um comedor, então talvez...

— Talvez porcaria nenhuma — retrucou Sully. — Nunca tive nada em comum com o meu pai, isso é fato. — Ele se levantou e pegou a assadeira com as peras, serviu uma porção em cada pratinho de sobremesa e depois derramou mais caramelo direto da frigideira em cima.

Colocou um dos pratos na minha frente. Agradeci, peguei uma colherada de pera e suspirei. O gosto de cravo e caramelo combinava perfeitamente com o da pera. Decidi que não queria mais falar de gente morta.

— Tá uma delícia.

— Sei que tá — disse ele, entre colheradas. Engoliu a porção dele em dois ou três segundos. — Eu sempre como bem. A vida é curta demais pra comer mal.

Quando terminamos, Sully disse:

— Acho que tô a fim de ouvir uma musiquinha.

Foi até a sala de estar, se sentou nos calcanhares e começou a olhar a coleção de discos no armário com porta de vidro que ficava sob a janela.

— Tu tinha mais bom gosto do que imaginei — disse Sully para o retrato de Douglas Harmon acima da lareira. — Ele tem um do Bobby Johnson. Um dos melhores violonistas da história. — Tirou o disco da capa e o colocou no toca-discos. — Dizem que o Bobby Johnson encontrou o diabo na encruzilhada certa noite, em algum canto do Alabama, e o diabo disse "Vou te ensinar a tocar blues melhor que ninguém, e o custo é sua alma". E o Bobby Johnson aceitou o negócio.

Sentei na poltrona perto da lareira e a música começou a tocar. A gravação era meio chiada, com o artista cantarolando enquanto dedilhava o violão, e quando ele começou a cantar para valer, a voz era crua, rica e desenfreada. *"Ah, the woman I love, took from my best friend, some joker got lucky, stole her back again..."*

Sully tirou um cachimbo e um saquinho de fumo da mochila, botou uma pitada na câmara e acendeu um fósforo. Exalou uma nuvem de fumaça enquanto Bobby Johnson cantava sobre a disputa de dois amigos pela mesma mulher.

"When a woman gets in trouble, everybody throws her down. Lookin' for a good friend, none can be found..."

A música acabou, e eu disse:

— O diabo não existe, sabia?

— Ah, então tu acha que isso do Bobby é só historinha pra boi dormir? — Sully jogou a cabeça para trás e riu. — Vou te contar uma coisa. Às vezes eu gosto de ir num bar, pedir uma rodada de bebida e contar pro povo sobre mim. — Ele levou as mãos em concha dos lados da boca, como se estivesse sussurrando num palco de teatro. — Só que eles não sabem que tô falando de mim mesmo. E os caras ficam dizendo que tenho uma imaginação fértil. Eu falo pra eles ficarem de olho enquanto estiverem voltando pra casa, pra trancarem a porta e espiarem pra ver se tem algo embaixo da cama, e eles só riem. — Ele ergueu a agulha do toca-discos e virou para o lado B. — É assim que as histórias nascem. A gente conta sobre as coisas que fez como se não fossem verdade porque é o único jeito de acreditarem na gente.

Uma memória irrompeu na superfície da minha mente, de quando alguém roubou o rádio do nosso carro e mamãe me fez ir até a delegacia com ela pra prestar queixa. Eu devia ter tipo uns doze anos (a lista de nomes no meu coração ainda não era tão longa), e fiquei morrendo de medo dos policiais me olharem bem e descobrirem o que eu tinha feito. Tinha um quadrinho de ponto--cruz em cima da porta que dizia A VERDADE VOS LIBERTARÁ, e lembro do homem atrás do balcão notar que eu estava olhando para o bordado e depois de rir ao pensar em como aquilo era irônico.

Eu ainda estava com o quadrinho na cabeça quando o telefone tocou. Sully não reagiu, e a secretária eletrônica no balcão da cozinha soltou um estalido. Ele continuou fumando o cachimbo enquanto ouvíamos a mensagem.

"Oi, tia Liddy, é a Carol. Tô ligando só pra saber como a senhora tá. Tô querendo ir até Edgartown amanhã fazer umas comprinhas e pensei em passar aí e te pegar pra gente almoçar. Me liga quando ouvir a mensagem, tá bom? Te amo muito, até mais, beijão."

Sully soltou um grunhido e tirou o cachimbo da boca quando a secretária eletrônica clicou de novo.

— Pra onde tu vai depois daqui?

— Minnesota.

O homem ergueu uma das sobrancelhas peludas.

— E o que tu vai fazer em Minnesota?

— Meu pai é de lá. Então não sei... Talvez ele ainda more lá.

— Tu não escutou nada do que eu falei, guria? Já te disse que remexer no passado só vai fazer ele feder. Tu tá arrumando sarna pra se coçar.

— Não é melhor saber? — Peguei um novelo de lã do cesto de vime e corri o dedo pelos fios macios. — O senhor disse que seu avô era um comedor. Acho que meu pai pode ser um também. — Era a primeira vez que eu pensava naquilo de forma consciente, então nem preciso dizer que nunca tinha dito as palavras em voz alta. O pensamento me fez estremecer. — Quero saber de onde ele veio, e por que abandonou a gente.

Sully balançou a cabeça.

— Não interessa por que teu paizinho te abandonou. Ele abandonou e ponto-final.

Senti os olhos marejarem. Não consegui evitar.

— Eu não sei mais pra onde ir.

— Calma, calma, tá tudo bem — disse ele, gentil. — Eu tô sempre indo de um lugar pro outro, mas enquanto eu estiver firme e forte, tu pode vir comigo.

— Achei que o senhor tinha dito que era melhor não fazer amizade com ninguém.

— Eu posso mudar de ideia, ué. — Sully soprou outra nuvem de fumaça e parou para admirá-la enquanto se dissipava. — O que acha?

— Valeu. — Tirei um lenço de uma caixa na mesinha de canto e enxuguei os olhos. — Vou pensar nisso.

O tique-taque do relógio ocupou de novo o silêncio, e Sully pegou o jornal. Enfim, disse:

— Melhor tu ir pra cama. A gente precisa sair cedinho pra sobrinha dela não encontrar a gente aqui.

Me levantei, devolvi o novelo para o cesto e peguei a mochila.

— Então tá bom — falei. — Boa noite, Sully.

Ele continuou baforando o cachimbo, virando as páginas para passar o olho pelas manchetes.

— Dorme bem, guria.

Coloquei o pijama, escovei os dentes e fui para o quarto de Viz Itas. Estava fechando a porta quando o gato branco saiu do quarto da sra. Harmon no fim do corredor e enfiou a patinha no vão, miando como se quisesse entrar.

— Sinto muito, Bichano. — Me abaixei e, com carinho, empurrei ele de volta para o corredor.

Nunca tinha passado a noite com um animal antes, e fiquei com medo de não conseguir dormir.

Algo me fez dar uma volta da chave na fechadura. Se Sully fosse honesto, nem ficaria sabendo.

Apaguei a luz e me deitei na cama. O luar refletia na esfinge na mesinha ao lado da cama e no rosto dos querubins entalhados na cabeceira, iluminando os olhinhos de madeira como se estivessem olhando para mim. Como se estivessem olhando *por* mim. Senti saudades da sra. Harmon, e me perguntei quanto tempo demoraria até que outra pessoa dormisse naquela cama extra de novo. Provavelmente, nunca mais aconteceria.

Claro, eu tinha dormido demais naquela tarde. Então o sono não vinha. A escuridão era opressiva, e o silêncio me cobria como uma manta da qual eu não precisava. Quando enfim adormeci, sonhei com aquele homem invisível e sua faca invisível, e através da mente anuviada senti a dor abrindo caminho de volta por dentro do meu ouvido. *Espeta, torce, espeta, torce.* Ele empurrou a faca contra minha boca.

De manhã, encontrei outro bilhete na mesa da cozinha, mas esse me fez sorrir.

> *GURIA:*
>
> *Tenho a sensação de que tu não vai dar bola pro meu conselho de não ir atrás do teu papai. Mas se mudar de ideia, é só tu me esperar em algum lugar do centro da cidade que eu te acho. A vida com esse tiozão é pura diversão.*
>
> *SULLIVAN*
>
> *P.S.: Arranjei isso numa das minhas andanças por aí, achei que tu ia curtir.*

Junto com o bilhete havia um livro de bolso, do tamanho da palma da minha mão e com pelo menos uns cinquenta anos de existência. A capa vermelha tinha um carimbo prateado. CIRCO DOS IRMÃOS RINGLING. LIVRETO DE LEMBRANÇA. Abri numa página qualquer e não tinha palavra nenhuma, só uma ilustração em vermelho e preto de três pequenos acrobatas em pleno ar.

Dois tinham grandes bigodes enrolados na ponta, e a outra usava sapatilhas vermelhas com um cordão que amarrava até o joelho. Virei uma página, depois outra, depois outra. *Arrá*, pensei. *Um livro animado!* Então botei o dedão na borda e fiz as páginas virarem rápido, e os cavalheiros nos trapézios jogaram a dama acrobata de uma página para a outra e depois de volta para o começo. Talvez não seja de todo ruim estranhos conhecerem a gente melhor do que se esperaria.

Depois de um rápido café da manhã, me despedi dos amigos que tinha feito nas últimas vinte e quatro horas: a esfinge de bronze e o gato branco e a sra. Harmon no casamento de *O Mágico de Oz*. Meus dedos pairaram sobre as joias antigas e belas enfileiradas em cima da lareira, e escolhi o cordão com o pingente rosa e creme. Quando apertei o botãozinho na lateral, a tampa abriu e lá estava ele, o sr. Harmon, sorrindo do lado de dentro. Fechei o medalhão, abri o fecho da correntinha e a pendurei no pescoço. Sabia que não devia ficar com a peça — as joias dela, todas, pertenciam por direito à sobrinha —, mas precisava de algo para me lembrar da senhorinha.

Alguns minutos depois, embarquei num ônibus circular, e dessa vez sabia que estava indo na direção oposta à da casa dos Shields. Eu nunca veria minha mãe de novo, nem mesmo pelo vidro de uma janela.

Já não havia mais nada que me interessasse em Edgartown, então, em vez de olhar pela janela do ônibus, fiquei brincando com o livrinho do circo. Fechei os olhos e tentei imaginar como seria flutuar pelo ar, fingir que estava voando enquanto esperava que alguém me agarrasse pelos calcanhares.

Cheguei à rodoviária antes das dez da manhã. Fui até o guichê, onde uma mulher usando batom demais lixava as unhas.

— Quando sai o próximo ônibus pra Minnesota? — perguntei.
— Preciso ir pra Sandhorn.

— Perto de St. Paul?

— Não sei.

— Se não sabe pra onde tá indo, como quer que eu te ajude? Minha vontade era pegar aquela lixa e enfiar no nariz dela.

— Achei que a senhora poderia me dizer onde fica a parada mais próxima — falei.

— Ó, menina. Você pode arranjar um mapa ou pode subir naquele ônibus pra St. Louis que tá saindo do portão um daqui um minuto e meio. Eu faria isso se fosse você. O próximo indo pro oeste só sai às oito da noite.

A atendente era grosseira, mas sensata. Comprei a passagem para St. Louis.

4

Mais estrada, mais estranhos roncando e tentativas inquietas de me perder num livro, mais refeições vindas de máquinas de salgadinho. Levei dois dias para chegar a St. Louis, então tive tempo mais do que suficiente para refletir sobre as coisas estranhas e maravilhosas que Sully tinha dito: dormir ao relento e ter que matar para comer, viver de forma confortável só com o que cabe em uma mochila, pactos com o diabo e contar verdades como se fossem histórias — foi sobre a última coisa que pensei por muito tempo, porque a gente pode aceitar nossa história mesmo que ninguém mais aceite.

Em seguida pensei em como a vida poderia ser depois que eu encontrasse meu pai, e minha sensação foi a de estar abrindo uma balinha de menta depois de guardada carinhosamente por muito tempo. Eu sabia que ele devia ter tido um bom motivo para abandonar a gente, porque por mais que mamãe nunca falasse sobre ele, era claro que ela ainda o amava. Por qual outra razão ainda usaria a aliança de casamento?

Por horas, olhei pela janela do ônibus, imaginando o rosto, a voz, as mãos dele. Ele seria meio palmo mais alto que mamãe, também usaria a aliança ainda, e não esperaria estar morto para me contar tudo o que sabia. Até imaginei ele assinando *Francis Yearly* no recibo do cartão de crédito quando me levasse para jantar num restaurante italiano. Meu pai me ensinaria como navegar pelo mundo, então o fato de ninguém saber a verdade sobre mim não importaria mais. A gente iria encontrar amigos como Sully, e já seria o bastante. Eu viveria com meu pai numa casa com jogos americanos e fotos emolduradas, e seríamos voluntários na distribuição de sopa aos domingos de manhã quando todo mundo estivesse na igreja.

Eu me encontrava num estado de ânimo curioso quando enfim desci do ônibus — exausta e em êxtase ao mesmo tempo, como se soubesse exatamente como chegar àquele castelo que eu mesma tinha construído na imaginação. Foi só quando entrei na fila para comprar minha próxima passagem que percebi que só tinha quinze dólares na carteira.

Como? Como eu podia ter sido tão idiota?

Fazia sentido, é claro, do ponto de vista da minha mãe. Eu não precisaria de mais de cem dólares para ir de Cincinnati a Sandhorn. Mas tinha gastado a maior parte do valor indo na direção oposta.

Arrastei minha mochila até um banheiro imundo, me tranquei na última cabine e chorei. Estava quase sem um tostão no bolso, e definitivamente sem um lugar para dormir. Por que não tinha aceitado a oferta de Sully? Por que não tinha dado ouvidos a ele?

Chorei até cansar, depois saí do banheiro com os olhos ardendo, mas a determinação renovada. Eu iria até Sandhorn como qualquer pessoa sem grana faria: pedindo carona na beira da estrada.

Na rua, perguntei ao taxista de aparência mais gentil onde seria mais fácil ficar para arrumar uma carona até Minnesota.

— Eu pediria lá na rua da faculdade — disse ele, apontando na direção certa. — É uma época boa pra arranjar uma carona. Tem um monte de aluno voltando pra casa pra passar as férias de verão.

Depois de vinte minutos, cheguei nos arredores do campus da faculdade, com as calçadas de lajotinhas bem assentadas e um gramado verde e brilhante além do portão aberto. Havia estudantes por todos os lados: indo de um prédio para o outro, lendo nos bancos da praça, jogando frisbee. Pesquei um pedaço de papelão de uma lixeira e escrevi: PRECISO DE UMA CARONA ATÉ MINNESOTA. Depois me sentei e esperei. Tentei ler, mas as palavras dançavam no meu campo de visão, se rearranjando na página. Acabei fechando o livro e fiquei pensando no meu pai, em como passaríamos nosso primeiro fim de semana juntos pintando as paredes do meu quarto novo. Lilás ou verde-água?

Uma hora depois, uma sombra se projetou no meu colo.

— Eu tô voltando pra casa em Minneapolis — disse a garota. — Você consegue ajudar a pagar a gasolina? — Ela era alta e bronzeada, e estava vestindo uma camiseta com a inscrição TIME DE VÔLEI DA UNIVERSIDADE ESTADUAL DO MISSOURI. Assenti, descruzei as pernas e, cambaleando um pouco, me levantei. — Beleza então — disse ela. — Você tem sorte, eu já estava saindo.

O nome dela era Samantha e ela não estava a fim de fazer amizade, o que me servia bem. Como já disse, nunca tinha tido uma amiga menina.

Paramos para abastecer em algum ponto de Iowa, e quando Samantha voltou ao carro disse:

— Foi vinte pilas. Você consegue contribuir com dez?

— Eu só tenho mais quinze dólares.

— Odeio ser estraga-prazeres, mas com quinze pratas você não vai chegar muito longe. O que vai fazer depois que estiver em Minneapolis?

— Pegar outra carona até Sandhorn.

Samantha me olhou esquisito, depois deu a partida no carro e voltou para a pista. Peguei uma nota de cinco e a coloquei no espacinho do painel onde ficava os trocados, mas ela não falou nada. Eu havia dito que ajudaria com a gasolina, e teria sido maldoso da minha parte voltar atrás, mesmo ela podendo ter sido um pouco mais gente boa comigo.

Uma hora mais tarde, falei que precisava ir ao banheiro, e ela pareceu irritada.

— Você não podia ter ido quando a gente parou pra abastecer?

— Eu não tava com vontade ainda.

Seguimos em silêncio por mais alguns quilômetros, mas quando passamos pela placa de um Walmart, ela pegou a saída e parou no estacionamento.

— Valeu — falei, e corri até o banheiro.

Quando voltei, achei minha mochila no meio da vaga vazia. Não consegui nem acreditar. Fiquei ali parada, encarando o lugar onde o carro havia estado. De que valia ter dado dinheiro para o combustível se ela ia me largar ali no meio do nada?

Peguei a carteira e contei meu dinheiro de novo. Dez paus e algumas moedinhas. A ideia de ter que pedir outra carona me dava vontade de me trancar de novo no banheiro e nunca mais sair.

Espera aí, pensei. Não é culpa minha. O que ela tinha feito não fazia nenhum sentido. Por que me oferecer carona para depois me deixar?

Talvez ela tivesse farejado alguma coisa em mim. Nenhuma menina na escola gostava de mim também.

Tentei respirar fundo e pensar no que devia fazer em seguida. Mas não queria fazer nada em seguida. Não queria estar ali — não queria estar em lugar nenhum.

Levei os punhos cerrados aos olhos, e por alguns minutos esqueci do mundo. Não conseguia nem pensar com clareza o bastante para desejar ter ficado com Sully. Não tinha lencinhos comigo, então limpei a bochecha e o nariz com a manga da camiseta. Durante esse tempo todo, pessoas passavam por mim para entrar no mercado. Algumas tentavam nem olhar, já outras me encaravam como se eu estivesse com uma melancia pendurada no pescoço. Ergui o rosto e meus olhos se encontraram com os de um cara com uma camisa de beisebol dos Cubs. Ele ficou vermelho que nem um pimentão e se apressou na direção das portas automáticas.

De repente pensei na minha mãe, morrendo de chorar diante de uma cumbuca de salada, em uma casa que eu nunca conheceria. Me sentei, limpei a poeira da bunda da calça jeans e peguei a mochila.

A lufada de ar geladinho que me recepcionou quando entrei pelas portas automáticas quase secou minhas bochechas. Cada Walmart é uma cidade própria, com departamentos parecendo bairros e os carrinhos azuis deslizando por entre as prateleiras como veículos. Dá para andar por quilômetros sob as luzes frias e fluorescentes, passando por cortadores de grama e mostruários de tintas e berços e expositores de batons. Daria até para dormir, ao menos na teoria, nas camas abarrotadas de almofadas.

Parei diante da longa vitrine com salgados e lanches prontos e analisei as opções: sanduíche natural de atum embalado em plástico filme, enroladinho de salsicha, e, sob a lâmpada amarelada, um barquinho de papel vermelho e branco cheio de macarrão com molho de queijo, a superfície ressecada numa película cor de laranja. Se fosse para gastar metade do meu dinheiro em comida naquela noite, não ia ser naquela porcaria.

Doces. Se eu pudesse comer um chocolatinho, um Snickers que fosse, daria para esquecer tudo aquilo. Por um minuto e meio, eu poderia fingir que era normal.

Virei a esquina na seção de doces e parei de supetão. Tinha um cara só de roupa de baixo cambaleando pelo corredor. Eu já tinha visto todo o tipo de gente estranha no Walmart, e no verão sempre tem uns caras de calção de banho e chinelo andando na direção da seção de refrigerados, mas aquele moço estava em outro nível.

Sunga e botas de caubói já seriam ridículas o suficiente, mas esse cara usava botas de caubói e chapéu de rodeio, uma regata dessas de usar embaixo do pijama e cuecas boxer tão velhas que estavam meio transparentes. Havia manchas amarronzadas nos sovacos da regata, como se ele tivesse bebido cerveja a ponto de ter começado a suar o próprio líquido.

Talvez se ele fosse um velho doido da cabeça manguaçado essa visão causaria apenas tristeza, mas ele era jovem demais e estava sóbrio demais para não causar arrepios. Balançava o cestinho enquanto caminhava — se é que *caminhar* era a melhor palavra — e murmurava para si mesmo.

— Num sou obrigado a aguentar essa merda. Tô cansado e *por aqui* de você me culpar por *tudo*, mulher. Vou te ensinar uma coisa... Nossa, vou te ensinar uma coisa *bem ensinadinha*.

Uma mensagem gravada saiu dos alto-falantes enquanto o bêbado continuava reclamando sozinho. *"Promoção de Hoje do Walmart: embalagem tamanho-família de sabão em pó Tide, compre uma, leve duas. É por tempo limitado!"*

Ele devia aproveitar a oferta. Às minhas costas, uma mulher com um carrinho de compras virou no corredor, e quando passou por mim a visão do caubói bêbado a fez estacar. *Ops...* Eu quase podia ouvir os pensamentos dela. *Tarde demais pra dar meia-volta.* O doido já a tinha visto. Então ela seguiu com cautela pelo corredor, erguendo o olhar só para garantir que não ia trombar nele com o carrinho. Mas já foi o suficiente.

— O que cê tá olhando? — perguntou ele. Bom, ela certamente não ia responder "um babaca bebum", então não disse nada. Ele virou para olhar por cima do ombro, encarando a mulher com os olhos vidrados. — Eu *pergunteiiiiii* o que cê tá *olhando*, vadia!

Ela congelou no lugar, apertando a manopla do carrinho com mais força. Depois se virou para mim, e tentei abrir um sorriso solidário. Nós duas encaramos a outra extremidade do corredor, mas nenhum funcionário de camisa polo azul estava vindo para acompanhar o homem até a porta. Estava silencioso demais a não ser pela musiquinha de elevador que saía pelos alto-falantes, como se todos os funcionários do mercado tivessem saído para o intervalo ao mesmo tempo.

— Cê é surda, vadia? — gritava o bêbado. — *Isso* cê ouve, sua vaca?

— Ei! — exclamou alguém às minhas costas. Passou por mim e parou diante do carrinho de compras da mulher. Tinha cabelo loiro todo bagunçado e estava usando uma camisa verde de beisebol, jeans e botas de operário. — Não é certo falar com uma moça assim. Você tá fora de controle, parça.

— Parça! — zombou o caubói. — Eu não sou seu *parça*. — Havia saliva acumulada nos cantos da boca dele. Isso mesmo. Um bicho raivoso.

Só olhando as costas do recém-chegado, já dava para dizer que era mais velho que eu — devia ter uns dezoito, talvez vinte anos. Olhou por cima do ombro na direção da mulher. Ela agradeceu bem baixinho, virou e foi embora do corredor empurrando o carrinho. Eu devia ter ido atrás, mas sabe como é quando tem alguém se comportando de forma estranha em público: dá vontade de ficar assistindo para ver o que vai acontecer.

O caubói bêbado tentou dar um soco no menino de verde, mas ele desviou bem na hora.

— Escuta aqui, seu playboy, filho da puta desgramado — gritou o caubói, tentando de novo segurar o garoto pela camisa. — Quem você acha que é pra me falar o que fazer?

O garoto virou a cabeça e olhou para mim, e uma sensação estranha percorreu meu corpo. Se ele sentiu a mesma coisa, não deixou transparecer. Voltou a olhar para o bêbado e disse, com tanta calma que até arrepiei:

— O senhor tá certo. Mas a gente devia resolver isso lá fora.

E, sem olhar de novo para mim, ele seguiu na direção dos fundos da loja — o que me pareceu esquisito, mas o caubói provavelmente não batia muito bem mesmo quando estava sóbrio.

Então foi trançando as pernas atrás do garoto de verde; derrubou o cestinho de compras no chão, mas se abaixou e pegou o fardo de cerveja antes de continuar cambaleando pelo corredor. Dei uma espiada no cesto virado: charque e um pacote gigante de chocolate Milky Way. Uma lata de feijão rolava pelo linóleo branco.

Por um tempo, vaguei por entre as prateleiras — ferramentas de jardinagem, comida de cachorro, cosméticos — para me acalmar depois do que tinha visto. Não só pelo caubói bêbado, mas pelo rapaz de camisa verde também. Eu ainda me sentia estranha, como quando encontrei a sra. Harmon e fiquei sem chão.

Uma mãe e uma filha estavam fuçando no conteúdo de um expositor de maquiagem da Maybelline.

— Aqui, que tal esse? — disse a mulher, entregando para a filha uma sombra compacta azul-bebê. — Vai combinar com seus olhos.

A menina não parecia ter idade para usar maquiagem. Não segundo minha mãe, ao menos.

Voltei para a seção de enlatados e peguei uma lata de grão--de-bico, mas a devolvi. Qual era o meu problema? Eu precisava comer, e não devia ser uma decisão tão difícil. Não era como se aquelas dez pilas fossem servir de alguma coisa se eu simplesmente não gastasse, como se fossem durar além de algumas poucas refeições na estrada.

Eu não *precisava* gastar aquele dinheiro. Nunca tinha roubado nada, e, enquanto cogitava a hipótese, perdi temporariamente o apetite. Não queria ser esse tipo de pessoa, e de qualquer forma não estava com fome o bastante para virar uma ladra.

Verdade, pensei. *Mas, cedo ou tarde, vou estar.*

Uma lata de grão-de-bico, que coisa mais idiota para se roubar. Custava só cinquenta e nove centavos, mas achei que pegar alguma coisa barata diminuiria a gravidade do delito. Não tinha mais ninguém no corredor. Enfiei a lata na mochila e saí da seção de enlatados tão casualmente quanto possível.

Seria um erro ir embora direto, então me forcei a continuar vagando pelo mercado. Virei na prateleira de materiais de papelaria e, enquanto fuçava nos cadernos de três matérias, percebi um item fora de lugar: um sanduíche embalado em plástico filme. Pão de fôrma, patê de atum, uma folha triste de alface escapando de dentro do recheio. Era como se ele estivesse gritando "me leva, vai, me leva logo" em grandes letras vermelhas. Então peguei o lanche e o guardei junto da lata de grão-de-bico. Nem queria aquele sanduíche idiota, mas ele me sustentaria por um tempo e ninguém mais o teria comprado.

E então, antes que desse por mim, estava de volta ao corredor de doces. Ele estava vazio, o conteúdo do cesto do caubói bêbado ainda espalhado pelo chão. Me assustei quando a nova oferta especial do Walmart soou do nada: "Se prepare para o melhor feriado da sua vida com uma churrasqueira Weber novinha, cinquenta dólares — é por tempo limitado! Grelhe seus hambúrgueres com estilo!".

Segui até a parte dianteira da loja, passando de novo pela vitrine de sanduíches, pelos caixas e pelos ambientes com os cortadores de grama e os móveis de jardim. Pensei no caubói bêbado e no menino de verde. Eu já tinha ido a centenas de Walmarts, e nenhum tinha uma saída nos fundos.

Soltei um suspiro ao passar pelas portas automáticas. Nenhum alarme disparou, ninguém veio correndo atrás de mim. Sentei no meio-fio depois da área de guardar os carrinhos, mas não peguei o sanduíche. Não estava com tanta fome agora que tinha o que comer.

Uma lâmpada florescente tremulava no crepúsculo. Ouvi as portas automáticas abrirem e fecharem, e uma sombra se projetou no meu colo pela segunda vez naquele dia. Ergui o olhar e vi um garoto magrelo de polo azul parado ao lado da sarjeta, a poucos passos de mim. Um funcionário.

— Oi — disse ele.

— Oi — respondi, pensando *Cara, que acne ferrada a desse menino*.

Olhei para meus próprios tênis. Odeio quando tem alguma coisa esquisita na pessoa e a gente começa a pensar nela como "a menina ou o menino com aquele problema", como se uns quilos a mais ou um tique nervoso no olho fosse a única coisa importante sobre alguém.

O garoto tirou um maço de cigarros do bolso e botou um entre os lábios.

— Você tem um abridor de lata aí na bolsa?

Meu coração ameaçou sair pela boca.

— Como?

— Aquela lata... Feijão? — Ele acendeu um fósforo e aproximou a chama da ponta do cigarro, e por um segundo o gesto o fez parecer mais velho. Ele tinha no máximo dezoito anos. O pomo-de-adão dele era o maior que eu já tinha visto na vida. Não respondi. — Que coisa estranha pra se roubar — continuou ele. — Geralmente as meninas pegam batom ou esmalte.

— Você estava me seguindo?

— Não, eu nem vi você pegando. Só percebi que tinha uma lata quase caindo da sua mochila quando você saiu.

— Foi mal — falei. — Entendo se você precisar contar pro seu chefe. Não quero que você perca o emprego.

O garoto deu de ombros.

— Meu chefe rouba da loja o tempo todo. Principalmente eletrônicos. Depois de um tempo a gente devolve pra empresa os produtos que ficam em exposição no mostruário, mas às vezes ele liga lá e diz que a coisa tá quebrada e aí fica com ela. A essa altura, o cara deve ter uma TV em cada cômodo da casa. Incluindo os banheiros.

— Que loucura — respondi.

— Várias pessoas roubam e nunca são pegas. — Ele me olhou nos olhos enquanto dava uma baforada no cigarro. — Não sei por que você deveria ser.

Decidi contar para ele sobre o lanche também.

— Também peguei isso. — Tirei o sanduíche da bolsa.

— Provavelmente passou da data de validade faz tempo. — Ele encolheu os ombros mais uma vez. — Não conta como roubo se a coisa ia pro lixo.

— Ah. — Abri a embalagem e ofereci metade a ele, depois me senti idiota por ter feito isso.

— Quero não — respondeu ele. — Mas valeu. Meu nome é Andy. E o seu?

— Maren.

— Que nome legal. Nunca tinha ouvido.

— É — falei, entre mordidas cheias de patê de atum. — Geralmente é Karen.

— O seu é mais legal que Karen.

— Valeu. — Fiquei olhando Andy tragar o cigarro e soltar a fumaça pelo nariz. — Você não devia fumar. — Depois dei uma risada. Quem vê até pensa! Quem sou eu pra criticar o vício de alguém...

Ele me olhou de um jeito engraçado.

— Você ainda tá com fome? — perguntou, e neguei com a cabeça. — Tá sim. Você tá com cara de quem não anda comendo direito.

— Comer pouco faz durar mais.

— O dinheiro, você diz? — indagou ele. Assenti, e ele fez uma pausa. — Escuta, eu saio em uma hora. Quer me esperar?

Assenti de novo. Andy parecia gente boa, e não era como se eu tivesse para onde ir. Talvez ele tivesse um sofá no qual eu pudesse dormir. Na minha cabeça, uma voz bem baixinha disse *Olha lá, hein.*

Ele esmagou a bituca do cigarro com o tênis e eu o segui loja adentro. A lata de grão-de-bico parecia estar queimando um buraco na minha mochila. Era de admirar que ninguém tivesse me dado a menor atenção.

Andy pegou um pacote de chiclete de canela do bolso e me ofereceu um.

— Não, valeu — falei. Mamãe nunca me deixava mascar chiclete.

— Eu trabalho no recebimento de mercadoria, então geralmente fico lá nos fundos. Te encontro na seção de TVs às nove, pode ser?

Concordei com a cabeça, e ele passou pelas portas de mola e desapareceu estoque adentro.

Fui até o corredor de móveis e escondi a mochila embaixo da saia de uma das camas do mostruário, depois voltei até a seção de enlatados e devolvi o grão-de-bico. Em seguida fui até as prateleiras de brinquedos e fiquei olhando crianças implorarem para os pais por cards de Pokémon e bonecas das Spice Girls. Passei por várias mesininhas choramingando "Por favooooooooor", e ninguém olhou duas vezes para mim. Era bom fingir que eu era invisível.

Vaguei até a seção de eletrônicos. Era hora do noticiário da noite, e o rosto do presidente Clinton estava estampado em todas as televisões presas à parede. Algum dia, todas elas seriam do chefe do Andy. Ainda faltava meia hora para o fim do expediente dele, mas continuei assistindo à programação porque estava cansada de perambular pelos corredores vendo coisas que não podia comprar.

Na tela, surgiu uma imagem antiga do processo de impeachment que tinha rolado no começo do ano. "Eu não tive relações sexuais com aquela mulher", dizia Clinton.

— Uma coisa é contar uma mentira — falou alguém atrás de mim. — Outra totalmente diferente é fazer isso em rede nacional. — Era o outro cara do corredor de doces. O garoto de verde.

— Verdade.

(Eu não podia ter pensado numa resposta melhor?)

— Você é daqui? — questionou ele.

— Não. E você?

— Não. — Ele não falou mais nada, então só ficamos ali parados por um tempo, em silêncio, olhando para a parede de televisões. Monica Lewinsky tinha contratado advogados novos.

Alguém me cutucou no ombro, e me virei. Era Andy, segurando uma sacolinha de mercado cheia.

— Vamos?

— Até mais — falei para o menino de verde.

Só queria que ele se virasse e olhasse para mim, mas ele nem tirou os olhos das telas enquanto eu ia embora. Era como se ele quisesse provar que não estava nem aí.

— A gente se vê por aí — respondeu.

Senti uma pulga atrás da orelha quando virei na esquina da seção de eletrônicos. O chapéu... Ele não estava de chapéu antes. Mas agora estava com um de caubói na cabeça.

Antes de irmos embora, fui até o setor de roupas de cama pegar minha mochila. Acompanhei Andy, alguns passos atrás dele enquanto a gente atravessava o estacionamento até um Chevrolet Nova lotado de adesivos. GENTE MALVADA É UM PÉ NO SACO. SEMPRE GRATO, SEMPRE MORTO. QUANDO EU RECUPERAR MEUS PODERES, TODO MUNDO VAI SE AJOELHAR DIANTE DE MIM.

Ele destrancou a porta do passageiro e me entregou a sacolinha.

— Eu não vou te levar pra lugar nenhum — disse ele. — A menos que você queira. Pensei só de a gente ficar por aqui conversando enquanto você come.

Enfiei a mochila no banco de trás, me sentei no da frente e abri a sacola. Ele tinha pegado um pacote de biscoito Oreo, uma banana, um potinho de iogurte de cereja (com colherinha inclusa) e um bolinho de milho embalado a vácuo. Andy entrou no banco do motorista e fechou a porta. Agradeci, e ele ficou me olhando comer. Ofereci um biscoito para ele, e pela segunda vez na mesma noite me senti uma idiota de perguntar se ele queria uma comida que nem era minha.

Enquanto comia a banana, cutuquei com a ponta do pé um livro largado no chão. Peguei o volume: *O mestre e Margarida*. Na capa, havia um gato sorridente segurando um revólver. Abri o livro, folheei até parar numa página aleatória e li um trecho:

Tudo estará certo, assim foi feito o mundo.

Para outras pessoas, talvez. Definitivamente não para mim.

— Tô lendo esse pra aula de literatura russa — disse Andy. — É bem bom. Você curte ler? — perguntou ele, e fiz que sim com a cabeça. — Qual é o seu livro favorito?

— Tenho vários. Gosto de *Tudo depende de como você vê as coisas*, e *Uma dobra no tempo*, e os livros de Nárnia. — *Viz Itas.* Estremeci.

— Você tá com frio? Posso ligar o aquecedor.

— Não, valeu. Tá tudo bem.

— Bom, se você gosta desses livros, provavelmente vai curtir *O mestre e Margarida*. Já leu a série do castelo de Gormenghast? — questionou ele, e neguei com a cabeça. — É uma das minhas favoritas, uma trilogia. Se a gente se ver de novo, te dou o meu de presente.

— Você tá sendo bonzinho demais — falei, limpando o potinho de iogurte.

Fechei a sacolinha cheia de lixo dando um nó nas alças. Depois fiquei olhando para ele, esperando.

Ele pegou a minha mão, entrelaçou os dedos aos meus e os pousou no console do câmbio, entre os assentos.

— Posso fazer isso? Tudo bem por você?

— Só isso? — perguntei. O bafo dele fedia a salgadinho, Pepsi e cigarro.

Ele aquiesceu. A mão dele estava quente e suada, mas a sensação era boa. Por um instante, um bem fugaz, me senti segura.

— Não. — Puxei a mão e a enfiei embaixo do joelho. — Você não devia fazer isso.

— Tudo bem. — Ele correu os dedos pelos calombinhos do volante. — Você não precisa fazer nada.

— Eu não *quero* fazer nada.

— Beleza. Eu só quero ficar sentado aqui, segurando sua mão.

— Você quer algo mais.

Ele franziu a testa.

— Todo cara quer algo mais. — Ele hesitou. — Mas não é só isso.

— Não?

— Escuta, eu sei como é. Eu sou sozinho também. Saí de casa ano passado. Precisei sair. Meu pai é um boçal quando fica bêbado. Fui embora depois que ele me fez parar no hospital.

— O que ele fez? — questionei. Andy levantou a camisa, e arquejei quando vi a cicatriz torta logo acima das costelas. — Garrafa quebrada. — Ele hesitou. — Tentei convencer ela a dar um pé na bunda dele várias vezes, mas não adianta.

— Sinto muito.

— Não é culpa sua meu progenitor ser um grande babaca.

Se risadas fossem capazes de furar tímpanos, aquela tinha chegado muito perto. Eu sabia que meu pai nunca faria algo daquilo. Mamãe tinha se casado com um homem de bom coração.

Andy suspirou.

— Enfim, eu tenho um colchão extra no apartamento caso ela mude de ideia. Tem aquele ditado "Melhor não trocar o certo pelo duvidoso". É a ideia de estar sozinha que aterroriza minha mãe. Como se a vida pudesse ser pior do que já é.

— Mas ela não ia estar sozinha — falei. — Ela ia ter você.

Andy olhou para mim — os olhos gentis e cheios de gratidão pela minha gentileza, mas com a expressão que deixava claro que eu não tinha entendido nada.

— Você já parou o que tá fazendo e pensou *Minha vida é isso*? — Ele me encarava. Viu que eu estava prestes a chorar, e isso foi resposta o suficiente. — Eu curso uma faculdadezinha comunitária de esquina em Williston, e trabalho nessa merda aqui. — Apontou com o polegar por cima do ombro na direção do letreiro azul do Walmart. — Depois vou pro meu apartamentozinho de merda em cima de uma lavanderia em Plainsburg. É uma bosta, manja? Uma grande bosta. Daí você apareceu, e pensei *É, acho que ela vai me entender*.

Cruzei os braços no peito.

— Você não me conhece.

— Não precisa de muito tempo pra descobrir tudo o que a gente precisa saber sobre alguém.

— Eu roubei uma lata de grão-de-bico, Andy. Isso me torna uma ladra.

— Mas é exatamente isso. Você tá ainda mais desesperada que eu. — Ele continuava me encarando. — Você é linda.

— Não sou, não.

— É sim. As meninas acham que só porque não parecem modelos de revista não são bonitas. Essas fotos são todas editadas. É tudo bobagem.

— Eu sei — retruquei. — Mas não é isso.

— O que é, então? Você me ouviu. Agora deixa eu ouvir você.

— Por favor. — Balancei a cabeça. — Para de ser legal comigo, por favor.

Ele levou a mão até minha bochecha e fez um carinho.

— Por quê?

Respirei fundo, e o cheiro dele — salgadinho misturado com chiclete de canela misturado com fumaça de cigarro — fez meu estômago se revirar. Eu precisava sair dali. Estendi a mão para a maçaneta e ouvi o estalo quando ele apertou o botão de travar as quatro portas.

— Se você quiser mesmo ir embora, tudo bem, não vou te impedir — disse ele. — Mas sei que você não tem *pra onde* ir. Então por que você não me deixa te ajudar?

— Você não tá entendendo, Andy. Eu fiz coisas horríveis, e se você não me deixar sair, vou acabar fazendo isso com você também. — Levei a mão à trava, mas ele me puxou pelo ombro.

— Por favor — sussurrou ele. — Deixa só eu te abraçar.

E, enquanto beijava meu pescoço, correu os dedos pela minha coxa até os joelhos, abrindo minhas pernas com gentileza.

Sua mãe.

Eu sinto muito.

Ela nunca vai largar seu pai agora.

Ele podia ter feito eu me sentir culpada. Podia ter me forçado a fazer coisas com ele, mas não forçou. Estava sozinho, e sabia que eu também não tinha ninguém, então para ele fazia muito sentido ficar ali sentado no carro comendo Oreo de mãos dadas comigo. Mas, conforme eu comia, uma vozinha dentro de mim sussurrava: *Todo mundo é solitário, você não pode fazer as coisas só porque é solitário.*

Depois de tudo, tropecei no asfalto ao sair do carro e ralei o joelho. Não tinha ideia de quantas pessoas podiam ter me visto — nunca tinha feito isso num lugar aberto além de Luke, nunca num lugar tão público — e corri do estacionamento noite adentro como se tivesse alguém me seguindo. Estava tão fora de mim que não teria percebido mesmo se alguém estivesse.

O Walmart ficava no meio de vários campos de milho, então não tinha para onde correr a não ser na direção da estrada. Devia ser umas dez da noite já, mas ainda tinha muito trânsito. Uma lufada de ar quente soprou minha franja do rosto quando um caminhão passou a toda.

Todos os pensamentos sobre encontrar meu pai se dissiparam da minha cabeça como a fumaça do cigarro de Andy. Seria muito fácil, não seria? Dar um passo adiante e deixar o próximo caminhão livrar o mundo da minha existência? O motorista não ia se machucar, e ninguém o culparia. Daria pra provar que ele não me atingiu pelas costas.

Era um plano lindo. Era simples. Fazia sentido.

Eu não precisava nem esperar muito. Entrei na estrada e deixei os faróis me cegarem. O motorista pisou forte no freio e socou a mão na buzina. Fiquei atordoada por causa das luzes, mas me forcei para não cobrir os olhos. Em um segundo ou dois, eu sentiria o calor fulminante da grelha do carro no rosto e...

A sensação de ser atropelada por um caminhão não foi como imaginei que seria. Me senti sendo jogada de lado, como se a gravidade tivesse desistido de mim. Caí com força no asfalto e o caminhão passou voando, o motorista ainda metendo a mão na buzina e xingando pela janela.

— Tá maluca? — Ouvi alguém dizer, e por um segundo delirante achei que a voz pertencia a Andy. Ele estava bem. Eu não tinha feito nada.

Senti uma mão puxando meu braço e arquejei de dor.

— Foi mal — disse ele, me levantando com cuidado pelo cotovelo. — Não tive como planejar uma aterrissagem suave. — Não era o Andy. Era o menino de verde. Ele espanou as pedrinhas do meu ombro. — Vai doer amanhã, mas não tanto quanto se o caminhão tivesse te acertado.

Não precisava nem esperar pelo amanhã. Eu já estava *toda* dolorida. Levei a mão aos lábios e lembrei de como devia estar suja. Cobri a boca e me virei, mas ele pousou a mão no meu ombro.

— Tá tudo bem.

— Não tá não — murmurei entre os dedos. — Não mesmo.

O garoto enlaçou minha cintura com o braço e me ajudou a pular a barreira de metal para sair da estrada.

— Você fez alguma coisa com aquele cara, não fez? — A lateral do meu corpo doía quando falava, mas precisei perguntar. — Aquele bêbado horrível que foi no mercado de cueca.

— Fiz — respondeu ele.

— Onde você arranjou esse chapéu? — Mas eu sabia onde ele tinha arranjado.

Com a mão livre, ele tirou algo cheio de penduricalhos do bolso de trás e o chacoalhou no meu campo de visão.

— No mesmo lugar onde consegui isso.

— Era o chapéu *dele*.

Ele guardou as chaves de novo no bolso e levou a mão ao chapéu como se para garantir que ainda estava na cabeça.

— Ele não vai precisar mais disso.

Passamos pelo canteiro que margeava a pista e atravessamos o estacionamento do mercado a pé. Muitas coisas passavam pela minha cabeça, mas pareciam todas desconexas. O que ele tinha feito com o outro cara?

— Não se preocupa — falou ele. — O único que viu o que você fez fui eu. E acredita em mim, não vou contar pra ninguém. Ninguém nem percebeu o carro ainda. Tá tudo bem. Pra nós dois.

Pra nós dois.

— Você...

Ele estacou no lugar, e, pelo que pareceu anos, ficamos olhando um para o outro.

— Sim — respondeu ele, enfim. — Eu também.

Eu só estava esperando ele confirmar antes de permitir que o alívio de não estar mais sozinha me tomasse. Era muito estranho ter aquela segunda oportunidade de fazer um amigo mesmo depois de todas as outras coisas boas do mundo terem escapado por entre meus dedos.

— Como você...?

— No banheiro masculino. Entrei lá com ele e tranquei a porta.

— Eu *sabia* que tinha alguma coisa estranha. Você estava levando ele pro lado oposto da saída — falei, e ele abriu um sorrisinho. — Tem certeza de que mais ninguém viu?

— Certeza. Mas é melhor a gente vazar daqui.

Então segui, cambaleando um pouco, até o carro do Andy. O garoto veio atrás de mim e, quando abri a porta de trás para pegar minha mochila, ele escancarou a do motorista, puxou uma sacolinha amassada de debaixo do banco e começou a juntar as roupas e outros restos do Andy. O livro com o gato atirador que ele estava lendo para a aula de literatura clássica russa ainda estava no assoalho, marcado na metade com um recibo de um dólar e sessenta por uma garrafinha de Pepsi e um sanduíche de frango. *Ele nunca vai saber como a história termina.*

Enfiei o livro na mochila enquanto o garoto limpava a bagunça — minha bagunça — com a mão mesmo. Depois deu dois nós para fechar a sacola.

— Esse livro é seu? — perguntou ele. Neguei com a cabeça. — Então você também pega as coisas deles.

— Pego — resmunguei. — Valeu por limpar tudo.

— Um dia você me retribui o favor. — Havia um toque brincalhão no sorriso que ele abriu. — A gente joga isso fora em outro lugar.

Ele pendurou a sacolinha cheia no indicador, bateu a porta e foi andando para longe do mercado, em direção à caminhonete preta do caubói bêbado que estava estacionada fora do alcance da luz dos postes. Para a surpresa de ninguém, a cabine fedia a cerveja e cigarro. Subimos no banco da frente e ele deu a partida. Pelo jeito, sabia dirigir veículos com câmbio manual.

— Pra onde a gente vai? — perguntei.

Ele pegou um envelope de uma pilha de papéis em cima do painel e o jogou no meu colo. Parecia uma conta de energia. BARRY COOK, dizia. Rodovia 13, nº 5278, Pittston, IA.

Ficamos em silêncio por alguns minutos enquanto ele dirigia. Depois que pegamos a saída para a Rodovia 13, o menino perguntou:

— Como você chama?

— Maren. E você?

— Lee.

— De onde você é, Lee?

Ele me olhou de um jeito estranho.

— E importa?

Dei de ombros.

— Eu só estava tentando puxar papo.

— Foi mal. Não converso com ninguém há um tempo, a menos que você leve em consideração aquele porco bêbado. Acho que tô um pouquinho enferrujado.

— Bom, posso perguntar como você chegou até aquele Walmart? Digo, você largou seu carro pra trás?

— Não. A embreagem foi pro beleléu uns oito quilômetros daqui. Eu estava tão preso aqui quanto você.

— Como você sabe que *eu* estava presa aqui?

Lee sorriu.

— Porque senão a gente teria pegado o seu carro.

Baixei o vidro da janela e deixei o ar frio da noite bater no rosto. Pensei em Sully.

— Por que agora? — perguntei, em parte para mim mesma.

— Agora o quê?

— Toda a minha vida, achei que eu era a única — falei. — E aí conheci outras duas pessoas como eu em menos de uma semana.

— Espera aí. Teve *outro*?

— Não vou dar conta de explicar a história toda agora — murmurei. — Tô morrendo de dor de cabeça.

Senti ele dar de ombros.

— Você conta quando estiver se sentindo melhor, então.

— É que é tão estranho... — continuei. — Ninguém antes, aí de repente dois.

— E vai saber quantos outros não tem por aí...

— Sério? Você acha que tem muitos de nós?

Ele encolheu os ombros de novo.

— É igual qualquer outra coisa, acho. Você nunca ouviu falar daquilo, mas daí começa a enxergar pra todo lado que olha — afirmou ele. Fitei o garoto com uma expressão de dúvida no rosto. — A gente vê o que quer, entendeu? É isso que eu quis dizer.

— Talvez.

Pensei numa professora de história, três escolas atrás, quando a gente vivia no Maine. A srta. Anderson era jovem e bonita e muito gente boa, mas não era a favorita de ninguém. Certo dia, depois que o sinal do último horário bateu, ela estava corrigindo minha lição de casa na mesa dela. Fiquei olhando por cima do ombro dela, e quando ela se virou e sorriu para mim, podia jurar que senti no bafo dela. O cheiro de moeda antiga escondido por baixo do aroma de enxaguante bucal. Peguei minha lição de casa correndo e fugi da sala, e no dia seguinte ela agiu como se nada tivesse acontecido.

Me convenci de que tinha imaginado aquilo. As pessoas não *gostavam* dela, mas não a evitavam como me evitavam, e ela não usava só roupa preta. Somos todos diferentes — eu soube disso ali, no carro, com Lee.

5

De novo para a surpresa de ninguém, o caubói bêbado morava sozinho. Era uma casinha pequena, uma saleta com uma cozinha nos fundos, um banheiro e um quarto à esquerda. O lugar cheirava como se ele só tivesse fumado e bebido ali o dia inteiro ao longo dos últimos cem anos.

Me larguei no sofá e olhei ao redor. O lugar tinha paredes finas de compensado, e atrás da TV tinha pôster pendurado do Kiss com moldura de metal que ia do chão ao teto. Havia latas vazias de cerveja e maços de Marlboro espalhados pela mesa da sala junto com uma pilha de caixas de pizza manchadas de gordura. Encontrei uma revista aberta numa página dupla com fotos de mulheres peladas, loiras platinadas que podiam muito bem ser feitas de plástico, cada foto acompanhada do número de telefone de um canal de mensagens pré-gravadas. Fechei a revista e a joguei perto de uma poltrona reclinável no canto do cômodo.

Lee estava na cozinha, fuçando a correspondência largada em cima da mesa enquanto espiava por uma fresta na cortina. De onde eu estava, conseguia ver que os pratos na pia estavam mofados. Ele abriu o congelador.

— Tem pizza congelada... Você não tá com fome, tá? — perguntou ele, e neguei com a cabeça. — É. Eu também não.

Tirei meus produtos de higiene e meu pijama da mochila e apontei para a porta do banheiro.

— Tudo bem por você se eu...?

— Não, vai lá.

Ele sorriu com a ideia de ter que me dar permissão para fazer alguma coisa, como se a casa fosse dele, e também dei uma risadinha enquanto fechava a porta atrás de mim.

Claro que minha boca estava manchada até o queixo, sem falar no vermelho entre os dentes. Mesmo ele fazendo a mesma coisa que eu, odiei o fato de que Lee tinha me visto daquele jeito. Escovei os dentes quatro vezes e fiz gargarejo com o Listerine até cansar, mas ainda conseguia sentir o gosto de Andy sob o sabor mentolado.

Havia várias cuecas emboladas no piso de azulejo, largadas onde Barry Cook as havia tirado, e o tapetinho do box parecia nunca ter visto uma máquina de lavar. Dois toroços e meia dúzia de bitucas de cigarro flutuavam na água da privada. Tirei a camiseta e o shorts e esfreguei as peças com um pedacinho de sabonete debaixo da torneira da pia, depois pendurei tudo no toalheiro para secar.

Olhei para meu corpo no espelho. Havia um hematoma se formando na parte inferior das minhas costelas e outro no ombro, além de um corte na minha testa. Eu parecia ter entrado em alguma briga de rua. Entrei de pé na banheira e liguei o chuveiro. A sensação da água quente no ombro foi uma delícia. Fui deixando ela cada vez mais quente, até ficar quente o bastante para lavar as coisas que eu tinha feito. Meu joelho ardia, e o esfreguei com força usando o sabonete para tirar as pedrinhas de asfalto do ralado.

Me enxuguei com a toalha de aparência mais limpa que achei nos ganchos atrás da porta e voltei a me olhar no espelho. Será que mais alguém além do Andy me acharia bonita? Ri. Que diferença fazia?

Quando saí do banheiro, Lee estava sentado à mesa da cozinha, mastigando um palitinho de charque e lendo as cartas de Barry Cook.

— Achei que você não estava com fome — falei.

— Força do hábito. — Ele deu de ombros, os olhos ainda na correspondência. — O cara cresceu em Kentucky — contou, ainda mastigando. — Isso explica aquele jeito dele de falar. Não volta pra visitar os pais há dez anos. — Lee balançou a cabeça. — Essa carta é da mãe dele. Diz que o pai dele tá com câncer. O carimbo do correio é de quatro meses atrás. Ele nunca abriu.

Lee pegou outro pedaço de charque.

Encontrei o controle remoto, me larguei no sofá e liguei a televisão. Fiquei vendo dois homens caminhando em direções opostas, em meio às moitas do deserto, depois virando de frente um para o outro antes de atirar. Lee se sentou na poltrona reclinável e viu a revista pornô caída aberta no tapete. Pegou ela do chão, folheou as páginas por uns segundos e a largou de lado de novo.

Na TV, um homem estava caído no chão, e uma mulher de reputação questionável chorava sobre o cadáver.

— Você tá assistindo? — perguntei.

— Foi você que ligou nisso.

Desliguei a TV de novo e joguei o controle na bagunça da mesinha de centro.

— Por que a gente tá aqui, afinal de contas?

— Você tem outro lugar pra onde ir?

Franzi o nariz.

— Não me diga que a gente vai passar a noite aqui.

— Ninguém tá te obrigando a nada — disse ele. — Você pode fazer o que quiser. — Largou o corpo no encosto da poltrona. —

Olha, eu sei que a gente só se conhece faz uma hora, mas espero que você saiba que não tenho a intenção de ficar aqui por mais de uma noite — declarou, e só o encarei. — Caraca, eu sei que não sou nossa-que-exemplo-de-pessoa, mas será que você não pode me dar nem um *pouquinho* de crédito? É tarde, e a gente precisa de um lugar pra dormir.

— Você já fez isso antes — afirmei.

— Você também.

— Como você sabe?

— Não sei. Mas não vejo como você pode ter se virado até aqui sem ter feito isso.

— Você tá certo. — Suspirei. — Mas da outra vez foi diferente. Eu fui convidada — expliquei, e ele ergueu uma sobrancelha. — É verdade. — Cutuquei a sujeira sob a unha. — Te conto sobre isso outra hora.

— A gente tem tempo agora.

— É assim... que você vive?

— Não todas as noites. Mas sim, às vezes é.

Ele não estava olhando para mim, mas senti como se estivesse me analisando.

— Bom, não sei você, mas pra mim esse dia já deu — falei.

Me sentei na borda do colchão de água, peguei meu diário e acrescentei o nome de Andy à lista. Lee surgiu à porta e saltou no colchão de forma brincalhona, a superfície chacoalhando e marulhando embaixo da gente.

— Um colchão de água! — Ele se deitou de costas, dobrou os braços atrás da cabeça e sorriu para mim. — Só faltou o espelho no teto.

Senti as bochechas esquentarem, porque se fôssemos pessoas diferentes — pessoas normais —, o que ele tinha dito teria algum significado. Me deitei ao lado dele; não muito perto, mas também não muito na beira. Ficar perto de Lee fazia eu me sentir bem.

Estávamos seguros um na presença do outro, e seguros um do outro. Minhas costelas doíam, mas era fácil conviver com aquele tipo de dor.

Devo ter ficado olhando fixamente para ele, porque Lee se afastou um tiquinho e perguntou:

— O que foi?

Bocejei.

— Tô aqui me perguntando se você não é só uma invenção da minha cabeça.

Ele não respondeu. Só virou de novo de barriga para cima para encarar o teto, e o colchão de água oscilou embaixo de nós. Fechei os olhos e fingi que a gente estava à deriva no mar. Num barco embalado com gentileza, como um bercinho na água calma. O horizonte distante, azul contra azul. Uma sereia numa rocha, correndo um pente feito de concha por entre os fios prateados.

Depois de um tempinho, abri os olhos.

— Você lembra da primeira vez?

— Sim. E você?

— Eu era muito novinha. Tenho a impressão de lembrar de vez em quando, mas acho que não é real.

— Ué, mas alguém te contou a respeito, então? Sua mãe?

Concordei com a cabeça.

— Quando eu fiquei mais velha, perguntei por que ela nunca ia pra lugar nenhum, como as outras mães. Ela disse que nunca mais ia poder me deixar com outra pessoa. Não depois do que tinha acontecido.

— Pois é — disse ele. — Comigo foi a babá também.

Lee não estava ao meu lado quando acordei. Encontrei ele no sofá, roncando baixinho com a boca escancarada, e senti uma pontada de algo suspeitamente parecido com decepção.

Fui até a cozinha e abri a geladeira, mas encontrei apenas cerveja e ketchup. Peguei a caixa de pizza congelada no freezer, liguei o forninho elétrico e coloquei quatro pedacinhos na bandeja.

Logo depois, alguém esmurrou a porta. Me joguei no linóleo imundo, o coração quase saindo pela boca. Já era.

— Barry! — gritou uma mulher. — Cadê o cheque, Barry! Você pelo menos se importa se sua filha vai ou não ter o que comer?

Suspirei. Nada de acerto de contas para nós — nem para Barry, parando para pensar. Talvez Lee tivesse feito um favor a ele. Eu podia ver a mulher, quem quer que fosse, tentando espiar pela cortina vermelha amarrotada pendurada diante da janela da frente. Dali ela não conseguia ver Lee no sofá, ou no mínimo não seria capaz de perceber que não era Barry. Vi de relance o cabelo moreno desgrenhado e os olhos furiosos.

— Sei que você tá em casa, seu desgraçado!

Lee abriu os olhos, me fitou, deslizou em silêncio do sofá para o carpete e veio se juntar a mim.

As dobradiças da porta de tela rangeram em protesto quando a mulher bateu de novo.

— Abre, seu merda! — Ela forçou a maçaneta, e fiquei grata por termos trancado no dia anterior.

— Olha. — Lee puxou a cortininha da janela lateral e apontou para o Subaru compacto parado no meio-fio. — Ela tá com a filha no carro. Meu Deus.

Pensei no que tinha visto na casa. Não havia brinquedos, livrinhos infantis, camisetas de criança ou sapatinhos com fecho de velcro. A filha daquele cara nunca ficava ali.

— O que a gente faz agora? — murmurei.

Havia uma porta nos fundos da cozinha, mas o terreno era fechado por uma cerca de arame, e a gente nunca ia conseguir escapar sem que ela nos visse.

— Seu idiota, filho da puta vagabundo! — Ela chutou a porta e deu uma última pancada na tela. — Você não vai se safar dessa vez, Barry. Eu vou voltar com a polícia!

Ouvimos a mulher entrando no carro e arrancando com tudo. Depois, juntamos nossas coisas e saímos.

— Putz — disse Lee. — Ela rasgou um dos pneus.

— O que a gente faz?

Ele pulou na carroceria da caminhonete, se abaixou e puxou um pneu extra do chão da caçamba.

— O cara ainda estava em condições de pensar em ter estepe. O que é uma surpresa, conhecendo o Barry como a gente conhece. — Lee abriu um sorrisinho. — Sorte que ela estava puta demais para perceber isso também. Dá uma mão aqui?

Lee me passou o pneu e abriu o bauzinho de carga para procurar as ferramentas de que precisava. Encontrou o macaco e a chave de roda e se agachou ao lado do pneu furado.

— E se ela voltar antes da gente terminar?

Ele dispôs os apetrechos no asfalto e arrancou a calota.

— Por essas bandas, qualquer coisinha fica a vinte minutos de carro. Consigo trocar o pneu em sete minutos cravados.

— Sério?

Vi o maxilar dele se contrair enquanto acionava a alavanca do macaco.

— Vai, cronometra aí.

— Eu acredito — respondi.

Não contei o tempo, mas levou mais ou menos uns sete minutos mesmo. Ele trabalhava rápido, os movimentos confiantes. Fiquei me perguntando se por acaso o pai dele era mecânico.

— A gente vai precisar arrumar outro pneu, mas acho que é melhor se afastar uns quilômetros daqui primeiro. Não dá pra correr o risco de alguém reconhecer a caminhonete.

Ele largou o pneu rasgado na entrada para carros. Entramos no veículo, e Lee deu a partida.

— Preciso ir pra casa — disse ele.

— Onde ela fica?

— Num lugar chamado Tingley, na Virgínia. Logo depois da fronteira com o Kentucky. Pra onde você disse que precisava ir mesmo?

— Minnesota.

— Você tá com pressa? — perguntou ele, e só dei de ombros. Achava que era boa em manter minha esperança disfarçada. Lee continuou: — Preciso mesmo voltar, nem que seja por algumas horas. Depois posso te levar pra onde você precisar ir. É uma viagem longa de carro, mas tô a fim de entrar nessa se você também estiver.

Eu me animei da cabeça aos pés. Não consegui evitar.

— Quer dizer que... Você quer que eu vá com você? Até a Virgínia?

— A menos que você tenha outra coisa pra fazer — respondeu ele, seco. Limpei o sorriso do rosto com as costas da mão. — Não tô dizendo que a gente é amigo ou coisa do tipo. Só acho que é legal ter alguém que se importe com a gente.

— Ser amigo não é isso?

— Sei lá eu — retrucou ele. — Nunca fiz nenhum.

— Tenho certeza de que fez sim.

— E por quê? Quantos amigos *você* fez?

Olhei pela janela.

— Eu até faço uns — respondi. — Mas eles não duram muito — completei. Senti o olhar dele recaindo sobre mim. *Foi o que pensei*. — Puta merda, esqueci a pizza no forninho.

Ficamos em silêncio por quilômetros. Um bando de pássaros irrompeu rodopiante de um bosque de coníferas. Lee me olhou de soslaio.

— Você disse que a última vez que ficou na casa de alguém foi convidada.

— Quer ouvir a história toda?

— A gente tem tempo de sobra. — Quando ele bocejou, longa e extravagantemente, pareceu por um instante um menininho de seis anos. — Mas começa do começo. Se começar a me contar um monte de história tudo fora de ordem, vou me confundir. — Me olhou de lado de novo. — De onde você é?

— Eu nasci em Wisconsin, mas a gente mudava muito.

— Ah — falou ele. — Entendi.

— Fui pra Pensilvânia depois que minha mãe foi embora. Achei que ela podia ter ido pra casa dos pais dela. — Fiz uma pausa. — Nunca conheci meus avós. Mas eles mandavam cartões de aniversário e de Natal pra ela, e uma vez guardei o envelope.

— E ela estava lá mesmo? — perguntou Lee, e fiz que sim com a cabeça. — Você falou com ela?

— Não.

Ele me dirigiu um olhar compreensivo.

— Melhor assim, se bobear.

Paramos para tomar café da manhã num restaurantezinho de beira de estrada e pedimos ovos, bacon e batatas rústicas para uma garçonete de voz rouca que ficava chamando a gente de "amorecos". Ela provavelmente tinha metade da idade que aparentava. Lee pediu um café, então pedi um também, apesar de nunca ter gostado quando minha mãe me deixava dar um golinho.

Depois que a moça nos trouxe as canecas, comecei a contar para ele sobre a sra. Harmon, e como eu a tinha conhecido no supermercado e a ajudado a levar as compras para casa, e como ela tinha me dado comida e prometido me ensinar a fazer tricô. O café estava amargo, mesmo depois que botei um pouco de leite, então coloquei um pouco mais e misturei bem. Contei para Lee como tinha dado um cochilo, acordado e encontrado a senhorinha... *daquele jeito*, e depois como tinha acordado de novo e visto Sully debruçado em cima dela. Tomei muito cuidado com as palavras. Não esqueci que a gente estava em público. Lee não teceu comentários, mas dava para ver que estava me ouvindo — me ouvindo de verdade. Ele podia se chamar do que quisesse, mas eu sabia que era meu amigo.

Nossa comida chegou.

— Nunca achei que ia encontrar outra pessoa igual a mim — disse Lee, mastigando uma fatia de bacon. — Imagina minha surpresa quando saí pro estacionamento e vi você no carro daquele cara.

Baixei o olhar e embolei o guardanapo de papel na mão.

— Nem me lembra.

— Você nunca tinha feito aquilo dentro de um carro antes? — Ele estendeu a mão para pegar outro bacon. — Não precisa ficar com vergonha. Depois de um minuto, não dá pra ver mais nada do que tá rolando lá dentro por causa das janelas embaçadas. É que calhou de eu ter visto você logo no começo.

Senti as bochechas corando de novo. A gente tinha se conhecido apenas um dia antes e eu não sabia quase nada sobre ele, mas nos entendíamos quando falávamos da coisa que nós dois fazíamos. Para alguém de ouvido atento na mesa ao lado, eu devia parecer o tipo de garota que faz coisas com rapazes no banco de trás do carro, e por um segundo desejei *mesmo* ser aquele tipo de garota. Melhor dar pra todo mundo do que ser um monstro.

Limpei a garganta.

— Você nunca tinha encontrado mais ninguém que...?

— Não — disse ele. — Você é a primeira.

— Você também, depois do Sully.

— Como ele era, aliás? Vocês se deram bem?

— Sim, muito bem. — Limpei um pouco de gema mole do prato com um pedaço de torrada. — Ele é gente boa. Esquisitão, mas gente boa.

— Acho que é fácil ser esquisitão depois de um tempo viajando sozinho. Que tipo de comedor ele é?

— Então — falei, devagar. — Ele não é igual a gente. Diz que sente um cheiro nas pessoas quando elas estão prestes a morrer, e *só então*... Você sabe.

Lee ergueu uma sobrancelha.

— Você acredita nele?

— Ele não me deu razão pra duvidar. — Franzi a testa. — Foi como aconteceu com a sra. Harmon. Ele viu a gente no ônibus aquela manhã e simplesmente soube.

Lee bebericou o café, pensativo.

— Acho que deve ter comedor de todo tipo. Engraçado, nunca tinha parado pra pensar sobre isso antes. — Pousou a caneca na mesa e passou o dedo pelo prato para pegar os pedacinhos de bacon. — E por que vocês dois se separaram?

— Ele disse que eu podia ficar com ele, mas eu queria encontrar meu pai primeiro.

— Você tá indo pra Minnesota por causa do seu pai? — perguntou ele, e confirmei com a cabeça. — Acha que ele é que nem a gente, e foi por isso que te abandonou? — continuou Lee. Assenti de novo, mas ouvindo ele falar daquele jeito me senti meio idiota. Parecia uma explicação muito inocente. — E como você sabe que ele tá em Minnesota?

— Não sei. Só sei que ele é de lá.

— Então talvez demore um pouco até você encontrar ele. Isso *se* encontrar.

Não tinha me ocorrido que talvez não conseguisse encontrar meu pai. Não podia me dar ao luxo de pensar assim, então tentei focar em como ele colocaria Beatles para tocar para mim aos domingos de manhã enquanto preparava um café igual ao que a gente tinha comido, mas ainda mais gostoso. Distraída, comecei a cantarolar o refrão de "Eleanor Rigby". A garçonete veio, e Lee sorriu para ela enquanto a moça enchia a caneca dele de café. Ela se afastou da mesa e ele deu um golinho na bebida, os olhos fixos na mesa de fórmica.

— Mas viu, por que você tá indo pra casa? — perguntei. — Pra visitar a família mesmo?

— Mais ou menos. Prometi que ia dar umas aulas de direção pra minha irmã antes de ela fazer a prova pra tirar carta.

— Você volta sempre pra casa?

— Sempre, não.

— Quanto tempo faz que tá se virando sozinho?

— Saí de casa com dezessete.

— E tem quantos agora?

— Dezenove. — Ele parou e me analisou, como se estivesse me vendo pela primeira vez. — Você tem o quê... Quinze? Dezesseis?

— Dezesseis — respondi, meio tensa. Parecer novinha não era uma coisa boa para uma garota vagando sozinha por aí. — Qual é o nome da sua irmã?

— Kayla. Ela é uma menina legal — afirmou Lee. Quase consegui ver ele pesando os fatos na cabeça e separando em duas categorias: o que me contar e o que não me contar. — Nós somos de pais diferentes — contou ele, enfim. — Minha mãe meio que... Ah, esse é o jeito dela.

— Por que você foi embora?

— Por que você acha?

Inclinei para a frente e baixei a voz.

— Não acho que você seria um perigo pra elas.

— Não importa. Eu sei o que sou. — Ele terminou de virar o café, ergueu as sobrancelhas e apontou a porta com a cabeça.

Pagamos a conta e voltamos para a caminhonete. Lee ligou o rádio e girou o botão até encontrar uma música agradável para dirigir.

— Você curte Shania Twain?

— Claro.

A manhã estava brilhante e ensolarada. Passamos por campos e mais campos com o solo recentemente revirado, o ar repleto do zumbido pacífico de tratores. O mundo parecia renovado. Pensei na filhinha de Barry Cook, torcendo para que a mãe dela não fosse sempre brava daquele jeito. Torcendo para que encontrasse outro homem, um homem bom, alguém que não bebesse tanto e xingasse estranhos no corredor de doces do mercado.

Estávamos em Illinois quando Lee decidiu que era seguro parar para arrumar outro estepe. Paramos em frente a um posto de serviços e Lee foi procurar um atendente.

Chutei um pacote vazio de Marlboro no assoalho e analisei o interior do veículo. Nojento, é claro. Barry Cook não era apenas Rei do Fast-Food Consumido no Carro — aparentemente, também não sabia diferenciar a caminhonete de uma lata de lixo. Pelo jeito, toda vez que terminava uma refeição, jogava a embalagem no chão do assento do passageiro. A única coisa asquerosa que eu não podia botar na conta do cara era a sacolinha estufada do Walmart enfiada embaixo do banco do motorista.

Ao que parecia, a gente ia passar boa parte dos próximos dias ali, então achei que não custava aproveitar e fazer uma limpeza. Desenterrei uma sacola plástica do meio do lixo e comecei a recolher os maços de cigarro, as embalagens do McDonald's e os copos vazios de refrigerante. Depois de encher umas três sacolinhas, saí da caminhonete e fui jogar tudo na caçamba de lixo, junto com os restos das roupas de Andy.

Lee voltou e sugeriu que fôssemos atrás de suprimentos enquanto esperávamos o mecânico. Numa loja de conveniência do outro lado da pista, compramos um reservatório de quarenta litros, e o proprietário da loja permitiu que ele o enchesse de água no poço nos fundos. Também tinha uma caçamba cheia de entulho na propriedade, e enquanto o galão enchia Lee espiou lá dentro e pescou um pedaço grande de madeira compensada.

— Pra que isso?

— Pra fazer uma cama na carroceria.

— Como assim?

— Você vai ver.

Quando o mecânico terminou, Lee pegou a carteira de Barry para pagar a conta e voltamos até a caminhonete.

— Espera aí — falei. — As placas estão diferentes ou é impressão?

— Paguei um pouquinho a mais e o cara trocou pra mim. — Ele deu uma risadinha. — Caso contrário, a gente não ia poder continuar com o carro — explicou, e ergui uma sobrancelha. Lee olhou para mim e riu mais uma vez. — Que cara é essa? Quem vê pensa que você é mesmo a rainha da moral e dos bons costumes!

Quando a noite caiu, já fazia duas horas que estávamos dirigindo Kentucky adentro.

— Qual é a sua opinião sobre dormir ao relento? Aqui perto tem a entrada de um parque estadual. É seguro. Eu já dormi lá antes.

— O que você faz quando o tempo começa a esfriar?

Ele sorriu.

— Vou pro sul.

Pegamos o desvio que levava ao parque estadual, mas não vi indicações de áreas para acampamento. Lee encostou num espaço diante de uma placa com imagens da flora e da fauna locais, cheia de setas azuis indicando as várias trilhas que os visitantes podiam percorrer para apreciar a natureza.

— Você tem uma barraca? — perguntei.

— Não precisa. A gente pode dormir na carroceria.

Quando ele falou "cama na carroceria", não me passou pela cabeça que fosse literal.

— E se alguém encontrar a gente?

— Não vão. A gente já vai ter vazado logo cedinho.

— Mas por que madeira compensada?

— Mesmo no verão, o metal acaba ficando frio à noite. Não faz sentido comprar um pedaço de espuma: despedaça fácil, e não é muito mais confortável do que madeira.

— Você pensa em tudo — falei, e ele deu de ombros.

— Quando a gente percebe que tá solto no mundo sem as coisas de que precisa, aprende rapidinho a se virar — afirmou. Fiquei olhando ele tirar todo o tipo de coisas úteis da mochila: um saco de dormir e uma coberta extra, uma lanterna, uma panelinha, um punhado de isqueiros ("Lembranças", disse ele, com os lábios torcidos daquele jeito), e um fogareirinho a gás. — O que acha de sopa de feijão pro jantar?

— Perfeito — respondi.

Como mágica, Lee tirou duas canecas de estanho, duas colheres e um pacotinho de sopa em pó da mochila, que ainda parecia bem cheia. Dispôs tudo na velha mesa de piquenique marcada com iniciais de pessoas que, muito provavelmente, não eram mais apaixonadas umas pelas outras. A floresta vibrava com o zumbido das cigarras. Na escuridão crescente, meu novo amigo cozinhou nossa refeição enquanto eu usava a lanterna dele emprestada para escrever no meu diário.

— Lee?

— Oi.

— O que você estava fazendo em Iowa?

— Você sempre enche as pessoas de perguntas assim?

— Basicamente. — Fiquei em silêncio por alguns segundos. — Se você se cansar de mim, pode me avisar, por favor?

Lee tombou a cabeça de lado.

— Que raio de pergunta é essa? — indagou ele. Contei sobre Samantha, com esperanças de que ele dissesse que nunca cansaria de mim. Mas Lee disse apenas: — Não gosto quando as pessoas não cumprem com a palavra.

Mas me pareceu tão bom quanto uma promessa.

Depois que terminou de escurecer, nos acomodamos na cama de madeira — Lee me deu o saco de dormir, dobrando a manta para fazer um forro para ele — e, por um tempo, a gente conversou sobre coisas que não tinham nada a ver com pais desaparecidos, perigos de pedir carona ou coisas que não deviam ser comidas. Ele ergueu o dedo para apontar constelações inventadas — uma girafa, um zepelim, um biscoito com gotas de chocolate. Aquilo me fez lembrar de Jamie Gash, e por culpa minha a conversa caiu num silêncio desconfortável. De novo, fui a primeira a dormir (não que tenha dormido direito), e de novo Lee não estava ao meu lado quando acordei. Meu cérebro balançava dentro do crânio por ter passado a noite deitada em cima de uma tábua de madeira.

Lee estava na mesa de piquenique, fervendo água no fogareiro para passar um café. Me entregou uma caneca de estanho fumegante e bebemos rápido, em silêncio, antes de voltarmos para a caminhonete e cair na estrada. Olhei o céu clareando e pensei no meu pai. Francis Yearly estava em algum lugar por aí — em algum lugar ao nosso oeste, mas não por muito tempo. Naquele momento, tive certeza de que ele só tinha ido embora porque achava que seria mais seguro assim.

— Você já teve vontade de procurar seu pai? — perguntei.

— Não. Não ia ter como encontrar ele mesmo que eu quisesse.

— Mas nunca nem pensou nisso? Tipo, se tivesse um jeito de encontrar ele... Você tentaria?

— Não. Se a gente se encontrasse, ele acabaria morto — afirmou. Dei uma risada, e Lee também, mas a dele foi morrendo até virar um silêncio pensativo. — Acha que sua mãe tinha medo de você?

Senti o estômago revirar e o encarei.

— Foi mal — murmurou Lee. — Eu não devia ter perguntado isso.

Quando paramos de novo para abastecer, me tranquei no banheiro da loja de conveniências. O chão estava tão imundo que não tive coragem de me sentar. Então só me agachei, enfiei o rosto entre os joelhos e chorei.

A verdade é como a bocarra cheia de dentes de um monstro — um muito mais ameaçador do que eu jamais vou ser. Ele fica esperando com a boca aberta sob nós, e é impossível fugir, e assim que a gente cai dentro dela é feito em pedacinhos. Claro que meio que já havia me ocorrido que minha mãe tinha medo de mim, mas parecia mais provável agora que alguém disse aquilo com todas as letras. Ela nunca tinha me amado, tinha? Se sentia responsável por mim, como se tudo o que eu havia feito fosse culpa dela por ter me trazido ao mundo. Toda a gentileza que já demostrara comigo tinha origem na culpa, não no amor. O tempo todo, ela estava só esperando eu crescer o bastante para me virar sozinha.

Me assustei quando alguém bateu na porta.

— Maren? Você tá bem?

— Tô sim. — Puxei um pedaço de papel higiênico do rolo. — Saio já, já.

Assoei o nariz algumas vezes e olhei para o papel. Independente do que acontecesse, por pior que as coisas estivessem, olhar para o meu próprio ranho sempre fazia eu me sentir melhor.

Quando abri a porta, Lee estava esperando do lado de fora.

— Você vai fazer xixi também? — perguntei.

— Vou não. — Ele continuou olhando para mim, de braços cruzados e testa franzida. Por um segundo achei que fosse me dar um abraço, mas depois ele se virou e foi até a caminhonete a passos largos. Quando abri a porta do passageiro, encontrei uma latinha de Coca e algo embalado em papel-alumínio me esperando no banco. — Achei que você ia estar com fome — disse Lee, mordendo o próprio sanduíche. Rosbife.

— Valeu — falei.

Nem consegui sentir o gosto direito. Minha mãe tinha me mantido alimentada, mas durante todo o tempo desejara me prender numa gaiola. Toda noite, ela não estava fazendo o jantar — estava fazendo um sacrifício.

— Olha, eu sinto muito por ter chateado você — falou Lee. — Mas não vou ficar cheio de dedos só pra não ferir seus sentimentos.

Encolhi os ombros e olhei pela janela.

Chegamos a Tingley mais tarde, naquela mesma noite. Lee encostou no meio-fio num bairro cheio de sobradinhos que pareciam ainda se apegar à lembrança da respeitabilidade da classe média. As janelas e portas de uma ou outra casa estavam fechadas com tábuas, e o silêncio era tamanho que dava para ouvir o zumbido das lâmpadas fluorescentes dos postes. Saímos da caminhonete e segui Lee pela calçada, passando por algumas casas antes de ele virar numa garagem. Era uma casa de aparência triste, com as floreiras tomadas pelo mato alto.

— Quem mora aqui? — sussurrei.

— Atualmente, ninguém. — Ele olhou para mim enquanto se abaixava para pegar a chave guardada embaixo do tapetinho surrado de boas-vindas. — Ah, relaxa. Era da minha tia-avó. Ela morreu dois meses atrás, e agora ninguém quer comprar a casa.

— Meus sentimentos. — Me senti idiota por dizer aquilo, mas não sabia o que mais falar.

— Tá tudo bem. — Ele deu de ombros, virando a chave na fechadura. — A gente pode ficar aqui hoje à noite. Depois vou encontrar minha irmã de manhã, e aí a gente pode voltar pra Minnesota.

A tia de Lee não tinha cuidado da casinha tão bem quanto a sra. Harmon. O ar estava estagnado. Tinha cheiro de doença e de guardado. Estendi a mão para apertar o interruptor, mas Lee me deteve.

— Ninguém pode saber que a gente tá aqui. Só tenta não trombar nas coisas.

— Mas não tô vendo nada!

— Você vai se acostumar.

Estávamos numa cozinha pequenininha. Com a ajuda da luz dos postes, consegui distinguir um lustre de vidro pendurado sobre a mesa redonda à nossa direita, uma bancada em formato de L acompanhando a parede à esquerda e uma geladeira. De imediato, pensei em comida. Lee deve ter tido a mesma ideia, porque abriu o armário em cima do fogão e deu uma espiada.

— Ah, ótimo. Ainda tem sopa e feijão.

Colocou as latas na bancada, abriu outra gaveta e pegou um abridor. Tomamos a sopa esquentada no micro-ondas, e depois peguei meu diário e a lanterna.

— Você tá sempre escrevendo nesse caderno aí — disse ele, e dei de ombros. — Posso olhar as imagens?

Estendi o diário para Lee.

— Mas não lê o que tá escrito, tá bom?

— Pode deixar.

A fita adesiva ao redor das imagens fazia um barulhinho enquanto ele virava as páginas. Ele ficou encarando a gravura que eu tinha encontrado num livro da biblioteca chamado *As estranhas e maravilhosas lendas da Escócia*. A legenda dizia: *A polícia descobre o covil de Sawney Bean e seu clã canibal*. A imagem mostrava pilhas de ossos nos cantos, braços e pernas pendurados do teto, dezenas de rostos espiando da escuridão e um caldeirão borbulhante sob o cuidado de uma velha megera que só podia ser a esposa de Sawney, suas presas expostas à luz do fogo. Na entrada da caverna havia uma fileira de homens uniformizados, encarando com horror a evidência de décadas de carnificina. Sawney ameaçava os intrusos com um machado.

Antes, eu nunca teria me imaginado naquela caverna. Mas agora ela parecia quase confortável.

— Que doideira — disse Lee, enfim, depois virou a página e se deparou com a fotocópia de *Saturno devorando um filho*. Pousou o dedo no ponto onde deveria estar a cabeça do bebê. — Já vi essa pintura num livro uma vez. Me fez pensar se ele não era um de nós.

— Quem, o Goya?

— Esse é o nome dele? — Ele fechou o caderno e o empurrou pela mesa. — É tipo um livro de monstros.

Corri os dedos pela capa marmorizada em branco e preto.

— Faz eu me sentir menos solitária.

Ele se levantou e lavou a louça.

— Vou dormir no sofá da sala de estar. Pode ficar com o quarto lá em cima, virando à direita. É o que tem a melhor cama. Só não acende as luzes ou abre as janelas. Os vizinhos ficam de olho em tudo.

Me senti um pouco como na casa da sra. Harmon — não tão confortável, porém, já que não tinha sido convidada. Enquanto subia, apontei a lanterna para as fotos de família penduradas na parede e em cima dos móveis, mas não encontrei nenhuma de Lee.

O colchão era velho, e as molas cutucavam minhas costelas. Por um tempão, fiquei só ali deitada, o ar no quarto pesando sobre o peito como um gremlin. Quando enfim caí no sono, sonhei que estava correndo por um corredor escuro em zigue-zague. Havia palavras escritas nas paredes, em letras grandes e escorridas. Eu sabia que meu pai tinha pintado as palavras, mas não fazia ideia de como lê-las. Sonho não tem cheiro, mas era nítido que elas me atraíam com o aroma de um jantar.

6

Desci de manhã cedo e encontrei um bilhete na mesa: *Aula de direção, volto já.* Tive medo de sair da casa e alguém me ver, mas ficar lá dentro também me deixava ansiosa. E se um corretor imobiliário aparecesse?

Não tinha muita opção, na verdade. Então peguei os novelos e as agulhas da sra. Harmon e tentei aprender do zero. Tricotar, ou tentar, fazia eu me sentir normal. Liguei a TV e fiquei assistindo a um programa de perguntas e respostas. Quando ouvi a porta se fechando, desliguei e fui pé ante pé até a cozinha.

Ainda com o chapéu de caubói na cabeça, Lee guardava as latas do armário num engradado de plástico apoiado na bancada. Ele apontou para um saco de papel do McDonald's.

— Trouxe café da manhã pra você.

Agradeci e, enquanto engolia meu Egg McMuffin, vi uma garota passar na rua de bicicleta e entrar na garagem. Ela desceu e abriu o pezinho da bike com a ponta da sandália.

— Quem é aquela?

Lee deu uma olhada pela janela e suspirou.

— Minha irmã. Vou falar com ela rapidinho. — Fez uma pausa. — Seria melhor você ficar aqui dentro.

— Por quê?

— Nada pessoal, tá?

— Mas...

Ele saiu, deixando a porta de tela bater atrás de si, e a irmã se jogou nos braços dele. Era bem bonita, de pele bronzeada e olhos verdes como os dele, mas seria ainda mais linda se não estivesse com tanta maquiagem. Decidi arriscar e cheguei mais pertinho da porta para ver melhor. Já bastava ter que me esconder dos vizinhos.

— O que você tá fazendo aqui? — Ouvi ele perguntar. — Você já cabulou muita aula num dia só.

Kayla sorriu.

— Culpa sua de não ter vindo no fim de semana.

— Verdade. Eu devia ter me planejado melhor. Agora volta pra escola.

— Mas o ano letivo já quase acabou, mesmo... — A luz refletiu nos restos de esmalte azul elétrico nas unhas dela. Fazia algumas semanas que ela tinha pintado. — A manhã foi tão legal, Lee. É fácil fingir que você nunca foi embora.

— Também me diverti.

— Você não sente saudades de mim quando está longe?

— Você sabe que é a única pessoa do mundo que me faz sentir saudades — afirmou ele, e Kayla fez uma cara de dúvida. — Ei, nem começa. Não vai levar a nada.

— E a mamãe?

— O que tem ela?

— Ela tá bem preocupada com você.

Lee enfiou as mãos nos bolsos e chutou uma pedrinha na entrada dos carros.

— Você acha que eu nasci ontem, é?

— Beleza. *Eu* tô preocupada.

— Foi mal, Kay. Queria não precisar fazer isso.

— Mas você *não precisa*!

— Preciso sim. Você sabe que preciso.

— Não entendo o porquê, Lee. Você nunca me conta nada. Talvez eu passe meses sem te ver de novo!

— Prometo que não vou demorar tanto dessa vez.

— Com quem eu vou comemorar quando conseguir tirar a carta?

Ele abriu um sorrisinho.

— *Se* conseguir.

— Se não conseguir, vai ser culpa sua por não ter me dado aulas o bastante. — Kayla olhou por cima do ombro e me viu parada atrás da porta de tela. — Quem é aquela?

Lee se virou e fez cara feia para mim. Eu sabia que não devia ficar espiando, mas preferia ele irritado comigo do que desviando das minhas perguntas mais tarde. Sorri para Kayla e fiz um oizinho. Ela retribuiu o sorriso, mas só com os lábios. *Ela não gosta de mim,* pensei. *Não gosta de mim porque tô com o irmão dela e ela não.*

— É sua namorada? Apresenta a gente?

— É só uma amiga. Talvez outro dia eu apresente vocês. — Ele deu outro abraço nela, mais demorado. — A gente não pode ficar. Eu só precisava te ver. Ter certeza de que você estava bem.

— Eu estaria bem melhor se você voltasse pra casa.

Ele se afastou da irmã, erguendo a mão para se despedir.

— Foi mal, Kay. Mesmo.

A garota cruzou os braços e franziu a testa.

— Eu odeio isso, Lee. *Odeio* quando você faz isso.

— A gente se vê logo, tá bom? Passo lá em casa e a gente comemora sua carta assistindo um filme ou coisa assim.

— E eu odeio *mesmo* esse chapéu — exclamou ela, enquanto ele voltava para dentro.

— Eu sei — respondeu ele. — Ouvi das três primeiras vezes.

Dei um passo para o lado para deixar Lee entrar. Kayla ficou na calçada, de cabeça baixa, esfregando os olhos com o nós dos dedos. Me afastei da porta de tela.

Lee enfiava alguns últimos itens na mochila.

— Já juntou suas coisas?

* * *

Segundo a estimativa dele, a gente ia demorar uns três dias para ir de carro até Minnesota, pegando uma rota mais ao norte do que a que tínhamos usado para chegar em Tingley: pelas montanhas do Apalache na Virgínia Ocidental até Ohio, depois Indiana, subindo por Chicago e enfim cruzando Wisconsin. Quanto mais a gente viajava, mais eu sentia a fagulha de excitação saindo do fundo do meu estômago e se espalhando pelos braços, pelas pernas e ao redor do coração. Cada quilômetro no hodômetro me aproximava mais do meu pai.

Quando fomos chegando ao fim do primeiro dia na nova rota, achei que já tinha esperado o bastante para puxar assunto sobre Kayla.

— E aí, ela mandou bem? — perguntei.

— Oi?

— Na aula de direção. Sua irmã mandou bem?

— Ah — soltou ele. — Até que sim. Acho que ela vai passar na prova.

— Você usou a caminhonete pra dar aula pra ela?

— Isso. Achei que, se ela pudesse domar essa lata-velha, não ia ter problema com o sedã da minha mãe.

— Ela vai ter um carro só dela quando tirar a carta?

Lee hesitou antes de responder, e fiquei de novo com a sensação de que estava fazendo perguntas demais.

— Acho que não — respondeu ele, enfim. — Ela arrumou um emprego numa sorveteria, mas acho que nem assim dá conta de comprar um carro. Eu bem que queria poder dar um pra ela.

Um pensamento surgiu na minha mente e tomou forma antes que eu pudesse dispensá-lo. *Você podia dar um carro pra ela sem ter que pagar um tostão por isso.*

— Só queria que ela tivesse como ir embora se precisar, sabe? Pra ter essa liberdade, um carro que funcione já é o suficiente. Cara, nem da carta precisa. — Ele suspirou. — Odeio pensar que ela tá presa naquela casa com a minha mãe.

Abri a janela até o fim e enfiei a cabeça para fora do veículo. *Você* merece mesmo *estar falida e sozinha com esse tipo de pensamento.*

— Você já cogitou levar ela com você?

— Não. Ela merece coisa melhor. — Enquanto falava, foi se inclinando para a frente no assento do motorista, apertando o volante com as duas mãos. — Quero que ela vá pra faculdade. Tenha uma vida normal. Uma vida *boa.*

— Certeza que vai ter — falei, e ele me lançou um olhar cético. — Você acha que, talvez... se a gente tiver tempo, e achar um lugar bom pra isso... você poderia me ensinar a dirigir também?

Lee revirou os olhos, mas estava sorrindo.

— Ah, pronto — disse ele. — Já, já você tá me pedindo pra ser seu par no baile de formatura.

Voltei a olhar pela janela para que ele não pudesse ver meu rosto corado.

— Você não vai me ensinar, então?

— Vou, vou ensinar sim. Depois que escurecer, quando as lojas estiverem todas fechadas, a gente acha um estacionamento grandão em algum lugar.

— Desde que não seja um Walmart... — comentei, e ele deu uma risadinha.

Minha primeira aula de direção aconteceu no estacionamento de uma loja de materiais de construção em algum canto de Ohio, e foi um fiasco. Tive dificuldade de lembrar de pisar na embreagem na hora de mudar a marcha, fazendo careta toda vez que ouvia o rangido lamentoso de metal contra metal.

Mas Lee era um bom professor.

— Tá tudo bem — disse ele. — Só vai devagarinho. Fica na primeira marcha. Se acostumar a estar atrás do volante já é um ótimo começo.

Depois de uma hora, a gente trocou de lugar e foi buscar uma pizza de pepperoni com queijo extra. O jantar foi esquentando meu colo o caminho todo enquanto a gente saía da área comercial. O plano era continuar acampando até Sandhorn, parando em qualquer parque estadual que ficasse mais ou menos na nossa rota. Lee ia traçando o caminho para eu acompanhar no mapa rodoviário desgastado dele.

A pizza já estava gelada quando encontramos um lugar para parar no meio da floresta, mas devoramos tudo do mesmo jeito, com as pernas balançando para fora da caçamba. Eu tinha ajeitado a mochila para apoiar as costas nela, e ele perguntou:

— Por que sua bolsa é tão grande, hein?

— É tudo que eu tenho. É claro que ia ser grande.

Ele deu de ombros.

— Sempre dá pra viajar só com o essencial.

— Mas a gente precisa de coisas. Uma lanterna. Mapas. Trocas de roupa. Alguma coisa pra usar pra dormir, utensílios pra cozinhar.

— E você tem isso aí na *sua* bagagem? — Ele olhou para mim e esperou. — Ah, qual é. Vai, me mostra o que você tem aí.

Puxei o cordão e abri a mochila. Lee se inclinou para olhar dentro. Um monte de livros e uma ou outra peça de roupa.

— Esses livros não são seus — afirmou ele.

— Alguns são, sim.

— Quais?

Fui dividindo eles em dois montes em cima da caçamba: os meus de um lado, os deles de outro. Meus: a edição dupla comentada de *Alice no País das Maravilhas*, o volume único com a trilogia de *O Senhor dos Anéis* que minha mãe tinha me dado de aniversário, *As crônicas de Nárnia*, também num volume só, e o livrinho do circo dos irmãos Ringling, que Lee pegou para folhear.

Depois, pegou o primeiro livro na segunda pilha: *O guia do mochileiro das galáxias*.

— Me conta sobre o dono desse.

Suspirei.

— Esse era do Kevin. Ele me levou pro quarto dele depois da aula pra gente estudar juntos pra uma prova de história. Os pais dele ainda não tinham chegado. Ninguém nem sabe que estive lá. — Fiz uma pausa. — Aconteceu várias vezes. De um menino arrumar uma desculpa pra me convidar pra casa dele depois da escola, e...

— Sim. Eu sei. — Em seguida, Lee pegou o *Volta ao mundo em oitenta dias*.

— Marcus. Ele me seguiu até em casa depois do desfile do Dia de São Patrício em Barron Falls, dois anos atrás.

Fuga de Utopia, o livrinho de escolher o final.

— Luke. Acampamento de férias quando eu tinha oito anos. Ele foi o primeiro. Depois da Penny, digo.

— Penny era a sua babá?

— Isso. — Peguei o livro da mão dele e passei os dedos pela ilustração da capa, um menino e uma menina correndo pela selva, o abismo se abrindo sob seus pés. — O Luke queria ser guarda-florestal quando crescesse.

— Você não pode ficar pensando nesse tipo de coisa.

Devolvi o livro para o monte.

— Pra você é fácil falar. — Assim que as palavras saíram da minha boca, fui inundada por um sentimento esquisito, como se eu não me importasse mais com o que Luke queria fazer quando crescesse.

Não, não. Era *Lee* que não se importava. Ele não precisava se importar.

Ele colocou *O mestre e Margarida* em cima da pilha que estava fazendo.

— Esse eu sei. Era do Andy, né?

Fiz que sim com a cabeça. Ficamos ali até Lee olhar todos os livros da minha mochila. Encontrou a direção norte usando a bússola de Dmitri que brilhava no escuro, e depois abriu o estojinho marrom para ver os óculos com armação de casco de tartaruga.

— Como ele chamava?

— Jamie.

— Você não podia mesmo ter deixado os óculos pra trás — disse Lee, baixinho. — Senão teriam descoberto de cara que tinha acontecido alguma coisa com ele. — Ele botou o estojo com os óculos em cima do monte. — Foram só esses?

Neguei com a cabeça.

— Não tenho nada da primeira vez.

— Sua babá foi a única mulher? — perguntou Lee, e assenti. — Tem ideia do porquê?

— Sei lá. Nenhuma menina na escola queria ser minha amiga.

— Sorte delas.

Por uns minutinhos, fiquei cutucando a casquinha do ralado no meu joelho. Eu não podia deixar aquilo me afetar, o que ele tinha acabado de falar. Lee estava certo de novo.

Ele pegou os livros e os guardou de novo na mochila.

— Eu nunca fui muito de ler.

— Sua mãe não lia pra você dormir quando você era pequenininho? — indaguei, e ele negou com a cabeça. — Nunca leu pra você?

— Eu já te falei, ela não era esse tipo de mãe.

— Por isso você nunca se apaixonou pela leitura.

— Acho que só não vejo muito sentido em ler. Tudo aquilo que falavam pra gente na escola, tipo como a gente precisa ler esses livros todos e fazer isso ou aquilo pra se aperfeiçoar... Como se aprender palavras difíceis transformasse alguém em uma pessoa melhor.

— Não tem nada a ver com isso.

— Não adianta, sabe? *Não tem* como eu ser uma pessoa melhor.

— Mas não é pra isso que eu leio. Quando mergulho num livro, é porque quero ser outra pessoa. Por duzentas, trezentas páginas, posso ter os problemas de uma pessoa normal, mesmo que essa pessoa esteja viajando no tempo ou lutando com alienígenas. — Corri os dedos pela lombada de *O mestre e Margarida*. — Eu preciso dos livros. É tudo o que tenho.

E Lee me olhou como se sentisse pena de mim.

Eu queria saber mais sobre a irmã dele, e sobre a mãe também, e o que ele fazia pra conseguir dinheiro além de roubar das pessoas que não precisavam de mais nada, e o que tinha acontecido para ele ter que andar por aí se esgueirando quando voltava à própria cidade natal. Digo, eu já tinha uma noção, mas queria *saber*.

Comecei com as perguntas que era mais provável que ele respondesse.

— O que você estava fazendo antes da gente se encontrar? Como consegue dinheiro pra viver?

— Trabalho no campo, em geral. Às vezes passo um, dois dias num lugar, às vezes fico por mais tempo. Depende da fazenda e do serviço que oferecem pra mim.

— E durante o inverno?

— Ano passado eu fui pra Flórida — disse ele. — Estava com um Camaro velhão, o carro que eu tinha antes desse daqui, e costumava estacionar bem de frente pra praia e dormir numa barraca na areia. — Ele riu. — Acho que posso falar que sou tipo uma ave migratória.

— Você já andava sozinho nessa época?

— Sempre ando sozinho — falou ele. Quando o fitei, acrescentou: — Você é a exceção.

Antes ser lembrada com atraso do que não ser lembrada.

— Você acha que vai voltar direto pra Tingley depois de me deixar em Sandhorn?

— Acho que vai depender do que você encontrar lá.

Senti uma fagulha de esperança.

— Digo, depois que eu me resolver. Depois que encontrar meu pai. E aí?

— Sim — disse ele. — Aí sim vou voltar pra Tingley.

— Ela sabe?

— Quem? Minha irmã ou minha mãe?

— Qualquer uma das duas. As duas.

— Minha mãe não sabe de nada. Minha irmã... Bom, ela sabe que tem alguma coisa errada comigo, mas espero que nunca descubra exatamente o quê. — Ele se virou para mim. — Eu tenho sorte, acho. É mais fácil pra mim esconder.

— O que aconteceu?

— Outra hora eu te conto. Hoje, não.

— Posso te perguntar outra coisa, então?

— Depende.

— Por que você comeu sua babá?

Ele deu uma risadinha zombeteira.

— Porque ela era uma sádica maldita. Me perguntava coisas, e, se eu não respondesse certo, me dava um puta beliscão. *Qual é a capital do Mississippi? Por que vacas têm três estômagos?* Umas merdas assim. Eu chamava ela de Bruxilda Pinker. Não lembro do nome dela, mas devia ser alguma coisa Pinker. Ela morava na mesma rua que eu. Acho que era amargurada porque não podia ter filhos. Ainda bem. Não lembro mesmo da cara dela, só que ela tinha uns dentões e eu odiava quando ela fingia sorrir. Mas lembro do cheiro dela. Era um cheiro pesado, azedo, como se tivesse ficado trancada por anos só falando e falando, só coisas horríveis, sem nunca escovar os dentes.

Fiquei um pouco admirada. Ele nunca tinha falado tanto de uma vez só.

— Quantos anos você tinha?

— Não o suficiente pra saber a capital do Mississippi. Ela sempre tomava o cuidado de me beliscar nos lugares que faziam parecer que eu tinha só caído no parquinho, batido o braço no trepa-trepa, coisa assim. Eu já te disse que minha mãe fez várias coisas idiotas na vida, mas não era *tão* idiota assim. Na última vez que aconteceu, o dia em que comi a Bruxilda, lembro da minha mãe se abaixando e sussurrando no meu ouvido antes de sair. Ela disse: *Essa vai ser a última vez que você vai precisar ficar com ela, juro. Não consegui encontrar mais ninguém.* A Kayla era nenê, e minha mãe precisava levar ela no médico. Não sei por que não me levou junto... Eu não era a criança mais boazinha do mundo, mas ficava quietinho e me comportava quando ela me explicava que era importante. Mas, enfim, não acreditei que ia ser a última vez, já que minha mãe dizia aquele tipo de coisa o tempo todo e não cumpria, então naquele dia uma chavinha virou dentro da minha cabeça.

— E como foi? A primeira vez?

Lee soltou um assovio, longo e lento.

— Adrenalina pura. Toda vez que faço, me dá um barato. Sabia que todo mundo ia achar aquilo uma coisa ruim, mas mesmo assim ficava me sentindo uma espécie de super-herói esquisito.

Ficamos em silêncio por alguns minutos enquanto ele dirigia até que falei:

— Já que tenho que ser assim, queria poder ser como você.

— Não é tão diferente.

Eu o encarei.

— É *completamente* diferente.

— *Eles* são diferentes. Mas *você* curte tanto quanto eu.

Senti uma pontada quente de raiva no estômago.

— Isso é mentira — falei baixinho. — Você só tá falando isso porque não entende. Você só sabe como é *pra você*. — Mas uma parte de mim estava fugindo, para longe de Lee, escuridão adentro.

Ele me olhou de soslaio.

— Eu já te falei, Maren. Nunca vou te falar algo só porque é o que você quer ouvir.

Apertei os olhos com os dedos. Não queria enxergar os sinais.

— Você não entende.

— Entendo, sim. E você sabe que entendo. — Ele ficou me esperando admitir, depois desistiu. — Beleza — acrescentou. — Você ganhou. A gente vai parar de conversar, é isso?

— Não — respondi, mas só porque queria esquecer tudo aquilo. — Continua. Você estava falando da Bruxilda Pinker.

— É. Então. Mesmo naquela primeira vez, soube que precisava dar um jeito na bagunça. Quando minha mãe voltou, achou que a Bruxilda tinha só me deixado lá sozinho e voltado pra casa. Mesmo quando um dos vizinhos veio contar que ela tinha desaparecido, minha mãe nem suspeitou que tinha alguma coisa a ver comigo. *Acho que é o que acontece com babás péssimas que nem ela.* Lembro dela falando isso.

— Você tem saudade?

— Da minha mãe? Nossa, não. Ela talvez até tenha um bom coração, mas fico louco com as coisas que ela faz. Enchia a cara com vários caras errados, nunca terminou de estudar porque largou a escola depois que nasci, quando enfim parou de receber o auxílio do governo, encontrava uns empregos tão bosta que nunca ficava muito tempo. E os namorados dela... eram a pior parte. Ela começou a sair com um babaca que todo mundo na cidade sabia que tinha ido pra prisão por espancar a esposa, e ela disse que eu não conhecia o cara direito, que devia dar uma chance pra ele. Depois teve uns outros tão ruins quanto. Nunca conheci meu pai, nem o da Kayla. — Ele suspirou. — Mesmo se eu não fosse o que sou, conviver com ela ficou difícil demais. Ela me frustra, sabe?

— Sei.

— Sempre quis que ela escolhesse um cara legal, pra ficar e cuidar dela. As outras crianças tinham pais. Sabe, caras que faziam coisas com elas. Que faziam coisas *pra* elas. Pra mim, não parecia tão difícil minha mãe achar um cara desses.

— Mas ela nunca achou.

Ele negou com a cabeça.

— E sua mãe, era como? — perguntou.

Desviou o olhar da estrada e se voltou para mim, esperando por uma resposta. Aquilo não era só Lee puxando assunto. Ele queria saber, e não estava nem aí se eu estava ou não a fim de falar a respeito.

— Ela digitava noventa palavras por minuto.

Lee assoviou, impressionado.

— O que mais?

— Era um fiasco na cozinha. Direto a gente comia só queijo quente e canja enlatada no jantar.

— Tem jantar muito pior que queijo quente e canja enlatada. O que mais?

— Ela costumava deitar a cabeça na borda da banheira pra pintar o cabelo. — Pensei naquelas noites em que a gente se deitava no sofá e ficava assistindo *Do mundo nada se leva* embaixo das cobertas, o cabelo molhado dela enrolado numa toalha. — E ela gostava de assistir uns filmes velhos. *Cantando na chuva*, *Natal branco*, todos os do Frank Capra.

— Quem é Frank Capra?

— Ele fez *A felicidade não se compra*.

— Nunca assisti.

— Sempre passa na tv na época do Natal. É um clássico.

— Ninguém queria assistir esse tipo de coisa na minha casa. — Ele abriu um sorriso sarcástico. — Musical é tão brega...

— E daí? — falei. — São o melhor tipo de fantasia. Aquele monte de gente bonita começando a cantar porque falar sobre seus sentimentos não é suficiente.

Lee ficou me olhando como se eu tivesse acabado de arrotar um peixinho-dourado. Fiquei vermelha de vergonha, e ele tentou emendar logo.

— Mas continua.

— Ela lia muito, mas não ficava com os livros depois que terminava. Todas as coisas dela cabiam numa mala só.

— E ela costumava gritar com você?

— Não.

— Falou alguma vez que você era um monstro?

— Não.

— Já viu você fazendo a coisa?

Estremeci.

— Meu Deus... Não.

— Mas você contava pra ela?

— Precisava contar. Ela ia descobrir de um jeito ou de outro.

— Mas não era por isso que você contava.

— Não. Acho que não.

— Você queria que ela consertasse a situação pra você.

— É assim quando a gente é criança. A gente acha que nossa mãe é capaz de resolver qualquer coisa.

Lee sorriu.

— Não era assim comigo.

— É — falei. — Foi mal.

Folheei o guia rodoviário no colo. Na manhã seguinte, passaríamos por Chicago.

— Ei... — começou ele. — Você por acaso quer dirigir o resto do caminho até o parque? O trânsito tá bem tranquilo, e você pode só ficar na pista da direita.

— Não dá. Não tô pronta ainda.

Ele deu de ombros.

— Você que sabe se tá pronta ou não. Mas tem certeza de que não quer nem tentar?

Se eu negasse de novo, ele me acharia fraca. Então passei uma hora com o corpo todo tenso atrás do volante, repetindo em voz alta que precisava pisar na embreagem antes de mudar a marcha. Alguns carros me ultrapassavam pela esquerda, buzinando.

— Não liga — disse Lee. — Você tá mandando bem.

A gente não bateu, nem foi parado pelos policiais. Considerei um sucesso.

Depois do jantar a gente se deitou na cama de madeira e Lee ligou o receptor de rádio dele. No começo só conseguíamos encontrar estações AM com narração de jogos e falatório de políticos, mas acabei sintonizando no seguinte:

"... como sabem, somos todos irmãos e irmãs, mesmo não agindo sempre assim. Todo mundo na fila do caixa do supermercado, todo mundo esperando no farol com você, todo mundo que você vê de relance de manhã, a caminho do trabalho..."

O homem parecia um pastor de antigamente, só que suas palavras faziam certo sentido. Tinha uma voz intensa, trêmula e maravilhosa, e só fiquei ali deitada encarando o rádio apoiado na madeira compensada entre nós, escutando como se minha vida dependesse daquilo.

"Aquela sua colega de trabalho que só reclama: ela é sua irmã. O ladrão que invadiu sua casa e levou tudo o que achou na sua caixa de joias: ele é seu irmão. Devemos perdoar uns aos outros!" Eu conseguia enxergar claramente o homem: alto e magro, de nariz pontudo e pomo-de-adão protuberante, parecendo muito zeloso num terno cinzento com gravata-borboleta vermelha.

Só percebi que o programa estava sendo transmitido ao vivo quando um coro de vozes entoou (baixo, mas só porque a multidão estava longe do microfone): "Amém! É isso mesmo, pastor!".

O reverendo continuou: "Mas não tem como perdoarmos uns aos outros se, antes, não perdoarmos a nós mesmos". Podia ver o homem encarar a audiência através dos óculos escuros grossos que os homens costumavam usar na década de 1970, e via até uma pequena cicatriz na sobrancelha onde os patins de gelo da irmã o acertaram aos seis anos.

A audiência respondeu, de forma calorosa e retumbante. "Aleluia! Perdoe e seja perdoado, irmão!" As pessoas tinham viajado longas distâncias para estarem ali naquela noite, por mais que já tivessem visto o pastor outras vezes. Era uma daquelas igrejas onde as pessoas dançavam e tremiam e gritavam louvores em homenagem ao homem que morrera para expiar o pecado delas (eu nunca tinha entendido muito bem como aquilo funcionava).

"É por isso que estamos aqui, não é? Pelo perdão. Não é por isso que você está aqui, irmão?"

"Claro, pastor!", gritou uma voz ao longe.

Fechei os olhos e me vi na frente da multidão. O homem de gravata-borboleta vermelha se virava para mim e estendia a mão num gesto de boas-vindas. *E você, irmã? Por que está aqui?*

Abri a boca, mas alguém respondeu por mim, numa vozinha baixa vinda pelo rádio: "Pra perdoar e ser perdoada".

Lee bocejou.

— Pra onde quer que a gente vá, em qualquer lugar nesse país, só dá esses crentes doidos na rádio.

— Mas esse cara não é um crente doido qualquer — falei. — Eu gosto do que ele tá dizendo.

— Claro, claro. Eles atraem as pessoas com esse monte de coisa felizinha sobre amor e aceitação, aí, depois que as conquistam, começam a dizer que precisam de mais dinheiro e que Jesus não quer um amigo que não saiba retribuir.

"... e o Senhor diz, 'Porém os ímpios não têm paz'. Nós não queremos paz? Sim... Sim, é o que digo! Mesmo o maior dos ímpios anseia pela paz..."

Lee estendeu o braço na direção do botão do rádio, mas afastei sua mão.

— *Posso?* — falei, impaciente.

Ele revirou os olhos.

— Perdão, irmã Maren.

Aumentei o volume para abafar os resmungos dele.

"Agora, quero falar uma coisa. Estamos fazendo essas Missões da Meia-Noite pelo país há um bom tempo, e conheci todo o tipo de pessoa. Ovelhas que pecaram contra si mesmas, que pecaram contra outras. Elas levantaram e disseram 'Pastor, às vezes é difícil demais ser uma boa pessoa.'"

Lee deu uma risadinha sarcástica.

— Olha, *com isso* eu concordo.

"E eu dizia para elas: 'Deixa o Senhor entrar. Deixa Ele entrar e Ele vai te ensinar a ser uma pessoa de bem.'"

A audiência irrompeu em aplausos e exclamações reverentes, e aí o locutor entrou. "O reverendo Thomas Figtree, da Igreja do Nazareno, vai ministrar uma Missão da Meia-Noite no Harmony Hall em Plumville no domingo, dia sete de junho, a partir das dez da noite. É amanhã, ouvintes."

— Não entendo por que você tá dando trela pra esse tipo de coisa — disse Lee quando o anúncio de uma seguradora de carros começou. — Não é como se esse tipo de coisa se aplicasse a nós.

— E como você sabe que não se aplica?

— Não se aplicando, ué. Não tem lugar pra gente na visão que essa gente tem do mundo. Se eles soubessem o que somos, diriam que até o inferno é bom demais pra nós. — Lee rolou de lado na cama improvisada e afofou o travesseiro murcho de acampamento. — Além disso... — disse ele, voltado para a parede da caçamba — Jesus não ia me querer no meu melhor dia, o que dirá no pior. — Um instante depois, ele se virou de novo para olhar para mim. Tinha me ouvido folhear o guia rodoviário. — O que você tá fazendo?

— Quero ver se Plumville fica muito longe daqui.

— Ah, Maren, não vai me dizer que você quer *mesmo* ir nesse negócio. — Ele estendeu a mão de novo na direção do rádio, e dessa vez não o impedi de desligar. — Deixa eu te falar uma coisa: no ano passado, minha irmã foi arrastada pra um desses negócios por uma suposta "amiga" dela. Queriam que a Kayla falasse algo, então ela se levantou e disse que não sabia muito bem se acreditava em Deus por causa de todas as coisas horríveis que aconteciam no mundo, e adivinha o que aconteceu? Quer chutar? — perguntou ele. Quando dei de ombros, Lee continuou: — Eles expulsaram minha irmã do culto sob uma chuva de vaias. Aposto que teriam jogado tomates podres nela se tivessem algum à mão, e a Kayla nunca fez mal a uma mosca.

— O reverendo Figtree não ia jogar tomate em ninguém.

Lee suspirou.

— Então olha só. Se você for nesse culto amanhã à noite e prometer que vai contar pro seu querido reverendo Figtree o que você é e o que já fez, eu te acompanho com todo o prazer. — Ele me encarou com o olhar duro. — Tá disposta a fazer isso?

152

Me encolhi no saco de dormir dele e não respondi. Era idiota achar que alguém me absolveria dos meus pecados sem saber o que eu tinha feito.

— Você acha que tá procurando a verdade, Maren — continuou Lee enquanto eu me revirava sem sossegar, tentando encontrar uma posição menos desconfortável em cima da madeira. — Mas se quiser só viver dentro da linda e mágica bolha de certeza de um pastor qualquer, então dê nome aos bois.

Quando adormeci e as imagens irromperam uma a uma da escuridão, é claro que eu estava na Missão da Meia-Noite. Era numa igreja mesmo, não num salão. Havia vitrais nas paredes que subiam, subiam sem parar na direção do breu das vigas do teto, e nas janelas os mártires se encontravam com a morte de formas espetaculares. Leões, dragões, fogueiras douradas e vermelhas. De canto de olho, vi que havia palavras pintadas nas paredes de pedra sob as janelas, mas sabia que não ia conseguir ler, então nem me virei. Ao meu redor, a congregação toda cantava um hino numa língua que não existia.

Eu avançava pelo corredor. As pessoas tocavam meu braço conforme eu passava, me chamando de irmã. *Ajoelhe-se*, o pastor disse. Havia um brilho intenso nos olhos dele, e senti medo do homem. *Ajoelhe-se para receber sua bênção, irmã Maren.*

Ajoelhei, e ele pairou acima de mim e pousou as mãos no topo da minha cabeça. Senti o rosto queimar, e tudo o que queria era dar o fora dali, ir embora, voltar para a cama de madeira compensada ao lado de um amigo que nunca iria desejar meu mal. Senti uma onda de risadas nascer na multidão, milhares de estranhos tentando esconder seu escárnio. *Perdão* era uma palavra que pertencia àquela outra língua, a que desapareceu assim que acordei.

7

Na tarde seguinte, passamos por uma placa que indicava a saída para a cidade de Friendship, em Wisconsin.

— Foi aqui que eu nasci — falei. — Que ironia ser de uma cidade cujo nome significa "amizade".

— A gente vai chegar em Sandhorn amanhã, mais ou menos nessa hora. Você tem algum plano?

Eu não queria pensar em Sandhorn. Queria encontrar meu pai, mas não tão rápido — não se isso significasse dar adeus a Lee.

— Acho que vou começar pela lista telefônica — ponderei.

Uns três quilômetros e pouco depois do desvio para Friendship, passamos por um outdoor que dizia: FESTIVAL SOLIDÁRIO MÃE DA PAZ. ATRAÇÕES, JOGOS, COMIDA BOA E PRÊMIOS. DE 7 A 13 DE JUNHO, ABERTO TODA NOITE, DAS 17H ÀS 23H. PEGUE A SAÍDA 47 PARA GILDER, DAQUI A 16 KM.

Nos entreolhamos e sorrimos, e na hora esqueci de tudo, dos pesadelos e de todos os festivais que tinha tirado de outras pessoas. Naquele segundo perfeito, esqueci até do nome delas.

Pegamos a saída quarenta e sete e passamos por mais fazendas antes de chegarmos a Gilder, uma cidadezinha de uma rua só cheia de antiquários e consultórios médicos encarapitada no topo de uma colina estreita. Descemos de novo e, depois de um quilômetro e meio, um festival improvisado surgiu: uma roda-

-gigante em movimento e um barco viking indo e voltando numa área descampada nos fundos de uma igrejinha de alvenaria com um campanário de um branco impecável. Lee encontrou uma vaga beirando um campo de futebol do outro lado da via e deixou o chapéu no banco.

Atravessamos a estrada, nos misturamos à multidão, e comecei a sentir que estava de volta à infância. Havia uma mulher num carrinho com paredes de vidro enrolando chumaços de algodão-doce rosa e azul em palitos, que depois entregava às crianças como se fossem itens mágicos. "Like a prayer" tocava no sistema de som, e meninas de uns doze anos reunidas numa rodinha dançavam ao som da canção enquanto esperavam a vez de andar no barco viking. O aroma de massa frita e açúcar se misturava ao cheiro de fumaça de cigarro e de engrenagens lubrificadas se atritando umas contra as outras. Uma palhaça saltou na nossa frente e perguntou se a gente queria comprar uma rifa.

— O prêmio principal é uma TV de um tantão de polegadas! — gritou ela, fazendo uma fileira de bilhetes verdes presos pelo picote saltar da palma de sua luva branca cheia de babadinhos.

Lee sorriu.

— Não, valeu.

Pegou minha mão e me puxou na direção da turba, e tudo ao meu redor saiu de foco. Tudo o que via era a luz do sol cintilando pela copa das árvores que cercavam a área do festival, manchas multicoloridas e tênis brancos enquanto o chapéu mexicano girava no ar, e tudo em que conseguia pensar era no calor da mão de Lee segurando a minha.

Ouvi ele dizer alguma coisa, e isso me fez despertar do devaneio. Ele estava apontando para o trem-fantasma, olhando por sobre o ombro para mim com um olhar travesso no rosto. Ficou bem claro que eu iria naquela atração com ele, querendo ou não.

Mães pastoreavam os filhos de brinquedo em brinquedo, distribuindo bilhetes e tentando se safar de pedidos de mais sorvete. Depois dos carrinhos bate-bate havia uma grande tenda azul, onde pais com bonés de beisebol e calças jeans bebiam cerveja choca em copos de plástico. Meu pai não era como aqueles homens. Amava sorvete e brinquedos de parque de diversão, mas não bebia cerveja e não ligava muito para esportes.

Entramos na fila de uma barraquinha de hambúrguer e Lee pegou a carteira de Barry Cook. Peguei nossa bandeja com os lanches, as batatas fritas e os refrigerantes, e encontramos um espaço numa mesa de piquenique coberta por uma tenda, perto das barracas de jogos. Enquanto comíamos, fiquei vendo Lee observar o movimento: crianças berravam porque não tinham ganhado prenda alguma, ou faziam birra porque estavam morrendo de cansaço. Homens andavam tranquilos com suas cervejinhas; mulheres abriam espaço na multidão com seus carrinhos de bebê, escaneando a multidão à procura do marido. Os primeiros acordes de "My heart will go on" saíam dos alto-falantes, e, quando pensei em mamãe, descobri que quase não me importava mais.

Lee deu mais uma mordida no hambúrguer e mastigou, pensativo.

— Você também fica nervosa às vezes?

Eu sabia do que ele estava falando — de fingir ser normal. Fiz que sim com a cabeça, depois perguntei:

— Você não tá querendo ir embora, tá?

— De jeito nenhum. A gente não arreda o pé daqui antes de dar uma volta naquilo.

Ele apontou por cima do meu ombro, e me virei na cadeira para ver. Uma atração laranja surgiu acima das árvores e mergulhou de novo no instante seguinte. Parecia uma mistura de roda-gigante com montanha-russa.

— Chama Zipper — disse ele.

— A gente devia ter esperado pra comer.

Ele abriu um sorrisinho enquanto limpava as mãos com o guardanapo.

— E aí, em qual a gente vai primeiro? Nele ou no trem-fantasma?

Escolhi o trem-fantasma. Compramos um punhado de bilhetes — mais uma vez, um oferecimento de: Barry Cook — e entramos direto no carrinho da atração. Lee baixou a barra de proteção e se acomodou no assento com um suspiro feliz.

— A gente vai fingir que tá com medo? — perguntou ele.

— Talvez eu não tenha que fingir.

— Engraçado pensar em você com medo de alguma coisa — falou ele enquanto o carrinho dava um tranco para a frente, nos colocando para girar escuridão adentro.

Portas duplas se abriram, e entramos num cômodo iluminado por lâmpadas azuis fluorescentes que zumbiam e piscavam. Um paciente jazia numa mesa de cirurgia com os órgãos escorrendo até o chão de linóleo imundo, e acima dele uma enfermeira demoníaca brandia um instrumento médico ensanguentado em cada mão. Ela nos encarou com um sorriso predatório e deu uma piscadinha para Lee.

— Alguém me ajuda! — berrou o homem na mesa. — *Pelo amor de Deus!*

— Cara, gostei — murmurou Lee. — Definitivamente vale os oito bilhetes.

Deixamos para trás os horrores do hospital e voltamos para o breu, o rosto fustigado por uma cortina de teias de aranha bem fajutas enquanto o tema do filme *Halloween – A noite do terror* começava a tocar. Tinha um carro fúnebre estacionado na parada seguinte. A porta traseira estava aberta, assim como a tampa de um caixão. Um homem com um terno comido pelas traças parado bem ao lado agitava o braço estendido, nos convidando a deitar dentro do veículo. Os dentes dele emanavam um brilho roxo sob a luz lúgubre. Senti uma mão no ombro.

— Para, hein? — falei.

— Não fui eu — disse Lee, e um chiado no meu ouvido confirmou que era verdade enquanto o carrinho seguia com tudo para o próximo cômodo.

A musiquinha de filme de terror foi sobreposta pelo som de grilos e o canto de uma coruja. Era um cenário de cemitério, com uma lua crescente pintada com tinta que brilha no escuro logo acima de outro caixão. Esse estava fechado, mas inclinado na nossa direção para que desse para ver que estava só meio enterrado. Havia duas pás enfiadas num monte de terra ao lado dele, como se coveiros tivessem ido embora antes de terminar o trabalho. Depois de um momento de silêncio, a tampa do caixão rangeu nas fechaduras como se alguém a estivesse esmurrando por dentro. Uma mulher gritou e implorou por ajuda, e deu para perceber que não era uma gravação.

O carrinho continuou por um corredor escuro. Alguém riu no meu ouvido, a voz baixa e ameaçadora, e Lee me envolveu com um dos braços. Ou será que envolveu? O braço ficou mais apoiado no encosto do carrinho do que nos meus ombros. Me afastei só um pouquinho dele enquanto entrávamos na sala seguinte.

Um homem de cabelos desgrenhados e olhos ensandecidos estava sentado a uma mesa com um guardanapo de pano preso na gola da camisa e as mangas enroladas. Tinha um garfo numa das mãos e um braço decepado na outra. Na mesa, uma cabeça tinha sido servida num prato, tão deformada que não dava para saber se era de homem ou de mulher. Outro prato estava meio coberto por um pano vermelho, mas por baixo dava para ver dedos das mãos e dos pés aparecendo. Havia um jarro de vidro cheio do que parecia ser sangue, e dois globos oculares brancos nos encaravam do fundo de um copo vazio.

— *He he he he heeeee* — entoou uma voz vinda do alto-falante.
— *Vocês são os próximos.*

Havia palavras escritas com sangue no papel de parede logo acima da cabeça dele, mas não consegui ler o que diziam antes de o carrinho rodopiar na última curva da atração.

Voltamos para a luz do fim de tarde. Lee estava feliz como um pintinho no lixo.

— Agora vamos no Zipper!

— Roda-gigante primeiro — falei. — *Depois*, Zipper. — Já que eu não ia ter como escapar da atração mais radical, que pelo menos a gente fosse nela só depois de a comida assentar direito do estômago.

Eu só tinha ido algumas vezes a festivais como aquele, mas a roda-gigante era meu brinquedo favorito. Amava subir acima da copa das árvores, devagar, e depois ver as pessoas zanzando debaixo dos meus pés na descida.

Quando chegamos ao topo, Lee olhou para baixo e franziu a testa, e durante a descida foi virando a cabeça para continuar seguindo o que quer que tivesse chamado sua atenção.

— O que foi? — perguntei.

— Um cara ali — disse, torcendo mais o pescoço. — Acho que ele tá dando oi pra gente.

Me virei para a direção que Lee apontava. Lá estava ele, igual-zinho a quando eu o vira pela primeira vez: parado, sorrindo e acenando, enquanto o resto do mundo voava alegremente ao seu redor.

— É o Sully! — gritei, acenando de volta, enquanto uma vo-zinha na minha cabeça questionava *Como ele chegou até aqui? Como me encontrou?*

Lee fez uma cara esquisita.

— O que ele tá fazendo aqui?

Encolhi os ombros enquanto subíamos para a próxima volta.

— Acho que a gente vai descobrir já, já.

Ele nos esperava na saída da roda-gigante com um algodão--doce azul na mão.

— Aqui, guria!

— Sully! — exclamei, enquanto ele apertava minha mão e me oferecia um pedacinho açucarado. — Não acredito que você tá aqui! Como encontrou a gente?

— Sabia que tu tava vindo nessa direção pra procurar teu paizinho e achei que talvez precisasse dum ombro amigo caso não desse muito certo. — Sully apontou Lee com a cabeça. — Mas devia ter imaginado que uma guria bacana como tu logo ia arrumar outros amigos.

— Que coincidência — disse Lee, cumprimentando Sully. — A Maren me disse que vocês se conheceram lá na Pensilvânia.

Sully deu de ombros.

— Não tem muita estrada que vem nessa direção, e eu tava vindo pra esses lados de qualquer forma.

Lee cruzou os braços diante do peito, alternando o peso de perna.

— Ah, é?

— Pois é. Tenho um chalé nas colinas dos lagos. É bem gostosinho lá, a maior paz. Fica a uma hora daqui, mais ou menos. — Sully olhou por cima do meu ombro na direção da barraquinha de cachorro-quente. — Cês já comeram alguma coisa?

— Sim, a gente pegou uns hambúrgueres.

Lee se virou para mim.

— E o Zipper, vamos?

Entreguei meus bilhetes para ele.

— Tudo bem se você for sozinho? Prefiro esperar aqui e ficar conversando com o Sully.

Lee olhou para mim com um olhar desconfiado no rosto.

— Onde vocês vão ficar? — perguntou. Apontei para um banco próximo, do qual um grupo de garotos estava se levantando, e Lee avaliou Sully com um olhar ainda mais desconfiado. — Só não vai sumir, hein?

Reprimi um sorriso.

— Não vou.

Lee se misturou à multidão enquanto Sully e eu nos sentávamos no banco.

— Mais algodão-doce?

— Pior que vou aceitar. — Peguei outro chumacinho.

Sully estava com um cintilar curioso nos olhos.

— Pelo jeito tu arrumou um namoradinho.

Suspirei.

— Ele não é meu namorado.

O velho pegou outro pedaço de doce.

— Talvez ele só não tenha sido informado disso ainda.

— Ah — falei, lembrando do trio de acrobatas. — Valeu pelo livro do circo.

Ele sorriu.

— Sabe quanto tu encontra alguma coisa legal, mas ainda não sabe quem é o dono certo?

Sorri.

— Eu queria ter aceitado sua oferta. Mas preciso de verdade encontrar meu pai.

— Tu *acha* que precisa encontrar teu paizinho — corrigiu Sully. A língua dele estava pintada de um azul intenso. — Quando escrevi o bilhete, eu já tinha imaginado que tu não vinha comigo. — O Zipper surgiu rodopiante acima das árvores de novo, e Sully continuou: — Como tu esbarrou no... esqueci o nome do fulaninho.

— Lee — respondi. — Peguei uma carona lá em St. Louis, mas aí a menina me largou num Walmart em Iowa, e...

— Lá em São Lulu? Guria, tu perambulou bem desde que te vi, hein?

Sorri antes de continuar contando.

— Enfim, me meti em confusão lá no Walmart, e o Lee meio que caiu do céu na hora certa. — Fiz uma pausa. — Ele é um comedor também.

— Pois é — comentou Sully. — Imaginei.

— Você é o primeiro que ele conhece depois de mim.

— Ah, é? Entendi. — Não havia mais algodão-doce no palitinho, então ele o jogou no lixo e lambeu os dedos sujos. — Escuta, cês têm algum lugar pra passar a noite?

Neguei com a cabeça.

— Digo, a gente costuma acampar.

— Bom, eu tenho duas camas jeitosinhas se cês quiserem.

— No seu chalé? Sério?

— Opa. Tem até um picadinho de pobre à nossa espera, cozinhando na brasa.

Meu estômago roncou quando lembrei daquela delícia feita de queijo derretidinho e carne moída bem temperada. Uma sombra encobriu meu colo e ergui os olhos.

— E aí? Curtiu o brinquedo? — perguntei.

Lee ficou parado com os braços cruzados.

— Bem massa. Mas você tava certa. Provavelmente ia ter botado o hambúrguer pra fora.

— O Sully estava dizendo que, se a gente quiser, pode ficar no chalé dele essa noite. Ele preparou comida e tudo.

Lee abriu a boca, e, considerando que parecia desconfiado, fiquei surpresa quando a resposta foi:

— Ah, beleza. Valeu.

— Fechado então. — O senhor se levantou e coçou a orelha cortada com o toco do dedo decepado. — Vou deixar cês dois se divertindo aí com os brinquedos, aí depois a gente se encontra no fim da noite.

— Viu... — falei assim que Sully deu a volta no barco viking, sumindo de vista. — Tá na cara que você não gostou dele, mas não dá pra disfarçar, não?

— Qual é? Você acha mesmo que o cara atravessou metade do país pra te dar apoio moral?

— Já ouvi falar de coisas mais improváveis — respondi. — Tipo, sei lá... Ogros embaixo de pontes devorando criancinhas? O ingrediente secreto da Coca é rato?

Lee enfiou as mãos nos bolsos e chutou uma bituca de cigarro na grama.

— Eu não tô zoando, Maren.

— Beleza. Sério, então. Se ele quisesse fazer alguma coisa comigo, teria feito da primeira vez que a gente se viu, não acha?

Ele tombou a cabeça de lado, me encarando com um olhar incerto. Não ia dar o braço a torcer tão fácil.

— Não foi uma coincidência — falou, apenas. — Tem alguma coisa esquisita nele, Maren. Como se ele *conhecesse* você.

Dei de ombros.

— Claro que *conhece*. A gente conversou por horas.

— Você não tá entendendo. Como ele ia saber que te encontraria justo aqui?

— Ele não sabia, Lee. Qual é... Eu tô a fim de comer uma janta quentinha e dormir numa cama macia, só isso. — Só percebi como precisava daquilo quando as palavras saíram da minha boca. — A gente tranca a porta do quarto. Vai dar tudo certo, prometo. Mas e aí, o que você quer fazer agora?

Ele soltou um suspiro derrotado.

— O que acha de umas raspadinhas?

— Por que você topou ir pro chalé se não queria? — perguntei, enquanto a gente entrava na fila.

— Só pra gente ter um tempo de conversar sobre o assunto — explicou ele, e revirei os olhos. — E tem mais, Maren. Qual é a da orelha machucada e dos dedos decepados?

— Ele só tem *um* dedo faltando. E sério que você vai julgar alguém só porque tem uns pedaços a menos?

— Acho que saber como ele perdeu esses pedaços faz diferença, não? — Ele me fitou, arqueando as sobrancelhas. — Tipo, foi num acidente com um trator?

O menininho na nossa frente na fila se virou, uma curiosidade infantil estampada nos olhos protegidos pelos óculos fundo de garrafa. Que criança não fica toda empertigada quando escuta falar de dedos decepados? Tentei sorrir para ele, mas provavelmente só consegui fazer cara de quem comeu e não gostou.

— Melhor a gente mudar de assunto — comentei.

Tomamos nossa raspadinha com xarope bem doce perto das barracas de brincadeira, vendo crianças perderem o dinheiro dos pais na tenda dos dardos ou da roleta — que nunca, nunca parava no número em que elas apostavam. A alguns passos de distância, encontramos uma barraca onde a brincadeira era tentar acertar uma bola de beisebol dentro de grandes jarras de leite, torcendo para que não quicasse na borda e fosse para fora. Prateleiras davam a volta na barraca, repletas de um único tipo de prenda: uma pelúcia do ET.

Ninguém se aventura nela. A garota responsável pela barraca estava sentada numa banqueta lendo uma revista, de saco tão cheio que sua expressão era quase zangada. O menininho à nossa frente na fila da raspadinha jogou o copo num lixo e foi até a barraca das latas.

— Quanto custa? — perguntou.

— Três bilhetes, três tentativas — respondeu a jovem. — Tá se sentindo sortudo, é, quatro-olhos?

Ela devia ter uns dezesseis anos no máximo, mas exalava experiência. Não era o delineado nos olhos. Era como se alguém tivesse sido muito cruel com ela — não uma única vez, mas várias ao longo de anos, e agora era hora de ela passar a crueldade adiante.

O molequinho não respondeu; só tirou três bilhetes do bolso da calça e os colocou no balcão.

— Você tá jogando seu dinheiro no lixo — disse ela, e jogou a primeira bola para ele.

A bola resvalou na ponta dos dedos do menino e voou no ar, e ele saiu cambaleando atrás dela.

Lee esticou o pé para dar um chutinho por baixo da bola, que descreveu um arco e aterrissou nas mãos do garoto. Ele se virou para Lee com um olhar agradecido — que acabou na verdade sendo dirigido a mim — e correu de volta até a barraca.

Ele mandou muito mal na primeira tentativa, assim como na segunda. Senti Lee se encolhendo de agonia atrás de mim. A gente queria que ele ganhasse. *Vai, moleque. Você consegue.*

O garotinho tentou usar um efeito diferente na última tentativa, jogando a bola de baixo para cima. Ela quase bateu no teto da barraca, mas depois caiu com um satisfatório *tchuc* bem no fundo da lata do meio. Ele saiu pulando, comemorando e batendo palmas.

— Eu ganhei! Eu ganhei!

A menina cruzou os braços e o fulminou com o olhar.

— Nem ferrando.

— Mas eu acertei a lata ali, tá vendo? — Ouvir ele falando aquilo partiu um pouco meu coração. O coitado ainda acreditava que ela ia ser honesta com ele. — Eu consegui. Acertei a lata.

— Não, não acertou — resmungou a menina da barraca. — Você não tem condição nem de acertar o garfo na boca.

Deu para ver no rosto do menino que ele era provocado daquela forma todo dia na escola, e que ela tinha cutucado uma ferida aberta. Ele pegou um ET de pelúcia na prateleira inferior da barraca e o abraçou contra o peito.

— Eu ganhei. Sem roubar.

— Não. — Ela arrancou o brinquedo das mãos do garoto e o colocou numa prateleira fora do alcance dele. — Você trapaceou!

— Trapaceei nada! — berrou ele.

Ela o encarou com desprezo, virou e se inclinou sobre as latas de leite para pegar a bola de beisebol, que devolveu para um balde.

— O que você vai fazer, hein? Aqui não tem choro nem vela. Vai lá reclamar na barra da saia da sua mamãe — disse ela, enquanto o menino corria para longe da barraca.

Lee jogou o copo de raspadinha no lixo.

— Fica de olho no menino — disse ele. — Vou ganhar a prenda pra ele.

Depois foi até o balcão, e a menina o cumprimentou com um sorriso que fez meu estômago se revirar. Ela não percebeu que estávamos ali antes, e me perguntei como teria tratado o garoto se tivesse.

Vi o molequinho ir até uma mulher na fila do churro, de cabeça baixa. Também a vi abraçar o filho pelos ombros, e ele erguendo o rosto para olhar nos olhos dela enquanto contava o que havia acontecido. *Luta por ele*, pensei. *Não deixa ficar por isso mesmo.*

— Tá tentando ganhar alguma coisa pra dar pra sua namorada? — perguntou a garota da barraca, me apontando com o queixo.

— Ela é só uma amiga — respondeu Lee.

Eu sabia que aquilo não significava nada, mas ainda assim me senti deixando os ombros caírem um pouco.

Agora o menino estava aos prantos. A mãe saiu da fila, o puxou pela mão até um banco mais afastado do caos e o deixou esconder o rosto na blusa rosa de tecido macio que vestia. A mulher não fez menção alguma de ir até a barraca. Nada melhor que pequenas decepções para preparar o garotinho para as grandes — a mulher tinha um rosto gentil, mas parecia aquele tipo de mãe. Mamãe teria feito o mesmo.

Lee jogou a bola de baixo para cima, assim como o menino tinha feito. Errou na primeira tentativa, mas conseguiu na segunda.

— Eu ganho duas prendas se acertar a terceira também?

— Não deveria... — respondeu a garota. — Mas ninguém vai saber se eu deixar. — (Assim como ninguém me viu revirar os olhos.)

A garota entregou a terceira bola a ele, deixando os dedos roçarem intencionalmente nos dele, e ela também foi parar bem no fundo de uma das latas.

— Escuta — começou Lee, aceitando os dois ETs de pelúcia que ela entregava. — O que mais tem pra fazer de divertido nessa cidade além desse festival boboca?

— Eu saio às onze — respondeu a garota.

Virei de costas, enojada. Por um instante, as pessoas passaram diante de mim em borrões coloridos, e toda a música e o burburinho do festival foi diminuindo até não passar de um zumbido distante. Depois senti algo macio na minha orelha.

— ET, telefone, minha casa — dizia Lee. — Ah, não, ele mudou de ideia... Quer ir pra *sua* casa, não pra dele. — Empurrou um dos brinquedos na minha mão e olhou ao redor. — Você disse que ia ficar de olho no menino pra mim, Maren. Cadê ele?

Apontei para o banco atrás da barraca do churro.

— Ele tá ali, com a mãe.

Encorajados pelo sucesso de Lee, alguns meninos tinham ido até o balcão da barraca das latas, então a atendente não o viu seguir na direção do garoto. Fui atrás dele, mantendo alguns passos de distância entre nós, a pelúcia nas mãos geladas e sujas de xarope da raspadinha.

— Com licença — ouvi Lee dizer. — Acho que isso aqui é seu.

O rosto do garotinho se iluminou, e ele estendeu a mão. A mãe analisou Lee de cima a baixo, corando porque um estranho tinha feito algo que nunca nem passara pela cabeça dela.

Lee bagunçou o cabelo do menino.

— Um dia você vai ser grandão e vai poder retribuir o favor. E também não vai mais levar desaforo pra casa, né?

O molequinho concordou com a cabeça, empolgado.

— Como você chama, moço? — perguntou a mãe.

— Lee.

— Muito obrigada, Lee. — Ela percebeu que eu estava assistindo à cena e sorriu. — Olha lá, Josh! O Lee também ganhou um ET pra namorada dele. — Depois levou as mãos ao rosto do filho, limpou as lágrimas com os polegares e o puxou mais para perto. — Vocês dois saíram vencedores essa noite, hein?

Ficamos esperando na caminhonete até o festival fechar. Depois de dar o ET a Josh, Lee voltou até a barraca e combinou de encontrar com a menina no parque do outro lado da pista.

Enfim deu onze da noite, e vimos as luzes brilhantes de todos os brinquedos se apagarem ao mesmo tempo.

— Pode ir lá com o seu amigão Sully — falou Lee. — A gente se encontra aqui depois.

Ele pegou as chaves, saiu da cabine e atravessou a passos largos o campo de futebol vazio.

Ah tá, claro. Esperei alguns minutos, depois desci também e fui atrás dele. Havia uma cerca de arame ao redor do parquinho infantil, e me escondi atrás de uma placa ao lado do portão que informava que aquele era o PARQUE COMUNITÁRIO DE GILDER. A área do festival do outro lado da rodovia estava escura e silenciosa, o campanário azulado sob o luar.

A garota estava sentada num dos balanços, de costas para mim. Tinha trocado o uniforme vermelho do evento por uma blusa dois tamanhos menores, coberta de pedrinhas de strass. Lee se sentou no balanço ao lado dela.

— Você não falou seu nome — ouvi ela dizer. *Como se importasse.*

— É Mike. E o seu?

— Lauren. Então, tipo, quem era aquela menina lá com você?

— Já falei, era só uma amiga.

— E cadê ela?

— Voltou pra casa.

— Então você tá, tipo, só de passagem pela cidade?

— Isso. Mas e aí? Cadê a diversão toda que você me prometeu?

Vi ela apontar na direção de um brinquedo todo chique no canto do parquinho. Era feito de madeira na forma de um castelo, com torres ligadas por pontes de corda.

— Tem um balanço de pneu embaixo daquela torre. Ninguém vai ver a gente.

E, assim, ela o puxou na direção de seu próprio fim. Parte de mim queria ir atrás e assistir a tudo.

Ouvi passos baixinhos no gramado atrás de mim e me virei. Sully estava parado ali, com as mãos nos bolsos. Não conseguia ver o rosto dele no escuro, mas as palavras saíram cheias de gentileza:

— Sai daí, guria.

Me levantei da posição de cócoras em que estava e, juntos, atravessamos o campo de futebol.

Havia outra caminhonete estacionada ao lado da nossa, mais velha, vermelha e toda enferrujada, com uma miniatura de havaiana dançando no espelho retrovisor. Espiei pela janela do passageiro e vi que o assento era estofado com um tecido grosso azul, estampado com uma mistura de limões-taiti e sicilianos. Abri um sorriso.

— É sua caminhonete?

— Minha caminhonete ou meu castelo, depende do ponto de vista. — Ele deu uma risadinha.

Por alguns minutos, Sully ficou me mostrando seu castelo sobre rodas, com o estoque de palitinhos de charque no porta-luvas e as cortinas com estampa florida e o pote de cerâmica azul cheio de fumo escondido sob o assento. Ele tentava me distrair, acho, mas Lee levou muito menos tempo do que eu teria levado. Vi ele surgir de debaixo do brinquedo do parquinho, carregando uma garrafa d'água e uma sacolinha de mercado cheia dos restos das roupas dela enquanto atravessava o campo de futebol, o salto de uma sandália irrompendo de um rasgo no plástico. Ele jogou tudo numa lixeira e parou para beber um pouco de água. Gargarejou e engoliu, levando a palma da mão aos lábios para limpar os últimos traços dela.

Enfim, se juntou a nós.

— Estão prontos? — perguntou Sully. — O chalé fica a tipo uma hora daqui.

— Fechou — respondeu Lee. — A gente vai atrás de você.

Sully entrou na caminhonete, virou a chave na ignição e me deu um tchauzinho.

— A gente se fala já, já.

Quando voltamos para a estrada, meio que fiquei esperando Lee pegar a direção contrária, mas ele não fez isso. Na noite quente de verão, dava para ouvir a melodia do bluegrass saindo pela janela aberta de Sully.

— Como você consegue fazer isso mesmo a menina gostando de você? — perguntei.

— Como assim?

— Você beijou ela primeiro?

— E o que importa?

— Importa pra ela, não? Por alguns segundos, pelo menos.

Ele me disparou um olhar zombeteiro.

— Pera aí, você tá com ciúmes?

Revirei os olhos.

— Não fala idiotice.

Ficamos em silêncio por um tempo, e tentei processar a emoção que estava sentindo. Como poderia estar com ciúmes da asquerosa Lauren da barraquinha do festival?

Não era ciúmes. Não de verdade. Eu só queria a atenção de Lee — se não para sempre, pelo menos pelos sete minutos e meio que ele demoraria para me engolir inteira.

— Você até que saiu bem limpinho — falei. Da vez anterior tinha sido mais fácil, já que ele havia feito tudo em um banheiro.

— Não saí, na verdade. Antes, tirei a camisa e joguei na grama. Depois usei a dela pra limpar minha cara. — Fez uma pausa. — Não fiz isso com tantas garotas assim — declarou, e ergui uma sobrancelha. — O que foi? As mulheres não me dão tantas razões pra odiar elas. São mais honestas. Nem sempre, mas na maior parte do tempo são.

Pensei em Samantha, que tinha me largado no estacionamento do Walmart, e na Lauren da barraquinha. Pensei em mamãe.

— Não sei, não.

— Beleza, então eu devoro as exceções. — Ele hesitou antes de continuar: — Sua mãe mentia pra você?

Abracei o ET de pelúcia.

— Acho que não. Não exatamente. Mas ela escondia coisas... Não é a mesma coisa que mentir? — perguntei, e Lee só deu de ombros. — O que foi?

— Não vou concordar com você só porque é isso que você quer.

— Mas também não precisa discordar só por discordar.

Um sorriso lampejou no rosto dele enquanto virávamos numa estradinha de terra cercada de vegetação, a música de Sully ainda quebrando o silêncio do começo da madrugada. Eu queria mudar de assunto, então disse:

— Esse é meu primeiro bichinho de pelúcia.

— Sério? Achei que toda menina tinha uma montoeira deles.

— Eu, não. Minha mãe nunca me deixou ter nenhum, porque se tivesse um ia querer ter mais, e ela dizia que era coisa demais pra levar com a gente nas mudanças.

Refugo. Esse é o nome que a gente dá pras coisas que os navios descartam no mar.

O chalé era antigo, mas de aparência robusta, com um poço e uma bomba manual de ferro bem ao lado do alpendre dos fundos. Sully nos levou até uma sala de estar com um forno a lenha, um tapete trançado e umas três ou quatro cabeças de cervos expostas na parede. Os chifres de um veado quase raspavam no teto.

— Podem entrar e largar as tuas coisas por aí antes da gente comer — disse Sully, acendendo a luz do que seria nosso quarto. Havia duas camas de solteiro, cada uma coberta com uma manta vermelha e azul. — Cês vão dividir o quarto? Só tem dois, e vou ficar em um. Então, se tu preferir, pode ficar no sofá, falou, Lee?

— Posso ficar aqui, valeu. — Lee largou a mochila no chão e saiu do quarto, passando por nós. — Vou só tomar um banho, tudo bem?

Sully e eu fomos para fora, e ele se inclinou sobre o buraco no chão com a cama de brasas e cutucou nosso jantar com um graveto comprido.

— Quanto mais tempo fica no fogo, melhor o gosto. — Ele pegou uma pazinha de cabo curto e ergueu a assadeira coberta de papel-alumínio do meio das cinzas. — Guria, faz o favor de pegar as tigelas e colheres lá na cozinha?

Quando voltei com os utensílios, Sully serviu duas colheradas imensas e fumegantes de vegetais e carne bem macia.

— Ahhh — murmurou para si mesmo, levando a primeira porção aos lábios. — Isso que chamo de banquete da madruga.

Ficamos sentados em cadeiras de madeira ao redor da fogueira moribunda, comendo num silêncio satisfeito. Mariposas se apinhavam ao redor da lâmpada do alpendre. A mata parecia viva com o zumbido das cigarras, mas foquei no ruído por tanto tempo que comecei a me sentir incomodada. A floresta podia se espalhar por quilômetros, e quem sabia o que mais havia nela?

Lee saiu com o cabelo molhado e uma camiseta limpa. Sully voltou para a fogueira para encher uma cumbuca para ele.

— Só quero um pouquinho, obrigado.

— Tu é daqui, piá?

Lee começou a devorar a comida.

— Não.

— Ele é da Virgínia — informei.

— Tu vai voltar pra lá quando deixar essa mocinha no destino dela?

— Vamos ver. — Lee deixou a cumbuca de metal de lado e apoiou os cotovelos nos joelhos. — Por que a pergunta?

Sully se virou para mim.

— Eu sei que no dia que a gente se conheceu eu falei pra tu não fazer amigos e tal. Mas, desde então, ando pensando... Essa é uma estrada longa e solitária, e num tem por que a gente fazer ela ser mais solitária do que necessário.

Lee abafou um arroto.

— Belas palavras.

Não consegui distinguir se ele estava sendo sarcástico.

— Acho que o que tô dizendo é o seguinte: gente como a gente precisa se juntar numa família nossa.

Pensei no meu avô de verdade, que bebia vinho tinto no jantar e dirigia um Cadillac azul e provavelmente desejava que eu nunca tivesse nascido. Ele nunca cozinharia pra mim ou me ofereceria um teto.

— Valeu, Sully — falei, e entreguei a tigela para que ele me servisse mais uma porção. — Por esse jantar delicioso... E também por cuidar de mim.

O vermelho das brasas refletiu na parte branca dos olhos de Lee quando ele os revirou.

A corda de cabelo de Sully não estava à vista, e me perguntei se ele não a pegou só porque Lee estava ali. Mas era bem tarde, então não ficamos enrolando por muito tempo ao redor das brasas. Lavei a louça enquanto Sully reavivava o fogo no fogão a lenha na cozinha. Naquela região, ainda fazia bastante frio nas noites do começo do verão.

Lee se sentou no sofá e olhou ao redor.

— Esse chalé é seu, né, Sully?

— Opa, é meu sim. — O velho deu de ombros. — Às vezes, quando as coisas ficam feias, volto pra um dos meus portos seguros, onde sei que ninguém vai me encher o saco. Aqui vai um conselho do velho Sully: arrumem um lugar desse pra vocês assim que possível.

— Quando as coisas ficam feias — repetiu Lee, num tom um pouco incisivo demais. — Saquei. — Ele se virou no assento para encarar a parede de madeira, pontuada por cabeças de veado. — Parece que o senhor gosta mesmo de caçar.

— Esses troféus de caça num são meus não, mas até gosto de perseguir um cervo aqui ou outro ali.

— O senhor vem muito pra cá?

— De vez em quando. Vir nessa época do ano é ótimo. Num tem ninguém aqui no verão. Todo mundo vai lá pra baixo, pros lagos.

Lee se levantou e saiu, depois voltou com o guia rodoviário.

— Seria ótimo se o senhor apontasse exatamente onde a gente tá no mapa — pediu a Sully. — Seria bom se a gente pudesse chegar em Sandhorn amanhã à tarde, e não quero perder tempo à toa.

Enquanto eles conversavam à mesa da cozinha, peguei na mochila os novelos e agulhas da sra. Harmon e me encolhi no sofá sob uma luminária com cúpula de couro cru. Consegui fazer uns vinte pontos, mas quando tentei subir para a carreira seguinte me embananei toda, então larguei as agulhas e fui fuçar na mesinha de canto. Na gaveta, achei um baralho, umas cruzadinhas, o *Guia de observação de pássaros do Meio-Oeste* e alguns trocados. Quando abri o armário embaixo, encontrei um cesto muito similar ao da sra. Harmon, com uma agulha de crochê enfiada num novelo de linha vermelha-berrante.

Pouco depois, Sully nos desejou boa-noite. Tomei um banho, mais do que atrasado, e fui para a cama. Lee fechou a porta e passou a chave.

— E aí? — perguntei. — Gostou do picadinho de pobre?

— Pobre me dá indigestão.

— Nossa, que engraçadinho.

— Ele fez comida pra nós três e ainda sobrou. Como sabia que ia ter companhia essa noite?

Puxei a colcha de retalhos até os ombros, a pelúcia do ET acomodada sob o queixo.

— Você tá ficando paranoico — falei.

— Eu acho que fui é muito educado.

— Você foi tão...

— Tão o quê?

— Tão questionador.

Lee olhou para mim antes de apagar o abajur ao lado da cama.

— Aprendi com você — falou. — Não tem como confiar em alguém até você cansar a pessoa com perguntas.

Quando acordamos de manhã, a caminhonete de Sully não estava à vista.

GURIA

Tem ovos e bacon na geladeira, fiquem à vontade. Por que tu num volta depois que achar teu papai? Eu te ensino a pescar.

Até mais
SULLIVAN

Senti Lee lendo por sobre meu ombro.

— Por que ele te chama sempre de guria?

Sorri.

— É um apelidinho carinhoso.

Ele me encarou.

— Sei.

Tomamos café da manhã à vontade, levando a caneca até as cadeiras de balanço no alpendre da frente para aproveitar os estalidos e zumbidos da mata. A estradinha de terra toda esburacada se afastava além do chalé, seguindo na direção das árvores distantes como uma trilha de migalhas.

8

O tempo que levamos para chegar até a cidade natal do meu pai foram as horas mais silenciosas que já havíamos passado juntos. Sentia que Lee não queria conversar, como se estivesse me evitando porque era possível que, naquela mesma hora no dia seguinte, estivéssemos seguindo caminhos diferentes. Eu talvez demorasse um pouco para encontrar meu pai, mas, quando o achasse, queria que Lee ficasse também.

Sandhorn não ficava muito longe do lago Superior, e no caminho a gente passou por várias lojas de beira de estrada que anunciavam passeios de barco e chalés para alugar de fim de semana com vista para as águas tranquilas. Era mais uma cidade pequena, com uma rua principal e uma igreja à beira de um gramado bem aparado. Lee encostou o carro diante de um telefone público.

— Hora da verdade — falou para mim.

Talvez a primeira de muitas. Saí com meu caderno e algumas moedinhas e me fechei na cabine, e com dedos trêmulos folheei as últimas páginas da lista telefônica. Havia um único registro com aquele sobrenome. *Yearly, Barbara.*

O endereço, o telefone. Tudo muito simples.

Encontrei a mãe do meu pai enquanto ela ia postar uma carta. Estava parada no fim da saída de carros da casa, usando um car-

digã de crochê cinza e pantufas felpudas, levantando a bandeiri-
nha da caixa de correio com a longa mão pálida para indicar que
havia uma correspondência a ser coletada ali. Quando me viu
me aproximar, ela ergueu a gola da blusa ao redor do pescoço e
estremeceu, como se eu estivesse trazendo nuvens de tempestade
comigo. Era uma maravilhosa tarde ensolarada, mas ela se vestia
como se fosse pleno inverno.

Quando abri a boca para cumprimentá-la, ela se virou e subiu
apressada pela escada que levava até a porta, as pantufas raspando
o asfalto.

— Espera — pedi. — Sra. Yearly? Meu nome é Maren. Eu vim
falar com a senhora.

Ela parou, a mão apoiada no corrimão que acompanhava os
degraus, e se virou para me fitar enquanto eu tentava alcançá-la.
Barbara Yearly me olhou de cima a baixo e, satisfeita ao ver que
eu tinha a idade certa para ser a pessoa que suspeitava que eu
fosse, me disse:

— Como você me encontrou?

Desdobrei a certidão de nascimento e entreguei para ela. Depois de dar uma boa olhada no conteúdo e ler meu nome, ergueu
as sobrancelhas.

— Eles te deram nosso sobrenome.

E o sobrenome de quem mais iam dar? Mas o que falei, de forma
tão neutra quanto possível, foi:

— Meus pais eram casados.

— Eram. — A mulher me devolveu a certidão de nascimento.
— Eram, eu sei. Acho que você tem algumas perguntas pra mim.
Vem, é melhor entrar.

Fui atrás dela, e adentramos uma sala de estar preenchida por
uma lareira de pedra cinzenta e rústica. As venezianas estavam
fechadas nas janelas dos dois lados, então a única luz no cômodo
era a que passava pelas frestinhas estreitas, as marcas projetadas

no carpete macio. Vi, num canto escuro, um pequeno bar, com duas banquetas com estofado de couro e prateleiras repletas de copos de conhaque virados para baixo, levemente cobertos de poeira. Me perguntei se iria conhecer meu avô, ou se ele ainda estava no trabalho.

Conforme Barbara Yearly avançava cozinha adentro, captei um cheiro azedo e levemente oleoso, como se ela não lavasse o cabelo havia semanas. Era escuro, mas todo marcado por fios cinzentos, preso num coque apertado acomodado sobre o longo pescoço branco. Alguns fios soltos pendiam sobre a gola.

— Essa é a primeira vez que venho pra Minnesota. Deve fazer muito frio no inverno. Neva muito?

— É frio o tempo todo — respondeu ela.

Sempre inverno, nunca Natal. Estremeci.

Barbara Yearly ergueu a mão para me oferecer um assento à mesa. Me sentei.

— Bom... — começou ela. — Eu definitivamente não estava esperando por isso.

Analisei o rosto dela, mas não consegui encontrar nenhum traço meu nele.

— A senhora não sabia que meu pai tinha uma filha?

Ela negou com a cabeça.

— A última notícia que tive do seu pai é que ele ia se casar com a Jeanette, acho que era esse o nome dela. É sua mãe?

Assenti.

— Janelle.

A mulher encolheu os ombros.

— Não dei muita atenção. Achei que não ia durar. Romances de verão raramente duram. Sei que vai parecer insensível da minha parte, mas é melhor você já ficar sabendo disso logo de cara.

Pigarreei.

— Bom, sinto muito por surpreender a senhora. — Juntei as mãos sobre o tampo da mesa, ciente de que estava tentando parecer tão inofensiva quanto possível. — Acho que fiquei com medo de ligar antes.

— Com medo? De quê?

Dei de ombros.

— De que a senhora não quisesse me ver.

Em vez de responder, ela abriu a torneira, encheu dois copos e colocou um ao lado do meu cotovelo. Agradeci, e ela se sentou do outro lado da mesa, deu um golinho delicado na água e hesitou, encarando a fórmica entre nós.

— A senhora é a... mãe do meu pai? — Não consegui usar a palavra *avó*. Não tive coragem.

Foi a vez da sra. Yearly juntar as mãos sobre a mesa. Depois, me olhou nos olhos.

— Ele veio ficar com a gente quando tinha uns seis anos. — Ela notou minha expressão. — Sua mãe nunca te contou? — Quando balancei a cabeça numa negativa, ela continuou: — Cadê ela? Ela que te trouxe aqui?

— Não.

— Ela sabe que você veio?

— Mais ou menos.

Seu semblante ficou sério.

— Como assim?

— Ela não tá aqui — falei. — Tá na Pensilvânia.

— Você tá tentando me dizer que fugiu de casa?

Neguei com a cabeça.

— Minha mãe acha que já tenho idade pra me virar sozinha.

Quase consegui ouvir o maxilar de Barbara Yearly ranger quando seu queixo caiu, e vi os músculos na garganta se contraindo como se ela estivesse tendo dificuldades de emitir uma resposta.

Depois de um instante, ela se recompôs, tomou outro gole d'água e disse:

— Se o que você queria era morar com o seu pai, sinto muito, mas não vai ser possível. O Frank tá internado num hospital psiquiátrico já faz um tempo.

E, num piscar de olhos, a vida que eu tinha imaginado se desfez. Por muito tempo, fiquei encarando minhas mãos aninhadas no colo, pensando, *Não chora, não chora, se segura e não chora.*

Depois Barbara Yearly pigarreou e pensei, *Talvez ele não esteja tão mal assim. Talvez, quando eu for visitar, ele fique feliz e melhore e a gente ainda possa ouvir o disco* Revolver *enquanto ele frita bacon de manhã.* Inspirei fundo e decidi uma nova abordagem.

— Eu só vim pra saber algumas coisas — falei. — Só isso.

— O que sua mãe te contou?

— Nada, só me deu a certidão de nascimento. Ela... Acho que ela não gostava de falar dele.

Vi um lampejo de irritação tomar seus olhos.

— Não cheguei a conhecer sua mãe — disse Barbara Yearly. — O Frank mandou uma foto e convidou a gente pro casamento, mas não consegui ir. Meu Dan não estava bem.

Onde estava o marido dela? A casa parecia tão gelada e vazia que acho que nem precisaria perguntar. Mas comecei:

— O sr. Yearly... Ele...

— Morreu há quase nove anos. Câncer na garganta. Seu pai já estava internado na época. — Ela soltou um suspiro profundo e trêmulo. — Enfim, me conforta muito pensar que Dan e Tom estão juntos agora.

— Tom?

— Tom era nosso filhinho. — Barbara apontou para uma fotografia em preto e branco pendurada acima do interruptor. — Olha ele ali. A gente levou o Tom pra tirar uns retratos num estúdio quando ele completou três aninhos.

O menino estava montado num triciclo, diante de um fundo neutro, com bochechas rosadas e covinhas na mão. Não tive coragem de perguntar como ele havia morrido.

— Deve ter sido devastador perder o Tom.

— Você nem imagina...

— A senhora e seu marido adotaram meu pai depois que...?

Barbara ergueu o queixo e assentiu.

— Sabíamos que o menino tinha sido encontrado em circunstâncias misteriosas, mas, em retrospecto, acho que a gente já tinha se convencido a ignorar os sinais.

De repente, senti todo aquele frio que ela tinha mencionado. Os pelinhos dos meus braços se eriçaram.

— Como assim, "circunstâncias misteriosas"?

— Não tem muito sentido falar sobre isso. Ninguém nunca soube o que aconteceu de verdade.

— Eu agradeceria muito se a senhora contasse o que sabe — pedi. — É importante pra mim.

— Ele foi achado numa área de descanso na Rota 35, perto de Duluth. — Ela suspirou. — Fica a uns cento e trinta quilômetros daqui. Duas testemunhas no posto de gasolina disseram que um homem, um homem bem esquisito, tinha descido com o menino de um ônibus interestadual e o levado pros fundos do posto. As pessoas começaram a ficar preocupadas depois de um tempo e, quando arrombaram a porta do banheiro, encontraram a criança inconsciente e coberta de sangue... E nem sinal do homem. O dono do posto chamou a polícia e logo levaram o menino pro hospital, mas nunca encontraram nem os pais dele, nem o homem que machucou ele. O garotinho não lembrava de nada antes do hospital. Quando a agência de adoção ligou, nós fomos visitar ele, e perguntamos se ele queria vir pra casa com a gente, e...

A mulher hesitou, voltando a puxar a gola do cardigã ao redor do pescoço.

—... e ser nosso filhinho dali em diante. Demos o nome de Francis pra ele, em homenagem ao pai do Dan. Talvez... — ela suspirou. — Talvez adotar o garoto não tenha sido a escolha mais racional. Mas é que ele parecia tanto o Tom... eles podiam mesmo ter sido irmãos.

Vi ela correr o dedo pela borda do copo, com muita delicadeza, como se estivesse fazendo carinho nas curvinhas da orelha de um bebê.

— Ele teria completado quarenta anos este ano. — Falou, mais para si do que para mim.

— Meus sentimentos — murmurei, e tentei pensar no que dizer para que ela me contasse mais sobre meu pai. — O Frank... Como ele era quando era criança?

— Como assim?

Como assim, "Como assim"?

— O que ele gostava de fazer, e o que vocês faziam juntos? Quais eram os livros favoritos dele? Ele era bom aluno? — *Comeu pessoas enquanto morava aqui? Você sabia o que ele era?*

— Não — disse Barbara Yearly. — Não, ele não era muito bom aluno.

Esperei enquanto ela tamborilava os dedos na mesa, observando pela janela a passagem do caminhão de sorvete. Ele parou no meio-fio do outro lado da rua e um monte de crianças veio correndo de um gramado, as mãozinhas fechadas cheias de trocados. Enfim, falei:

— A senhora tem alguma foto dele pra eu ver?

Ela negou com a cabeça.

— Sinto muito. Não guardei nada, infelizmente.

— Nadinha? Nem um retrato?

A mulher cruzou os braços com força diante do peito.

— Olha, eu não quero ser grossa, então espero que não leve isso pro pessoal. A gente pode ter o mesmo sobrenome, mas você é uma estranha pra mim. Tão estranha pra mim quanto seu pai foi.

— Ele *não era* um estranho. — Ouvi a indignação na minha própria voz, mas sabia que se ficasse irritada eu só conseguiria que ela me botasse na rua. — Ele era seu filho. A senhora *escolheu* ficar com ele.

Mas naquele universo — o universo dentro daquela casa gelada e vazia — nunca existiu apego, a não ser por um breve período.

— Eu *tive* um filho. Foi um erro achar que ele poderia ser substituído. — Barbara Yearly me olhou de soslaio, depois voltou o rosto de novo para a janela. Do outro lado, um gatinho preto sentado debaixo de um bordo espiava um pássaro cinzento que saltitava por um galho longo. O caminhão de sorvete voltou a se mover e a musiquinha enjoativa recomeçou. — A culpa é toda minha — acrescentou ela. — Dan disse que não ia interferir, que eu poderia escolher por nós dois. Meu marido entendia que ninguém sente tanto a perda do filho quanto a mãe.

Pensei em mamãe, e de novo descobri que não me importava. Ela não me amava, mas eu não precisava dela.

— A senhora poderia me passar o endereço do hospital onde meu pai vive?

Barbara Yearly se levantou e tirou uma agenda desgastada com capa florida de um organizador sobre a bancada. Num bloco de notas com estampa igual à da capa da agenda, copiou o endereço.

— Espero que você não se importe de não ser convidada pra jantar — disse ela, me entregando o papel. — Parei de cozinhar depois que perdi meu esposo.

Ela me acompanhou até a porta, e dessa vez prestei mais atenção à sala de estar. Porta-retratos de todos os tamanhos cobriam as paredes revestidas de madeira, mas não havia fotos do mar ou de paraísos nevados, pores do sol desbotados, provérbios bordados ou cópias da *Madona Sistina*, de Rafael. Havia apenas retratos de Tom.

A mulher apertou e soltou minha mão antes mesmo que eu registrasse que havia tocado em mim. *Eu devia ter imaginado*, pensei. *Devia ter imaginado que receberia muito menos do que vim buscar.*

— Boa sorte — disse ela, e vi seu rosto pálido voltar à penumbra da casa no instante em que a porta da frente se fechou e a tranca se assentou no lugar com um clique baixinho.

Eu tinha combinado de encontrar com Lee no fim da tarde, na Biblioteca Pública de Sandhorn, mas ele não estava lá quando cheguei. Perguntei à bibliotecária onde poderia encontrar os anuários das turmas do ensino médio do colégio local. Engraçado como demorei mais tempo para achar a foto do meu pai do que o endereço da sra. Yearly.

Engraçado também como ele não era muito diferente dos outros meninos da sala — usava gravata e seu cabelo era todo desgrenhado, as sobrancelhas erguidas em surpresa e o sorriso levemente constrangido igual ao de todos os outros colegas. Mas consegui enxergar, escancaradas naquela fotografia, todas as coisas que eu tinha de diferente da minha mãe — meus olhos claros em contraste aos escuros dela, meu rosto redondo embora o dela fosse comprido.

Corri os dedos pelas palavras na legenda da foto, *Francis Yearly*, como se o nome fosse novo para mim. Aquele rapaz mais tarde seria meu pai, e mesmo assim parecia um garoto comum de dezoito anos, pronto para sair para o mundão e ganhar a vida. *Cai na real, Maren. Quais as chances de ele algum dia pintar seu quarto e preparar café da manhã pra você?*

O problema das perguntas é que uma sempre leva a outra. Onde *eu* estaria dali vinte anos? Será que sempre precisaria morar na casa de outras pessoas, fingindo que era minha? Com quem eu viajaria? Ou, e se precisasse viajar sempre sozinha? Ou, e se *não pudesse* mais viajar?

Será que algum dia faria as pazes com quem eu era e com o que tinha feito? Seria possível?

Era exaustivo pensar naquele tipo de coisa — *viver* era impensável. Devolvi os anuários à prateleira, peguei meu caderno e comecei a escrever.

Era quinze para as oito quando Lee apareceu.

— E aí, como foi? — perguntou. Só olhei para ele. — Foi mal assim? — insistiu ele, e assenti. — Ela te passou o endereço do seu pai?

Tirei o bilhete do bolso e o deslizei pela mesa. *Francis Yearly* (como se eu pudesse esquecer o nome dele), *Hospital Bridewell, Cond. 19046. Rod. F, Tarbridge,* wi.

Lee franziu o cenho.

— Ele tá no hospital?

— Um hospital *psiquiátrico.*

Ele olhou para mim: triste, mas nada surpreso.

— Ai, Maren. Eu sinto muito.

Só o encarei e encolhi um pouco os ombros. Me sentia velha e cansada, como se tivesse envelhecido vinte anos em uma hora.

A voz da bibliotecária saiu pelos alto-falantes. O lugar fecharia em dez minutos.

— Você ainda quer encontrar com ele? — indagou Lee, e confirmei com a cabeça. — Então, hora de voltar pra Wisconsin. Pelo menos não é tão longe. — Apontou para uma pilha de fotocópias na mesa diante de mim. — O que é isso?

Entreguei uma das páginas para ele, que correu os olhos pelas palavras. *Meu nome é Maren Yearly e tenho dezesseis anos. Sei que o que vou contar vai parecer uma piada de mau gosto, mas quando vir que os nomes e as datas que listei abaixo correspondem aos registros de pessoas desaparecidas, vai dar pra entender que não sou só uma desocupada com um senso de humor horrível.*

— Nem pensar — disse ele. — Você não vai mandar isso pra ninguém.

— E por que não? — *A verdade vos libertará.*

— Ninguém vai acreditar em você.

Eu estava prestes a dizer que não me importava se iam ou não acreditar, mas depois pensei que ele talvez não fosse entender. Em vez disso, falei apenas:

— Talvez alguém acredite.

Enquanto esperava por Lee, eu tinha ido até o computador e procurado os endereços de todas as delegacias nas cidades em que tinha feito a coisa feia. Depois, havia escrito minha confissão no caderno e tirado nove cópias. Não sabia onde deveria esperar pela polícia, mas podia pensar nisso depois e só acrescentar um P.S.

Parte de mim se sentia bem por ter feito aquilo. A outra ainda corria sem parar no escuro.

— Qual é, Maren — disse ele. — Você não precisa mandar isso hoje. Quero chegar em Tarbridge o quanto antes pra gente conseguir arrumar um lugar seguro pra dormir.

E assim voltamos para Wisconsin, com campos a perder de vista dos dois lados da estrada. Já estava escurecendo quando um vulto desceu a colina saltitando à nossa esquerda. Eu tinha visto vários cervos desde o começo da viagem com Lee, mas só empalhados nas paredes de chalés ou caídos (inteiros, mas tão sem vida quanto os troféus) no acostamento.

— Cuidado — falei, e Lee meteu o pé no freio.

O veado atravessou a estrada aos saltos e correu pela área gramada margeando uma cerca de arame farpado.

E depois seguiu, saltando no ar por cima do arame, o rabinho felpudo brilhando no ocaso. Era como se o mundo tivesse congelado, só por um instante. Depois as patas traseiras ultrapassaram por completo a cerca — como se não tivesse feito nenhum esforço — e, num piscar de olhos, o animal desapareceu atrás do topo de outra colina. Eu nunca tinha visto nada tão gracioso na vida.

Chegamos a Tarbridge já bem depois das onze da noite. Atravessamos a cidade e o desvio que levava até o Hospital Bridewell enquanto seguíamos a caminho do Parque Estadual de Otsinuwako. Sem aviso, Lee virou o volante de supetão e fez o retorno numa curva em U, fazendo tudo na caminhonete sacolejar.

— Você viu aquela placa ali atrás?

— Que placa?

— Daquele empreendimento novo. "Casas decoradas." Isso significa que tem uma casa toda mobiliada como mostruário.

A segunda noite seguida dormindo numa cama de verdade se a gente desse um jeito de entrar no lugar.

Era uma rua novinha, então ainda não tinham instalado os postes de luz. Lee estacionou a caminhonete na frente de uma casa ainda em construção — ela não tinha paredes, só a estrutura de madeira — e caminhamos de volta até a rua não asfaltada que levava à construção no topo do empreendimento. Diante dela se estendia um gramado de um verdinho perfeito, arbustos aparados com esmero, e tinham pendurado uma guirlanda com pinhas e laços vermelhos na porta. Pé-direito duplo, garagem para dois carros.

Lee se agachou e percorreu a lateral da casa, e fui atrás. Havia um deque largo de madeira que dava para outro trecho de gramado verde e uma cerquinha branca de madeira delimitando a propriedade. Ele subiu os degraus e se inclinou para analisar a tranca da porta de correr de vidro. Tirou algo do bolso da calça — uma espécie de palitinho de metal — e enfiou a ponta na fechadura.

— Onde você aprendeu a arrombar portas?

— Na aula de marcenaria. — Enquanto girava o palitinho, Lee sorriu com a lembrança. — Quando o professor ficava doente, alguns dos caras ensinavam outras coisas. — Ouvi um clique, e Lee se levantou e deslizou a porta para abri-la. — Você primeiro — disse, e me seguiu cozinha adentro.

Havia uma mesa de jantar redonda com uma fruteira de cerâmica vermelha cheia de limões-sicilianos de plástico. E uma ilha central com várias banquetas de um lado, uma geladeira imensa de aço inox e um fogão com seis bocas.

Tiramos os sapatos e começamos a explorar. Dentro da geladeira, encontrei doze latas de massa de biscoito pré-assada.

— Aposto que vão assar uma fornada antes do evento de inauguração — disse Lee, espiando por cima do meu ombro. Depois esticou a mão e pegou uma das latas. — Faz o lugar ficar com cheirinho de casa de família. Tá com fome?

Confirmei com a cabeça e então ele pegou uma assadeira, ligou o forno a cento e oitenta graus e abriu uma das latas. Lavamos as mãos na pia da cozinha e passamos alguns minutos prazerosos separando porções da massa antes de dispor tudo na assadeira.

Depois de botar os biscoitos no forno, fomos até a sala de jantar. A mesa estava posta para um banquete: pratos de porcelana com botões de rosa pintados nas bordas, lenços cor de vinho presos com anéis esmaltados, prataria pesada, taças de cristal e tudo o mais.

A sala de estar logo ao lado era ainda mais chique, com dois sofás de veludo azul e descansos de braço de madeira esculpida, cortinas de brocado com pendentes pesados e uma cristaleira cheia de itens de decoração ocupando boa parte de uma parede. Lee passou por mim e adentrou o cômodo, analisou um vaso e depois o devolveu ao lugar.

— Esse lugar é ridículo — disse. — Alguém vai comprar essa casa com tudo dentro, mas ninguém vai sentar nessa sala. É tipo um museu.

— Mesmo assim, eu gosto — falei. — Minha mãe nunca decorava nossa casa assim. A gente nunca ficava no mesmo lugar por tempo o bastante pra ligar pra isso.

— A gente sempre morou na mesma casa. — Lee se inclinou sobre um pot-pourri de cristal e o cheirou. — Qual era a desculpa da minha mãe?

Segui para o corredor de entrada. A mesinha de correspondências ao lado da porta estava cheia de panfletos, livretos e cartões de visita organizados em pequenas bandejas de plástico. Eram das pessoas que faziam parecer que havia um morador de verdade naquela casa. Era engraçado pensar que aquilo era o trabalho de alguém.

O cheiro de coisa doce assada foi se espalhando pelos cômodos e pela escada acima. Primeiro encontramos um quarto de visitas — não de Viz Itas, já que não tinha como ter um quarto de Viz Itas numa casa que já era de visitas — e um quartinho de criança com duas camas de solteiro. Havia uma cadeira de balanço num canto e uma lâmpada de lava azul na mesinha de cabeceira entre as duas camas, cobertas por edredons iguais com estampa de arco-íris. No fim do corredor havia uma suíte principal com uma cama enorme com dossel, repleta de almofadas com bordados dourados.

— Tá pensando no que tô pensando? — perguntou Lee quando paramos na entrada.

— Ahã — respondi, e corremos pelo tapete bege grosso antes de saltar no ar, rindo como criancinhas ao cair com força no edredom que parecia ter sido costurado à mão.

O temporizador do forno apitou. Descemos e comemos os biscoitos de jantar.

Não havia eletrônicos na casa. Descobrimos isso quando Lee abriu o grande gabinete no meio da "área de entretenimento" da sala comum esperando encontrar uma televisão grandona. A lareira de alvenaria tinha prateleiras cheias de livros dos dois lados;

alguns eram reais e alguns eram pedaços de madeira pregados e pintados em dourado e vermelho para parecer volumes com capas de couro, tipo objetos cenográficos de filmes. Um tabuleiro de xadrez aguardava jogadores numa mesa sob a janela que dava para o gramado da frente e a rua de terra, mas nenhum de nós sabia jogar, então inventamos nossas próprias regras. As peças eram pesadas, feitas de algum tipo de pedra branca e opaca. Senti o peso da rainha na mão antes de devolvê-la para o tabuleiro, derrubando o rei preto de sua casa.

Depois, decidimos que era hora de dormir. Fui até o quarto das crianças, e Lee veio atrás.

— Você não quer dormir lá na cama com dossel? — perguntei.

— Vai dar trabalho demais arrumar aquele monte de almofada depois — respondeu ele, puxando o edredom de arco-íris para se acomodar numa das caminhas infantis.

Levei o dedo ao interruptor do abajur de lava.

— Posso?

Ele olhou para as janelas cortinadas antes de fazer que sim com a cabeça, e apertei o botão. Um etéreo brilho azul preencheu o cômodo, e, depois que o abajur aqueceu, as bolhas começaram a subir e projetar formas esquisitas na parede. Me enfiei embaixo das cobertas da cama perto da porta. Os lençóis estavam meio endurecidos e tinham cheiro de plástico. Claro que nunca nem tinham sido lavados.

— Lee?

— Oi.

— Você já namorou?

— Sim, uma vez.

Meu coração começou a martelar no peito, e fiquei com medo de que ele pudesse ouvir.

— Como ela chamava?

— Rachel.

— Que nome bonito.

— Verdade. — Ele fez uma pausa. — Às vezes, você me lembra ela.

Apoiei o peso num cotovelo para poder ver o rosto dele.

— Sério?

Ele olhou de canto de olho para mim.

— Ahã. Ela adorava ler. Jane Austen, essas coisas.

— O que... — comecei, e quase perdi a coragem. — O que aconteceu?

— É uma longa história.

Tentei sorrir.

— A gente tem a noite toda, né?

— Beleza, então. — Ele hesitou um pouco, como se estivesse organizando as lembranças na ordem certa. — Teve uma noite em que... levei a Rachel em casa porque a Kayla queria conhecer ela, e achei que elas talvez pudessem ficar papeando sobre coisas de garota, porque eu já tinha percebido que a Kayla precisava de alguém pra contar segredos e tal. Minha mãe mal se preocupava em manter a geladeira abastecida, né, quanto mais ouvir minha irmã. Enfim, a gente estava se divertindo, só nós três, bebendo uns refrigerantes e rindo de piadas bestas, só que aí *ele* apareceu. — Lee cerrou a mão em cima do edredom. — Outro dos namorados da minha mãe. Eles eram todos iguais, sabe?

"Eu chegava da escola e encontrava um cara largado no sofá, uma porrada de latinha de cerveja vazia na mesinha de centro e outra aberta na mão gorda e peluda, e a TV ligada em alguma corrida do Nascar num volume tão alto que é até de admirar que nenhum vizinho tenha feito uma queixa por perturbação do silêncio ou coisa assim. Aí o idiota me mandava ir buscar outra cerveja na geladeira, eu respondia que não era empregado dele, e ele começava a me xingar de coisas que combinavam muito mais com ele do que comigo, dizendo que já tinha passado da hora da minha mãe me colocar na rua, e aí eu respondia 'Não, é hora de ela botar *você* pra correr'."

Ele suspirou.

— Minha mãe sempre comprava a cerveja.

"A uma altura dessa, o cara já tinha levantado e estava enfiando o dedo na minha cara, e eu conseguia sentir o cheiro de todas as coisas nojentas que ele tinha feito durante a semana. Mijando em becos, vomitando em latas de lixo... E o desgraçado invariavelmente me seguia, berrando um monte de merda enquanto eu trancava a porta do quarto e fechava as venezianas."

Ele deu uma risadinha fria.

— Não tinham ideia do que ia acontecer. Estavam sempre tão bêbados que nem se davam conta.

"Mas, enfim, a diferença é que dessa vez a Kayla e a Rachel estavam em casa. Fiz as duas irem pro quarto da Kayla e mandei elas trancarem a porta, e aí eu... e... a Rachel não me ouviu. Ela *viu*."

Ouvi ele engolir em seco.

— Foi por isso que precisei ir embora.

— Mas o que aconteceu? — Sentei na cama, cruzando as pernas. — Tipo... O que ela fez?

Ele ficou encarando o teto enquanto falava.

— Ela não gritou... Não a princípio. Só ficou olhando pra mim de boca aberta por um tempão. Eu queria me limpar antes de chegar perto dela... Pra acalmar ela, sabe? Mas fiquei com medo que ela fugisse antes que eu pudesse ir ao banheiro, então fiquei e tentei conversar. Disse que nunca ia encostar o dedo nela, que só machucava quem tinha machucado outras pessoas e que não era algo que eu conseguia controlar, mas ela só ficou ali parada na porta como uma estátua. — Ele suspirou fundo, e percebi que estava chorando. Ou algo muito próximo disso.

Me sentei no chão entre as camas e dei um tapinha na mão dele, que continuou:

— Aí ouvi a Kayla abrir a porta do quarto, me chamar pelo nome e perguntar se já podia sair, e aquilo fez a Rachel sair do transe. Ela correu da casa, e eu não podia ir atrás ou ela ia achar que eu estava querendo fazer mal pra ela, entende? Então me limpei e esperei alguns minutos, que pareceram longuíssimos, e disse pra Kayla que eu precisava sair. Ela ficou me perguntando o que tinha acontecido, se a Rachel tinha brigado comigo, mas não consegui contar pra ela.

Lee pegou minha mão, deu uma apertadinha e a soltou, e depois disso eu não soube mais onde botar as mãos.

"Fui de carro até a casa da Rachel, e foi o pai dela que atendeu a porta. Ele nunca tinha gostado de mim, e eu vi na cara dele... a expressão de desprezo, sabe? Como se soubesse que estava certo sobre mim o tempo todo. Ele trancou a porta de tela pra eu não conseguir entrar e ficou ali parado, com os braços gordos cruzados na frente do peito como um desses leões de chácara, me dizendo que a filha tinha chegado em casa e vomitado e que estava falando um monte de baboseira sobre eu ter comido alguém. Percebi que nunca nem passou pela cabeça dos pais dela que fosse literalmente, acho que só pensaram que eu tinha traído ela com outra... outra..."

Ele suspirou e apertou os olhos com a palma das mãos.

— Enfim, eu disse que não era nada daquilo, que nunca machucaria a Rachel, mas claro que ele não acreditou. Ouvi ela gritando e chorando no andar de cima, e a mãe tentando acalmar a filha. — Ele deixou as mãos caírem do rosto. — Ela era a pessoa que eu mais amava no mundo, mas não tinha como acalmar ela e acertar as coisas. O pai dela bateu a porta na minha cara, mas antes... — Lee imitou uma voz grossa e intimidadora: "Você fica longe da minha filha, tá entendendo?".

Fez uma pausa.

— Se não fosse a Kayla, eu teria me matado.

Dá para pensar que "partir o coração" é só figura de linguagem até ouvir uma história como essa. Eu queria confortar Lee — não só dar uns tapinhas na mão dele e dizer que eu sentia muito, e sim realmente melhorar as coisas. Já que eu era um monstro, bem que podia ter uma espécie de poder mágico para resolver os problemas dele, não?

— E o que aconteceu depois disso? — perguntei. — Você chegou a ir à escola no dia seguinte?

— Como? Os boatos se espalham. As pessoas não ficam de bico calado. Todo mundo sabia que eu tinha feito uma coisa terrível, algo imperdoável. Não sabiam *o quê*, mas já era suficiente.

— E a Rachel?

Ele balançou a cabeça.

— Faz dois anos que não vejo ela. Desde aquela noite.

— Nem quis mais falar com você?

— Não ia conseguir nem que quisesse. Eu arruinei a vida dela, Maren. Ela precisou ir pra ala psiquiátrica do hospital. Tiraram ela da escola. Não tem como entrar em contato com ela. Não consigo falar com ela, não consigo explicar. Ela tá trancada naquele lugar com um monte de gente doida, desenhando com giz de cera e comendo purê de batata de colher, e ninguém nunca vai acreditar nela.

Ela tá trancada naquele lugar com um monte de gente doida. Gente como meu pai.

Lee começou a chorar, e dessa vez nem tentou esconder. Me sentei na cama ao lado dele, e ele ergueu o corpo e apertou meu ombro e apoiou a testa na curva do meu pescoço.

— Eu nunca tinha contado isso pra ninguém, nesse tempo todo. — A voz dele parecia etereamente calma. Senti as palavras dele vibrando por mim. — Como ia contar pra Kayla? Ela é a única pessoa nesse mundo que ainda acha que eu sou uma pessoa *boa*.

— *Eu* acho você uma pessoa boa.

Lee tentou rir.

— Acho que você só não me conhece bem o bastante.

— Um de nós precisa ser uma pessoa boa — respondi. — E definitivamente não sou eu.

— Eu nunca deveria ter levado Rachel pra casa. Não podia ter ido com as duas numa sorveteria ou coisa assim? — Ele se afastou de mim. Estava com os olhos injetados e vermelhos. — Tá feliz por ter perguntado?

— Essa é a outra razão pela qual você continua voltando, né? Tem esperança de encontrar com a Rachel.

Ele se deitou de novo e fechou os olhos, e voltei pra a outra cama. Fim do momento sentimental.

— Só fico sentado lá no estacionamento do hospital, me perguntando qual é a janela do quarto dela. Tentei entrar algumas vezes, mas os pais dela contaram pros funcionários sobre mim. Tem uma lista das pessoas que podem entrar pra ver a Rachel, e só é autorizado quem tá nela. Acho que não tem jeito de consertar as coisas, mas se eu pudesse explicar tudo pra ela, talvez ajudasse.

— Você... Você ainda ama a Rachel?

— Amo — disse ele, devagar. — Amo, claro que amo. Não é... mais a mesma coisa, se é que isso faz sentido. Sei que o que a gente tinha já era, e sei que ela merece alguém melhor que eu... Sempre mereceu coisa melhor.

Nunca achei que sentiria inveja de uma menina internada num hospital psiquiátrico. Mas... teria trocado de lugar com ela, teria mesmo. Isso resolveria o problema de nós duas — o dela *e* o meu. Meu pai e eu poderíamos ficar em quartos vizinhos, jogar damas e sair para caminhar pelo gramado de pijaminha. A gente ainda poderia ouvir *Revolver* juntos.

Lee abriu os olhos.

— Tá nervosa?

A princípio, não entendi. Depois me toquei. Meu pai, claro. Frank.

— Você não estaria?

— Se eu fosse você? Estaria, sim.

Depois de um tempinho ele caiu no sono, o rosto ainda todo molhado de lágrimas. Deitei de lado, e fiquei olhando as bolhas azuis se formarem e borbulharem abajur acima.

Na manhã seguinte, Lee era pura frieza. Quando acordei, ele já estava abrindo as cortinas para deixar a luz suave da aurora entrar.

— Vai saber que horas que abrem pra visitação... — disse ele. — E a gente ainda precisa limpar a cozinha.

Fiquei me perguntando se o corretor de imóvel ia perceber a lata de biscoito faltante. Não que fizesse alguma diferença.

Havia uma cafeteira na cozinha, então passamos um café decente. Bebi o meu acompanhado só de um pouco de leite, nenhuma conversa. Toda vez que me aproximava de Lee — para pegar uma caneca, ou para pegar a colher que ele tinha usado para misturar o leite —, ele se afastava como se encostarmos as mãos ou os cotovelos fosse ser um desastre.

Não falei nada no começo. Queria ver se ele ia dizer alguma coisa. Enfim, perguntei:

— Por que você tá assim, esquisito? É porque se arrependeu de me contar sobre a Rachel?

Ele suspirou, lavando a caneca, depois chacoalhou para tirar o excesso de água e a devolveu ao armário.

— Bom, eu não tinha pensado nesses termos, mas...

— Não é culpa minha.

— Não falei que era.

— Eu só perguntei sobre a sua vida. É o que amigos fazem.

Ele não respondeu. Saímos pelo mesmo lugar da entrada, voltamos para a caminhonete e fomos embora do empreendimento inacabado. Faltavam só uns oito quilômetros até o Bridewell, e depois?

Mas, do banco do motorista, vinha apenas aquele silêncio ensurdecedor. Repassei todas as possibilidades na cabeça — tudo o que eu poderia dizer e todas as respostas que Lee poderia dar. Sabia que se eu perguntasse "Quer me deixar em Tarbridge e voltar pra Virgínia e nunca mais me ver?" e ele respondesse que sim, eu não conseguiria mais fingir que via ele só como uma pessoa que tinha encontrado casualmente e pronto. Eu choraria, e ele saberia.

Então, tinha que fingir que tudo tinha sido ideia minha.

— Acho que é isso — falei quando pegamos o desvio para o Bridewell.

— Como assim?

— Você vai me deixar aqui e voltar pra Virgínia.

— Quê? — Ele se virou no assento e olhou pra mim. — E você vai fazer *o quê*? Se internar lá e beleza?

O hospital psiquiátrico assomava do topo na colina, três andares de alvenaria e janelas fechadas com grades. Paramos ao lado de uma guarita, instalada onde o estacionamento encontrava com uma cerca de barras de ferro. O homem de guarda nela usava um uniforme azul-marinho com um distintivo escrito SEGURANÇA DO BRIDEWELL no bíceps.

— Visitantes? — perguntou ele, e Lee assentiu. — Certo. Vou só anotar a placa do carro e o senhor pode entrar.

O estacionamento estava quase vazio, mas Lee parou na vaga mais distante da entrada principal que encontrou.

— Me fala uma coisa, Maren. O que você vai fazer?

— E importa? — perguntei. Lee soltou um suspiro exasperado e desceu da cabine. — Não sei por que você tá agindo como se por acaso se importasse comigo de repente — continuei, enquanto ele dava a volta para abrir a porta do passageiro. — Foi *você* que disse que não fazia amigos.

— Eu não vou te largar aqui se você não tiver um plano sensato em mente.

200

— Eu vou voltar pro chalé do Sully.

— Eu falei *sensato*, Maren. Aquele cara é esquisito, você sabe disso.

— Ele por acaso te deu uma facada enquanto você dormia? Envenenou sua comida?

— Para com isso — disse ele. — Deixa de ser idiota.

— Eu vou ver meu pai agora, e nada do que acontecer depois é da sua conta.

Ele pareceu ferido de verdade.

— Você tá falando isso de coração?

Claro que não consegui olhar para ele enquanto respondia.

— Sim — afirmei. — De coração.

— E se você mudar de ideia?

— Não vou.

— Vai sim. Tenho certeza de que vai. Mas não posso ficar de bobeira por aqui só esperando você, Maren.

Pendurei a mochila no ombro e bati a porta do passageiro.

— Então não fica.

9

A mulher na recepção ergueu as sobrancelhas desenhadas quando falei que queria ver Frank Yearly.

— Aguarda um momentinho enquanto encontro a dra. Worth.

Na parede oposta, havia um retrato imenso de um homem de cabelos brancos e terno de tweed. A plaquinha na parte debaixo da moldura dourada dizia:

DR. GEORGE BRIDEWELL
"Um médico pode diagnosticar e receitar
qualquer coisa, mas seu melhor instrumento
de trabalho é a compaixão."

— A dra. Worth vai receber a senhorita no consultório dela — disse a recepcionista, voltando. — É por aqui.

Fui atrás dela, e entramos por uma porta ao lado da mesa e avançamos por um longo corredor cinzento. Ela abriu uma porta e acenou para que eu entrasse, mas o consultório estava vazio.

— Só um instante, ela já vem — disse a mulher, e desapareceu.

Sobre a mesa, havia um peso de papel de vidro em formato de sapo sem papel nenhum embaixo, e as prateleiras ao longo da parede de trás estavam repletas de livros de medicina. O consultório era bem-cuidado, exceto pela mancha enorme de umidade no teto. Era de diferentes tons de marrom, como se alguém no andar de cima tivesse derrubado várias xícaras de chá no chão. As janelas davam para o estacionamento, e meu coração apertou quando vi a caminhonete preta à distância.

A médica entrou. Era ruiva de cabelo curtinho, usava óculos de armação metálica bem grossa e parecia ser um pouco mais velha que mamãe.

— Bom dia — disse ela, a voz clara, enquanto se sentava à mesa. — Sou a dra. Worth, diretora aqui no Bridewell. Me informaram que a senhorita veio visitar o Francis Yearly, é isso?

Assenti.

— Se a senhora precisar de provas de que sou filha dele, essa é minha certidão de nascimento. — Deslizei o papel azul dobrado pela mesa, mas a mulher abriu uma pasta que tinha levado consigo sem nem olhar meu documento.

— Sinto dizer, senhorita, mas o sr. Yearly está muito debilitado — começou ela, olhando o papel dentro da pasta recém-aberta. — Receio que uma visita depois de todos esses anos possa acabar abalando tanto ele quanto a senhorita.

— Então *ninguém* nunca veio visitar meu pai?

Ela deu uma analisada rápida no prontuário.

— Isso mesmo.

— Mas ninguém pode entrar, ou... ninguém nunca veio? — questionei, e a médica só forçou o rosto a assumir uma expressão de simpatia profissional. Continuei: — Eu não sabia onde ele estava. Se soubesse, teria vindo muito antes.

— Por favor, não se sinta culpada. Para ser sincera, eu jamais teria permitido em sã consciência que uma menor visitasse um paciente nessas condições. — Ela fechou a pasta e abriu minha certidão de nascimento. — Você tem só dezesseis anos. Cadê sua mãe? Ela sabe que você tá aqui?

Com os olhos, acompanhei o contorno irregular da mancha no teto, o enorme borrão marrom se transformando no mapa de um continente perdido.

— Ela não pôde vir, mas... mas sabe que eu tô aqui.

— Eu realmente não posso deixar você entrar para vê-lo sem a presença da sua mãe.

Me inclinei adiante, as mãos agarrando as bordas da mesa da dra. Worth. Me segurando, literalmente.

— Eu sei que meu pai não tá bem, doutora. Só preciso que ele saiba que eu vim, afinal.

— Você mora com a sua mãe?

— Não mais.

— Então onde está morando?

Engoli em seco.

— Com um amigo?

A dra. Worth me analisou por cima dos óculos de leitura.

— Entendi.

— A senhora vai me deixar ver meu pai?

Ela suspirou.

— Duvido que ele entenda quem você é. Sei que está ansiosa para ver o sr. Yearly, mas no fim ninguém está de fato preparado para esse tipo de coisa.

— Sim — respondi. — Eu entendo.

A dra. Worth se inclinou e apertou um botão no telefone.

— Denise, você pode pedir para o Travis dar um pulo aqui no meu consultório, por gentileza?

Enquanto esperávamos, olhei pela janela. A caminhonete tinha ido embora. Fechei os olhos e respirei fundo. *A gente nunca mais vai se ver.*

Um minuto depois, a porta se abriu, e um homem de uniforme cinza entrou. Era alto e corpulento, e seu cabelo precisava de um corte. Havia algo muito suave nele, um toque de algo que me lembrava um ursinho de pelúcia, e naquele mesmo instante soube que ele seria gentil comigo.

— Travis, o sr. Yearly está acordado?

O funcionário sorriu e me cumprimentou antes de responder:

— Sim, doutora.

— E como ele está hoje?

— Razoavelmente bem. Alerta. Tomou quase todo o café da manhã.

A médica assentiu e se virou para mim de novo.

— Vou deixar você ver seu pai por dez minutos. Para sua própria segurança, o Travis vai ficar com você durante toda a visita.

Pra minha própria segurança?

As pessoas talvez achem que sabem como é uma instituição psiquiátrica, mas provavelmente estão erradas. Não há pessoas ensandecidas estendendo a mão por entre grades para agarrar os passantes, ou outras surtadas se desmanchando em lágrimas e em meio a sedações e camisas de força — eu pelo menos não vi nada disso. O rádio estava tocando música clássica na área comum, onde gente de todas as idades jogava damas ou paciência, escrevia cartas ou pintava com aquarela. Alguns pacientes vestiam pijama, outros estavam com roupas normais. Não tinha ninguém falando sozinho ou com outras pessoas.

Uma jovem de cabelo clarinho usando um suéter cinzento disforme estava sentada numa cadeira diante de uma janela, observando a mata atrás do hospital, as mãos aninhadas no colo como uma idosa faria. Havia uma expressão ansiosa no rosto dela, quase ávida, como se estivesse apenas matando o tempo até feéricos virem a seu resgate à noite. Pensei em Rachel.

Alguns dos pacientes mais velhos estavam em cadeiras de rodas. Eu esperava ver algum lampejo de curiosidade quando olhavam para nós, mas já se satisfaziam ao notar que eu não estava levando comida ou remédio para eles — e, assim, para todos os propósitos, era como se eu não existisse.

Uma das mulheres de cadeira de rodas estava tricotando um cachecol com agulhas de plástico de ponta cega. A peça parecia se estender por metros e mais metros, mudando de cor e se dobrando em si mesma antes de desaparecer dentro de uma grande bolsa com estampa floral acomodada no chão ao lado dela. A paciente fazia os pontos em movimentos competentes e apáticos, sem nem olhar para as agulhas. Um cachecol para um gigante, ou um cachecol para ninguém.

Travis me acompanhou por uma série de portas de vaivém, depois por um corredor longo, e, quando chegamos à porta no fim da passagem, ele pegou um molho de chaves do cinto. Meu pai estava triplamente trancado. Meu coração começou a querer sair pela boca.

Assim que a porta se abriu, vi um homem sentado diante de uma mesinha acolchoada, as costas voltadas para nós. Ele não se virou quando entrei. Captei os detalhes da cama antes de vislumbrar seu rosto: travesseiro branco, lençol branco, contenções de couro penduradas dos dois lados, esperando a hora do cochilo. Me aventurei quarto adentro, sem tirar os olhos do perfil do homem na cadeira enquanto avançava.

— Você tem visita, Frank — falou Travis, com um carinho exagerado, como se meu pai fosse uma criancinha. — Alguém que você espera há muito, muito tempo, né?

O garoto no anuário já não existia havia muito tempo. Meu pai ergueu os olhos claros e marejados e fitou meu rosto, e vi o tensionar dos músculos de seu pescoço e seu maxilar coberto pela barba grisalha meio por fazer. Mas não sorriu, e não disse nada.

— Oi — sussurrei. — Oi, pai.

Pai: outra palavra naquela língua imaginária. Quando a proferi, os olhos dele se arregalaram, lágrimas começaram a escorrer pelo rosto, e ele forçou a mandíbula ainda mais. Seus lábios se moveram, mas não consegui distinguir o que dizia. Meu coração apertou. *Ele nunca vai cantar enquanto prepara nosso café da manhã.*

— Ele não... — comecei. — Não consegue falar?

— É o remédio — disse Travis, suave, trazendo uma cadeira. — Aqui. Por que você não se senta? — Enquanto eu me sentava, o funcionário pousou a mão sobre a do meu pai. A outra dele, a direita, estava escondida sob a mesa acolchoada. — Tá tudo bem, Frank. Fica tranquilo. Tudo em paz. — Pra mim, acrescentou: — No começo, falei pra ele que era cedo demais pra esperar sua vinda, que você era novinha demais pra vir até aqui sozinha, mas acho que ele não entendia. — Fez uma pausa. — Olha, pra falar a verdade, achava que você ainda ia demorar uns anos pra aparecer.

Aquele homem, que eu havia conhecido alguns minutos antes, sabia quem eu era e por que eu estava li. Não sabia muito bem como me sentir a respeito, então apenas respondi:

— Pelo jeito você trabalha aqui há um tempão.

Travis abriu um meio-sorriso.

— O tempo começa a passar mais rápido conforme a gente envelhece. Faz sentido, acho. Um dia começa a corresponder a uma porção cada vez menor da nossa vida.

Olhei para meu pai.

— Posso encostar nele?

O funcionário fez que sim com a cabeça.

— Mas bem rapidinho. E também dá um espaço pra ele caso ele se incomode.

— Ele tá incomodado agora?

— Não, incomodado, não. Só é muita coisa acontecendo ao mesmo tempo.

Estendi a mão para tocar na dele — mole e macilenta como achei que seria — e vi meu pai fixar os olhos em algum ponto acima do meu ombro, onde Travis estava, abrindo a gaveta da mesinha de cabeceira.

— Tem uma coisa que ele quer que você leia — disse o homem.

Olhei de novo para meu pai, que ainda encarava Travis, ansioso.

— Como você sabe?

— Eu estava na minha primeira semana de trabalho quando seu pai veio pro Bridewell. É como se a gente estivesse percorrendo essa estrada juntos, né, Frank?

Frank assentiu, ou ao menos tentou.

— Há quanto tempo ele tá aqui?

— Acabou de completar catorze anos.

Travis encontrou o que estava procurando e colocou o objeto na mesa diante de mim. Por um momento, achei que tinha recebido meu próprio diário. Era mais antigo, claro: um caderno com capa marmorizada em preto e branco, amarelada pelo tempo, as páginas enrugadas em pontos onde tinham molhado. Horrivelmente familiar.

Olhei para Travis, que agora estava parado ao lado da porta como um segurança.

— Posso...?

Ele assentiu.

— Ele quer que você leia. Escreveu pra você.

Abri o caderno e me deparei com a primeira página coberta por uma caligrafia masculina, praticamente ilegível. Aquela era a letra do meu pai? Dei uma espiada nele — seus olhos ainda estavam úmidos de lágrimas — antes de começar a ler.

Ei, bebê Yearly. Eu bem que queria saber seu nome, mas ainda não sei nem se você é menino ou menina. Ho-

mem ou mulher, quando estiver lendo isso. Se é que um dia vai ler. Queria muito que você viesse, mas tenho medo do que vai pensar sobre mim. Tenho medo de que você me odeie — e, se odiar, vou entender. Talvez sua mãe nunca conte sobre mim, e se isso acontecer sei que vai ter sido pelo seu bem.

Mas vou escrever, pra caso você venha. Senão, quando você chegar, pode ser que eu não tenha mais como responder às suas perguntas.

Virei a página.

Não lembro dos meus pais biológicos. Até hoje, não consegui nem lembrar o nome que me deram. A época que passei com a sua mãe é a única que ainda é nítida pra mim. Às vezes, eu acordo nesse lugar frio e vazio e sinto uma alegriazinha no coração, como se ela tivesse passado a noite ao meu lado na cama. Tenho a impressão de sentir o cheiro do xampu dela no travesseiro, e de bacon fritando no cômodo ao lado, e me apego o máximo que posso ao momento.

Mas, de resto, minha memória é cheia de lacunas, e sei que, quanto mais tempo passar aqui, menos vou lembrar. Mas aqui tô em segurança, bebê Yearly, e você também.

Senti um calafrio. Meu pai não sabia que éramos iguais. A ideia nunca tinha ocorrido a ele.

De vez em quando me pergunto por que os Yearly me pegaram pra criar. Mas acho que só não tinha mais como me devolverem sem a sensação de que tinham quebrado uma promessa, o que faria com que fossem más pessoas. Ninguém, nem mesmo eu, quer se sentir uma má pessoa.

Eu fazia três refeições por dia e tinha uma cama limpa e quentinha, mas era muito infeliz porque não conseguia escapar do fantasma do Tom. Às vezes, eles falavam como se ele fosse meu irmão mais velho (nos dias ruins, a mãe Yearly colocava um quarto prato na mesa do jantar) e, em outras, me chamavam de Tom. Mas, na maioria do tempo, eu era o que era: um substituto imperfeito. Se o Tom estivesse aqui, ia te ensinar a andar de bicicleta. O boletim do Tom era dez em todas as matérias. O Tom teria ido pra Harvard ou Stanford. O Tom resgatava passarinhos machucados. O Tom teria sido veterinário, médico, talvez advogado ou engenheiro, um Alguém, diferente de VOCÊ, Frank, que sempre vai ser um grande zé-ninguém.

Mesmo quando dormia, eu não conseguia me livrar do Tom. Às vezes, sonhava que estava acordado, e o Tom escorria do teto como se fosse uma meleca e se empoleirava no armário com olhos vermelhos e dedos pontudos puxando os cantos da boca, a língua comprida dardejando como a de uma cobra.

Mesmo durante o dia, eu não conseguia ignorar a sensação de que tinha alguém me observando. Às vezes, na escola, eu olhava pela janela e via um homem de camisa de flanela vermelha apoiado na cerca, e ele sempre estava olhando pra mim. Esperando por mim. Eu nunca o encontrava quando saía, mas sempre tinha medo de acabar vendo.

Saí da casa dos Yearly assim que terminei o ensino médio. Queria ir pra faculdade, mas nunca consegui. Quando a gente tá sem grana, é fácil se convencer de que vai pra faculdade depois de arrumar um emprego e juntar um dinheiro pra mensalidade. Depois, do nada, você se olha no espelho do banheiro de manhã e entende que, se voltasse a estudar, a molecada na sala ia rir e te chamar de "coroa". Espero

*que você faça faculdade. Não sei se teria feito diferença na
minha vida, mas tenho certeza de que, na sua, vai fazer.*

Naquele quarto branco, com parafusos protegidos e cintos de
contenção, minha ida para a faculdade parecia mais improvável
do que nunca. Olhei para Travis.

— Meus dez minutos devem estar quase acabando.

Ele parou para pensar, depois assentiu.

— Já volto.

Agora, posso te falar sobre a Janelle.

*Eu fazia muitos bicos em muitos lugares. Não tinha
nenhuma dificuldade de fazer amigos, mas às vezes ficava
claro que não eram amigos de verdade, e quando eu des-
cobria que tinham mentido ou me traído, nunca conseguia
me afastar.*

*Quando completei vinte e dois anos, arrumei um em-
prego como guarda-florestal...*

Estremeci.

*... no Parque Nacional de Laskin. Meu trabalho era ba-
sicamente ir de acampamento em acampamento pra garantir que não tinha ninguém jogando lixo onde não devia ou
cortando lenha. A Janelle ficava no guichê da entrada ven-
dendo os ingressos, e no primeiro dia cheguei e a gente
conversou e já ali, enquanto a gente ria da mulher inflável
com uma peruca ruiva sentada no banco do passageiro de
um cara aleatório, soube que sempre a amaria. Sua mãe
é uma mulher linda, mas a beleza dela vai muito além da
aparência. A coisa boa de trabalhar num parque nacional
é que a gente tem tempo de sobra pra ir nadar ou fazer*

trilhas (ou, se a gente estiver de serviço, é facinho dar uma escapada). Admito que nenhum de nós dois trabalhava tanto quanto poderia.

Travis voltou para o quarto em silêncio.

— A dra. Worth tá na ala norte com outro paciente — disse. — Tudo bem você ficar um pouco mais. — Pousou a mãozorra branca no ombro de Frank. — Pronto pra mostrar as fotos pra ela?

Meu pai confirmou baixando de leve o queixo, e Travis tirou outro objeto da gaveta da mesinha de cabeceira: um álbum fotográfico com capa de couro estampado com letras douradas que diziam NOSSO VERÃO PERFEITO. Na contracapa, vi a inscrição J. S. + F. Y. escrita com a letra da minha mãe, emoldurada por um coração vermelho, com o "1980" anotado embaixo.

Virei as páginas em silêncio. Mamãe numa trilha arborizada de uniforme, um macacão verde bem alinhado, as longas pernas bronzeadas terminando em botinhas de caminhada. Mamãe de pele branquinha e bochechas rosadas, muito antes de precisar pintar o cabelo na banheira. Mamãe montada a cavalo. Mamãe rindo diante de um sundae com calda de chocolate, a lente da câmera refletida na colher bailarina. Mamãe, antes de eu arruinar a vida dela.

Quando aquele verão acabou, a gente combinou de ficar no chalé de um outro funcionário, perto do lago Plover, e uns ricaços pagaram a gente pra varrer o deque e garantir que o encanamento do chalé deles não congelasse. A gente tinha amigos que também eram guardas-florestais, Sam e Flip e Robby, e de quinta à noite eles iam lá em casa pra beber e jogar pôquer e a gente se apinhava diante do aquecedor. Uma vez o lago congelou todinho e dirigi a caminhonete do Flip até o meio dele só de zoeira. Foi perigoso, mas e o friozinho na barriga? Quando a gente voltou, a Janelle estava esperando com uns queijos quentes e chocolate quente. Sua mãe nunca foi de cozinhar muito — mas, quando cozinhava, mandava muito bem.

Na primavera, os pais dela foram visitar a gente por causa do casório. Fizeram um esforço pra me tratar bem, mas não gostavam nada da ideia de não terem me conhecido direito antes de eu pedir a filha deles em casamento. Sempre que a mãe da Janelle sorria pra mim, parecia que ela tinha só colado o sorriso em cima da boca, e tive medo de que ela suspeitasse do meu segredo. Mas eram pessoas boas, e espero que vocês sejam próximos hoje.

Sua mãe só descobriu meu segredo depois que a gente se casou. Ela sabia que eu escondia alguma coisa dela, mas continuava me amando como se não fizesse diferença se eu contasse ou não, então achei que talvez nunca precisasse explicar tudo.

Se algum dia você vier, sei que vai perguntar: como me permiti me apaixonar por ela? O que será que me fez pensar que eu era bom o suficiente pra ela, que a coisa feia não iria importar?

Mas, enfim, talvez você já tenha idade o bastante pra ter se apaixonado. Se esse for o caso, já deve saber o que eu responderia.

Por um segundo, pude me imaginar muitos anos mais velha, fritando bacon e ovos para Lee com a barriga arredondada como uma melancia. Assim que tive esse vislumbre, porém, soube que aquilo jamais aconteceria.

Eu queria ter sido um bom pai pra você. Um pai de verdade. Quando a Janelle me contou que estava te esperando, prometi a mim mesmo que seria, que sua infância não teria nada a ver com a minha. *Sua mãezinha sempre foi uma pessoa feliz, mas, durante a gravidez, parecia mais feliz ainda. Costumava passar o dia cantarolando canções de ninar como se você já tivesse nascido.*

Senti a garganta apertar quando li aquelas linhas. Eu *tinha sido desejada* pela minha mãe. Por um tempo, ao menos, eu a fiz feliz.

A gente não tinha contado pra ninguém, mas sabíamos que você estava a caminho e queríamos economizar o máximo possível, então a Janelle aceitou um trabalho num hotel perto do lago Whippoorwill. Uma noite, ela estava no trabalho e o Robby foi me visitar. Ele tinha enchido a cara, e falou coisas que não devia ter dito, coisas sobre o corpo da sua mãe. Disse que ela não era a garota doce e inocente que eu achava que era. Eu sabia que ele estava mentindo, mas também sabia que nunca mais poderia pensar no nosso verão perfeito sem as palavras horríveis dele ecoando na minha cabeça.

Mandei ele ir embora, mas ele se negou. Falei que devia tomar cuidado comigo, mas ele só riu. É muito difícil descobrir o que um suposto amigo acha da gente.

Eu poderia ter escrito aquilo.

Aí, o impensável aconteceu. Sua mãe voltou do trabalho mais cedo.

Eu disse várias vezes que nunca encostaria um dedo nela, nem se a gente brigasse, mas não sei se ela chegou a acreditar em mim. Daquela noite até a noite em que fui embora, conseguia sentir o amor dela por mim, mas o medo também. Quero acreditar que não foi o medo que a fez ficar comigo mais um tempo, mas talvez esteja mentindo pra mim mesmo. É um alívio nunca ter realmente sabido.

Certa noite, quando sua mãe estava grávida de oito meses, a gente discutiu. A Janelle queria voltar pra Pensilvânia, mas falei que queria que nosso bebê crescesse amando aquelas matas e montanhas e rios, como nós. Mas a briga não era apenas sobre onde íamos morar. Eu sabia que ela queria estar perto dos pais porque tinha medo. Falei isso, e ela ergueu a voz e se afastou de mim. Vi o terror nos olhos dela. Saí do chalé pra espairecer um pouco. Janelle nunca mais riu, e eu sabia o porquê.

Tentei lembrar da risada de mamãe e não consegui. Mas ela tinha me amado. Tinha, sim.

Depois vinham algumas páginas em branco seguidas de um novo registro.

Eu quero ser bom pra você, bebê Yearly, mas não sou capaz. Só posso ser honesto. Então vou te contar tudo agora.

Minha primeira lembrança da vida é ser muito pequenininho e estar ao lado de um ônibus comprido num posto de gasolina de beira de estrada. Um homem me segurava pela mão, e me levava pro banheiro atrás das bombas de combustível. Não lembro do rosto dele, mas ele se trancou comigo numa cabine e estava tentando me obrigar a fazer uma coisa ruim, mas acabei fazendo uma muito pior com ele. Eu comi o homem.

Sinto muito pela dor e pelo choque que isso vai te causar. Não sei se tem outras pessoas como eu no mundo. Sei que tem pessoas no mundo que comem outras como gente normal come um bom bife ou um hambúrguer. Mas não foi isso que eu fiz. Eu era uma criancinha, mas mesmo com meus dentes de leite esmigalhei os ossos dele até desaparecerem, e quanto mais comia, mais fome sentia.

Sua mãe tinha o dom de me fazer esquecer que eu era um monstro mesmo depois de descobrir o que eu era. Me fazia acreditar que eu podia ter uma vida boa e ser um homem honesto, e essa era só uma das razões pelas quais eu a amava.

Eu não queria ter te abandonado. Mas precisei, porque, embora soubesse que nunca machucaria você e sua mãe, também sabia que jamais poderia ter certeza. Só nunca escrevi pra ela depois porque tinha muito medo de que ela não respondesse minhas cartas. Sinto muito por isso agora, mas já é tarde demais.

Ela era a razão do meu viver. A pior dor do mundo é saber que nunca vou ver sua mãe de novo.

Mais páginas em branco, e depois a escrita apareceu de novo numa letra muito maior e mais infantilizada.

No primeiro dia de cada mês, a gente comemora o aniversário dos pacientes da nossa ala, e sempre tem bolo de baunilha e bingo. Eu nunca soube meu aniversário de verdade, então os Yearly definiram que seria dia primeiro de janeiro. Se eu soubesse o seu aniversário, ia pedir pro Travis me avisar quando estivesse perto. Assim, eu poderia imaginar qual seria sua comemoração. O Travis diz que hoje é dia primeiro de abril de 1991, então acho que você tem quase nove anos agora. Queria saber se é menina ou menino, porque é difícil te enxergar na minha cabeça sem saber isso.

Ele tinha pulado algumas linhas, acrescentando bem na base da página:

O Travis é meu amigo. Ele é a única pessoa aqui que me conhece.

Ergui os olhos para encarar o funcionário.

— Você leu essas coisas?

Ele pigarreou, mas não conseguiu desviar o olhar.

— Algumas.

— Ele... Ele mostrou pra você? Queria que você visse?

Travis confirmou com a cabeça.

Senti meu corpo tensionar em resposta. Ele não tinha o direito de ter lido aquilo, não com meu pai claramente fora de si.

— Por quê? — perguntei. — Por que ele te deixou ver?

— Sinto muito se você sente que invadi sua privacidade — respondeu ele, gentil, e acabei amolecendo. — Ele queria muito que eu lesse. Precisava de alguém que entendesse, sabe?

Confirmei com a cabeça e voltei para o caderno. Depois de mais algumas páginas em branco, li:

Não consigo mais organizar meus pensamentos. Quando um deles vem, escapa antes que eu tenha tempo de pegar o lápis. Ninguém me deixa escrever com caneta aqui, só com lápis não muito apontados. Acho que devem pagar alguém só pra lamber as pontas dos lápis antes de me entregarem.

Esquecer tem uma coisa boa. Os rostos desaparecem. Não lembro de mais ninguém. Quando caio no sono agora, é puro breu.

Mas pego a foto da sua mãe na gaveta e olho pra ela enquanto tô na cama, assim que acordo e logo antes de ir dormir. Assim, não vou esquecer o rosto dela. É doloroso porque sei que nunca vou ver a Janelle de novo, mas olho mesmo assim porque se esquecer o rosto dela sei que não vai restar nada de mim.

E, na outra página, em giz de cera lilás:

Hoje levaram meus lápis embora.

Havia várias outras páginas sem nada, e comecei a achar que não havia mais nada para ler. Mas achei uma página em giz vermelho berrante, a letra tão próxima de um garrancho que quase não consegui entender.

Hoje estraguei a mão de escrever.
MÃO JÁ ERA
JÁ ERA
JÁ ERA

Olhei para cima de novo, o coração quase saindo pela boca. Meu pai estava de olhos fechados, e não consegui distinguir se tinha ou não caído no sono.

— Como assim? — perguntei para Travis. — Como assim, ele estragou a mão?

Devagar, com os olhos fechados, meu pai puxou a mão esquerda da mesa e a deixou cair no colo para cobrir a direita. Vi o rosto dele se contrair, como uma folha de papel amassada. Travis só ficou fitando o chão.

Virei a página, de novo, e de novo. O resto do caderno estava preenchido por uma única palavra, repetida várias e várias vezes, em todas as cores de uma caixa de giz de cera.

*Janelle Janelle Janelle Janelle Janelle Janelle Janelle
Janelle Janelle Janelle Janelle Janelle Janelle Janelle
Janelle Janelle Janelle Janelle Janelle Janelle Janelle
Janelle Janelle Janelle Janelle Janelle Janelle Janelle
Janelle Janelle Janelle Janelle Janelle Janelle Janelle
Janelle Janelle Janelle Janelle Janelle Janelle Janelle
Janelle Janelle Janelle Janelle Janelle Janelle Janelle
Janelle Janelle Janelle Janelle Janelle Janelle Janelle
Janelle Janelle Janelle Janelle Janelle Janelle Janelle
Janelle Janelle Janelle Janelle Janelle Janelle Janelle*

— Cadê sua mãe? — perguntou Travis, baixinho.

— Não tá mais comigo — respondi.

— Esse era meu medo.

Olhei para o meu pai. Devagar, muito devagar, minha tristeza foi se transformando em raiva.

— Por que você não responde minha pergunta?

— Por favor, Maren. Eu pedi pra você não incomodar seu pai. — Travis suspirou. — Escuta. Isso é importante. A dra. Worth tá fazendo umas ligações sobre você.

— Ligações? Como assim?

Os olhos de Travis me fizeram pensar num cachorrinho, molhado e marrom e ansioso por agradar.

— Serviço de proteção à criança e ao adolescente.

— Por quê?

— Ela disse que você tá com uma mochila grande...

— Eu deixei minhas coisas no consultório dela. Tem algo de errado nisso?

— Nisso, não. Mas pra ela, tá bem nítido que você tá andando por aí com todas as suas coisas naquela mochila.

Suspirei.

— Tem alguém vindo atrás de mim, é isso?

— Não sei ainda. Escuta, Maren, se você não tiver pra onde ir...

— Eu vou ficar bem — falei, de supetão.

— Meu expediente termina às seis — continuou ele. — Entendo os motivos pelos quais você negaria, e nunca ia te forçar a fazer nada com que não estivesse confortável. Mas sei que o Frank gostaria que eu ao menos fizesse a oferta.

Meu pai continuou com os olhos bem fechados.

— Valeu. Não posso, mas... agradeço muito.

— Tem certeza? Eu posso te ajudar a pensar no que fazer. Se não quiser ir pra algum abrigo do conselho tutelar, digo.

— Acha que tem outro jeito?

— Não sei. Mas que tal eu preparar o jantar pra você e a gente pensar nisso juntos?

— Tá bom. — Me virei para o homem na cadeira. — Eu preciso ir agora, pai. — Ele pegou minha mão e tentou apertá-la. Senti que devia dizer que voltaria em breve, mas não disse.

Travis ficou para trás por um instante para dizer algumas palavras finais de conforto para meu pai.

— Espera. — Congelei na porta, apoiando o punho fechado no batente. — Eu só saio daqui quando você me disser o que ele fez com a mão.

Travis me empurrou com delicadeza para o lado antes de fechar a porta e virar a chave na primeira das trancas.

— Acho que você já sabe a resposta.

Às seis e dez, Travis saiu do Bridewell com seu velho sedã preto. Quando entrei, ele sorriu e disse:

— Espero que o dia não tenha demorado muito pra passar.

— Foi tranquilo.

Tinha *sim* demorado para passar — não havia muito que fazer em Tarbridge, nem uma biblioteca pública ou um sebo. Mas Travis tinha me deixado guardar a mochila no assento traseiro do carro, então ao menos não precisei carregar todas as minhas coisas de um lado para o outro o dia inteiro.

Ele me olhou de soslaio.

— Você tá sozinha há quanto tempo?

— Não muito — respondi. — Algumas semanas, só.

— Um monte de coisa pode acontecer em algumas semanas.

Só então me ocorreu: que estranho uma pessoa que não era comedora saber da nossa existência. Travis era um dos caras mais calmos e agradáveis que eu já tinha conhecido. Não demonstrara nem o menor sinal de horror ou nojo, nem quando me deu a entender o que meu pai tinha feito com a própria mão. Talvez nem tivesse passado pela cabeça de Travis que eu era como Frank.

— Você encontrou lugares seguros pra dormir? — perguntou ele. — Pessoas foram gentis com você?

Não menti — só omiti coisas. Deixei que ele imaginasse que a sra. Harmon tinha se despedido de mim com um aceno e um sorriso, que Sully vivia à base de vegetais orgânicos e carne fresca de caça, e que Lee tinha aparecido no Walmart naquela noite na própria caminhonete. Não falamos sobre meu pai.

Travis vivia numa casinha a meia hora de carro do hospital, voltando na direção do chalé de Sully. Mais uma casa aconchegante e vazia. Eu não gostava nada de como aquilo estava começando a parecer familiar.

A mesa da cozinha já estava posta com um prato, talheres e um copo, tudo sobre um jogo americano que me fez voltar a lembrar da sra. Harmon.

— Não repara a bagunça — disse ele, abrindo uma gaveta e pegando outro conjunto de garfo e faca. — Eu não estava esperando visita.

— Você mora sozinho?

Ele assentiu.

— Desde que minha mãe morreu.

— Ah — falei. — Meus sentimentos.

Travis abriu a geladeira e se inclinou para pegar com as duas mãos uma panela tampada.

— Fiz um cozido na minha última folga. Receita da minha mãe. Tudo bem por você?

— Claro.

— Espero que goste — disse ele, colocando a panela no fogão enquanto acendia a boca.

— Tenho certeza que tá uma delícia.

Ele sorriu e ergueu a tampa para misturar o conteúdo.

— Antes, nunca tinha precisado cozinhar pra mim mesmo, mas descobri que gosto. Gosto de fazer as receitas antigas da minha mãe porque me faz esquecer por um tempinho que ela não tá mais aqui.

— Vocês sempre moraram aqui?

Travis fez que sim com a cabeça.

— É uma casinha ótima, não acha? Nunca nem tive vontade de mudar pra outro lugar.

Para agradá-lo, corri os olhos pela cozinha e pela sala de estar como se estivesse apreciando a vista. Havia uma manta marrom e amarela sobre o sofá e uma cadeira de balanço num canto, tão frágil que mais parecia feita de palitos de fósforo. Enquanto Travis abria as janelas do cômodo, me viu observando a cadeira.

— Essa cadeira de balanço tá na minha família há mais de cento e cinquenta anos. Minha mãe me ninava nela. Minha avó ninava meu pai nela. E assim por diante, voltando até nossos ancestrais. — Enquanto falava, fitava o tapete estampado no chão, um sorriso distraído no rosto. — Acho que foi meu tataravô que construiu a cadeira.

— Você tem irmãos ou irmãs? — perguntei.

Travis abriu um sorriso amuado.

— Não. Só eu. Acho que você é filha única, também — comentou ele, e confirmei. — Minha mãe ficou muito doente depois que nasci. O médico disse que ela não poderia ter outros bebês.

— Ah — falei.

A casa foi se enchendo do cheiro bom de comida enquanto o cozido borbulhava no fogão. Meu estômago roncou alto, e nós dois rimos. Travis encheu uma cumbuca para cada um, e o vi unir as mãos e fechar os olhos por alguns instantes, antes de pegar a colher.

O cozido estava maravilhoso, mas comecei a ficar um pouco inquieta com as pausas que Travis fazia para me ver comer.

— Tá tudo bem? — perguntei.

Ele balançou a cabeça e abriu um meio-sorriso enquanto dava outra colherada. Repetimos duas vezes. Uma brisa fresca soprava pelas janelas da sala de estar, e de uma árvore no quintal da frente vinha o canto de um pássaro que eu nunca tinha ouvido antes.

Travis não me deixou lavar os pratos por nada.

— Fica à vontade — disse ele, virando para a pia. — Vou trazer uns biscoitos e limonada de sobremesa.

Me sentei no sofá.

— Não quero dar trabalho.

— Não é trabalho nenhum. — Ele fez uma pausa, a esponja cheia de espuma na mão. — É que acho gostoso ter alguém de quem cuidar. — Depois balançou a cabeça, como se estivesse discordando de si mesmo. — Não, não de *alguém*. De *você*, a filha do Frank. Nunca pude cozinhar pro seu pai, mas pelo menos posso fazer isso pra você.

Um silêncio desconfortável se instalou enquanto Travis terminava de lavar a louça. Quando acabou, trouxe uma caixa de suco de limão e uma embalagem de biscoitos da seção de confeitaria do mercado, serviu dois copos e distribuiu os biscoitos num prato. Colocou nossa sobremesa na mesinha de centro e se sentou ao meu lado. Travis respirou fundo, e soube que não gostaria nada do que ele estava prestes a dizer.

— Eu tenho uma coisa pra te contar — começou, devagar. — Uma confissão.

De repente, ele não parecia mais tanto com um ursinho de pelúcia.

— Confissão?

— Não era mentira, a minha oferta de ajuda a pensar no que fazer pra você não ir pro abrigo. Realmente quero fazer isso. Quero te ajudar de verdade.

Senti um cansaço imenso se espalhar pelo corpo.

— Só fala o que você tem pra contar, Travis. O que é?

Ele suspirou fundo mais uma vez.

— A culpa do seu pai ter feito aquilo é minha.

Apenas continuei o encarando.

— O quê? Como...?

— Achei que iria ajudar se eu provasse que ele não estava sozinho, que não era o único. Passei meses procurando as pessoas certas, entendendo como fazer as perguntas certas. Eu sabia que era perigoso, mas não me importei.

— Que pessoas? — indaguei. — Que perguntas?

Travis me fitou, triste e sério.

— Você é uma garota esperta, Maren. Sei por que continua fazendo perguntas cujas respostas já sabe.

Encarei o prato de biscoitos. De repente, o cozido parecia não ter caído muito bem.

— Por que você tá me contando isso?

— Eu sabia que você viria — falou Travis. — Sabia que seria como ele.

A sensação se instalou em mim de novo, a mesma de quando havia encontrado a sra. Harmon morta no sofá — era como se eu flutuasse quilômetros acima do chão.

— Você entende? — continuou ele, baixinho. — Foi culpa minha, porque contei pra ele o que tinha descoberto. Achei que ia trazer conforto, mas não pensei no que poderia implicar sobre *você*. Foi uma época bem sombria — murmurou ele. — Na vida dele e na minha. — Travis ergueu o rosto, os olhos claros cheios de medo. — Você tá entendendo o que tô tentando dizer?

Neguei com a cabeça.

— Nunca tinha passado pela cabeça do seu pai que você pudesse ser como ele — continuou. — Ele ficou devastado, Maren. Foi por isso que ele... ele... — Travis engoliu em seco e olhou para mim, depois voltou a encarar o chão. — Por isso que ele se automutilou. Por minha causa. Eu estava tentando ajudar, mas só piorei tudo. — Ele apertou os olhos com as mãos. — Mas, no fundo, essa é minha vida. Tento ajudar, mas nunca consigo. Sempre estrago tudo.

Senti o estômago embrulhar. Eu não o culpava — só queria que não tivesse me contado nada daquilo.

— A culpa não é sua, Travis.

Ele enxugou as lágrimas dos olhos e tentou sorrir, sem muito sucesso.

— Não acredito nisso, mas me sinto melhor de ouvir você falando.

— Mas não entendi uma coisa — falei, depois de uma pausa. — Você saiu *procurando* pessoas iguais a nós?

Ele deu de ombros.

— Fiquei fascinado com aquilo. Qualquer um ficaria. Queria entender como era possível que alguém de aparência perfeitamente normal, como você, engolisse uma pessoa inteira como se fosse um ogro de uma historinha infantil. Ainda não vi acontecer, mas sei que é possível. Sei que é real.

— Mas você não teve medo de ser... — Deixei a questão pairando no ar, e Travis só suspirou.

— Não tinha por que ter medo. — Pela primeira vez, a expressão em seu rosto se tornou desagradável. — Ninguém me quer. — O homem soou quase raivoso ao fazer a última afirmação.

— Pra onde você foi? Como encontrou essas pessoas?

— Uns anos atrás, tinha um amigo meu que trabalhava na polícia, e uma noite tive a chance de perguntar pra ele sobre o assunto. Contei o que sabia... Sem mencionar o nome do Frank, que isso fique bem claro... E ele disse que era uma coisa sobre a qual só algumas pessoas na polícia estavam dispostas a falar. Pessoas desaparecem o tempo todo, e quando não encontram o corpo só presumem que foi isso que aconteceu. Às vezes, os policiais até sabem quem foi, mas nunca vão conseguir provas. Comedores podem ser pessoas normais, *cidadãos de bem* e tudo. Meu amigo até me passou uns nomes. Foi assim que encontrei com eles. Caras que estavam lá tomando uma cerveja depois do trabalho antes de voltar pra casa pra encontrar a esposa e os filhos, sabe? Não conheci mulheres ou meninas, mas meu amigo contou que existiam. Que mulheres também faziam isso. — Ele apoiou os cotovelos nos joelhos, fechou os olhos e esfregou a ponte do nariz, exatamente como mamãe costumava fazer. — Não ficaria surpreso se descobrisse que tem até policiais assim. Meu amigo tinha suas suspeitas.

Lembrei de novo do quadrinho de ponto-cruz acima da porta daquela delegacia, de como a frase estava errada.

— Não tem como viver essa vida sem estar sempre fugindo dela — falei. *Ou se trancando.*

Aqueles devaneios que eu tinha sobre meu pai, sobre viver numa casa e fazer coisas normais que todas as famílias fazem — tudo aquilo parecia ridículo agora.

Travis ergueu a cabeça e olhou para mim.

— Todas as vezes que isso acontecia, sua mãe fazia as malas e vocês iam embora de repente? — perguntou ele, e assenti. — Já parou pra pensar no que aconteceria se vocês ficassem? — continuou ele. Balancei a cabeça. — Talvez nada. Mas vocês achavam que precisavam fugir, então fugiam.

Me levantei e comecei a andar de um lado para o outro. Não suportava a ideia de ficar tão perto de Travis depois de tudo que ele tinha dito.

— Por que você não tem medo da gente? — questionei. Ele continuou encarando o chão, então continuei: — Digo, a única razão que consigo pensar é você *ser* um de nós... Mas não acho que é. Ou é?

Ele negou com a cabeça.

— Não — falou baixinho, a voz subitamente rouca. — Não, não sou um de vocês.

— Então por quê? Por que você é tão... *obcecado* por nós?

Quando ele começou a chorar, fui tomada por um novo sentimento, uma mistura de dó e constrangimento.

— Eu sou tão sozinho, Maren... E foi assim a vida toda. Eu tentei, pode acreditar. Como eu tentei... Tentei muito fazer amigos. Mas, quando minha mãe morreu, eu soube que não havia mais ninguém no mundo que me amava.

— Você acabou de dizer que tinha um amigo que era policial!

Travis negou com a cabeça, os olhos ainda fixos no tapete.

— Ele não era um amigo. Não de verdade. — Quando ergueu o queixo e nossos olhares se encontraram, não vi um homem diante de mim. Vi um menininho inconsolável. — Sei que você sabe como me sinto — disse ele. — Seus pais ainda estão vivos, mas você é tão sozinha quanto eu.

— Você não é como eu, Travis. Você é uma pessoa boa. Pode andar por aí e fazer amigos de verdade. Sei que pode.

— Eu já tentei. Não consigo mais tentar sabendo que o resultado vai ser o mesmo. Não posso me submeter mais a isso, não tem como. — Ele pegou um lencinho de uma caixa envolta por uma capinha de crochê e enxugou os olhos. — Posso perguntar uma coisa? — indagou, e concordei com um aceno cauteloso da cabeça. — O que faz você comer as pessoas que come? O que te atrai nelas? Sei que é diferente pra cada um de vocês...

Balancei a cabeça.

— Não quero falar sobre isso.

Travis suspirou e deu um tapinha no sofá ao lado dele.

— Você pode se sentar? Fico nervoso de imaginar você fugindo pela porta. Mais nervoso do que já tô.

Sentei na extremidade oposta do sofá.

— Por que você tá nervoso?

— Porque preciso te pedir uma coisa.

Ele estendeu a mão para segurar a minha.

— Não. — Voltei a me levantar e recuei. — Não, não, não.

— Não, por favor... Por favor, não é isso que você tá pensando. Não tô tentando me aproveitar de você, juro. — Ele soltou um suspiro lento e deliberado. — Eu nem me atraio por mulheres nesse sentido.

— Não posso, Travis. — Estremeci, onda atrás de onda de calafrios. — Sinto muito, mas não posso. Não posso.

— Eu sei que é errado, e me odeio mais ainda por pedir — suspirou ele. — Mas, desde que conheci seu pai e descobri o que ele era, eu *soube*.

— Como assim "soube"?

— Por favor — insistiu ele. — Seria muito importante pra mim.

Aos poucos, fui me aproximando da porta.

— Acho melhor eu ir embora.

— E pra onde você vai? — Ele me encarou, incrivelmente calmo.

Pendurei a mochila no ombro.

— Não sei. Eu me viro.

— *Por favor*, Maren. A gente não toca mais nesse assunto. Não vou mais abrir a boca, prometo.

Balancei a cabeça.

— Você acha mesmo que tem como a gente sentar e comer uns biscoitos e ver um filminho e bater papo como se essa conversa não tivesse acontecido? Eu preciso ir, mesmo.

Ele se inclinou para a frente, os cotovelos nos joelhos, e esfregou o rosto.

— Beleza. — Suspirou. — Mas eu ia me sentir muito melhor se você me deixasse te dar uma carona.

Era uma viagem longa até o chalé de Sully, mas Travis não reclamou. Cochilei, e quando acordei fiquei aliviada de não ter tido que fingir. Como a gente poderia ter uma conversa normal depois do que ele tinha me pedido para fazer?

Felizmente, ele não tocou no assunto de novo. Depois que despertei, Travis ligou o rádio e a gente ficou ouvindo a narração de um jogo de beisebol.

— Você torce pros Brewers? — perguntei.

Era estranho falar algo tão normal. Travis só encolheu os ombros.

A caminhonete de Sully não estava por perto quando chegamos, embora as luzes estivessem acesas e a porta não estivesse trancada.

— Oi, tem alguém aí? Sully? — chamei, mesmo sabendo que ele não estaria lá. Um fogo baixinho ainda crepitava no fogão a lenha. — Talvez ele tenha só saído pra comprar alguma coisa.

— Ele estava te esperando? — perguntou Travis, e concordei com a cabeça. O homem se sentou no sofá e deu uma olhada nos troféus de caça. — Melhor eu esperar até ele voltar.

— Tá tudo bem — respondi. — Não precisa.

O que queria dizer era "Por favor, vai embora agora", mas ele ou não entendeu ou não quis entender.

— Você disse que esse cara é amigo da senhorinha que você encontrou no mercado, não foi isso?

— Mais ou menos.

— Mais ou menos? — Travis ergueu as sobrancelhas.

— Não quero ser mal-educada, mas também não acho que devo explicações pra você.

— Eu meio que sou responsável por você agora, Maren. O que vou falar pro seu pai se alguma coisa acontecer com você?

— Escuta, Travis. Eu sei que você nunca me machucaria, mas isso não significa que me sinto segura com você.

— Isso não é justo — falou ele, baixinho. — Você *sabe* que tá segura comigo, Maren. Eu sei tudo sobre você, e não tenho medo. Isso não vale nada?

— Claro que vale. — Senti uma pontada de irritação, mas tentei não demonstrar. — E fico muito grata por tudo que você fez por mim hoje.

O silêncio se fez entre nós. Travis respirou fundo algumas vezes, o som se sobrepondo aos ruídos que entravam pela porta de tela. Senti a mão dele, gelada e úmida, pousar no meu braço.

— Posso ser o que você quiser. Posso falar o que você quiser que eu fale, é só você... — Ele correu os dedos até meu pulso e tentou segurar minha mão.

Antes mesmo que eu soubesse o que estava fazendo, puxei a mão e dei um tapa forte no rosto de Travis. Nunca tinha feito aquilo com ninguém, e, por um segundo, só nos encaramos em choque.

— Você prometeu que não ia me pedir isso de novo — falei, enfim.

— Você não tá entendendo... — sussurrou ele. — Não quero me aproveitar de você. Eu nunca, nunca te machucaria.

— Não é assim que funciona. — Toda vez que eu olhava para ele, sentia o estômago embrulhar. — Você disse que entendia isso.

Ele tentou me segurar de novo, e me levantei para me afastar. Senti o desespero do homem me envolvendo, grudando no meu corpo, gélido e gosmento.

— Eu sei que posso me transformar em alguém que você quer — choramingou ele. — Sei que posso, é só você me dizer!

Agarrei a mão de Travis, fiz ele se levantar do sofá, levei até a porta e o empurrei para fora.

— Obrigada pela carona e pelo jantar. — Não consegui olhar em seus olhos enquanto me embananava toda com a tranca da porta. — Foi ótimo.

Vi sua mão tremer enquanto alcançava as chaves do carro no bolso.

Por um instante, ele ficou ali parado diante da porta, enxugando os olhos com a outra mão. Não conseguia olhar seu rosto, mas sabia que estava chorando. Travis enfim se virou e desceu apressado os degraus irregulares. Eu saí e fiquei no alpendre, olhando enquanto ele dirigia para longe, floresta enluarada adentro. Achei que me sentiria aliviada, mas não me senti.

Uma hora se passou, e Sully não voltou. Peguei as cópias da minha confissão na mochila, amassei as folhas e fui jogando uma a uma no fogo do fogão a lenha.

Meu nome é Maren Yearly, e sou responsável pela morte das seguintes pessoas: Penny Wilson (20 e tantos anos), nas redondezas de Edgartown, PA, 1983... Luke Vanderwall (8 anos), Acampamento Ameewagan (Catskills), NY, julho de 1990... Jamie Gash (10 anos), Badgerstown, MD, dezembro de 1992... Dmitri Levertov (11 anos), Newfontaine, SC, maio de 1993... Joe Sharkey (12 anos), Buckley, FL, outubro de 1994... Kevin Wheeler (13 anos), Fairweather, NJ, dezembro de

1995... Noble Collins (14 anos), Holland, ME, abril de 1996...
Marcus Hoff (15 anos), Barron Falls, MA, março de 1997...
C. J. Mitchell (16 anos), Clover Hills, NY, novembro de 1997...
Andy (não sei o sobrenome dele, mas era funcionário do
Walmart perto de Pittston, Iowa), junho de 1998...

A verdade não me libertaria. Eu só acabaria como meu pai.

Perambulei pelo chalé procurando algo com que me distrair. Havia alguns livros de bolso antigos numa estante na sala de jantar, mas eram quase todos histórias de espionagem ou romances, nada que me interessasse. Fui até a cozinha procurar ingredientes para fazer queijo quente e uma caneca de chocolate — não era a época certa do ano para essas receitas, mas acho que precisava sentir que aquele chalé era minha casa, ou ao menos uma versão dela. Mas não tinha pão, queijo nem cacau em pó, então me contentei com um palitinho de charque.

Depois abri um armário ao lado da porta dos fundos, esperando encontrar velas de citronela ou jogos de tabuleiro. Mas ele estava repleto de objetos diversos, roupas e montinhos de joias, toca-fitas e moedas colecionáveis em caixas de plástico transparente, talheres pesadões de estanho e quinquilharias aleatórias. Curiosa, enfiei a mão no meio da bagunça, e no minuto seguinte meus dedos se fecharam ao redor de um objeto com contornos terrivelmente familiares.

Puxei o item do armário. Era a esfinge do sr. Harmon. Tentei dizer a mim mesma que era só uma lembrança, mas sabia que não era verdade. Sully pegava coisas que podia vender, não itens que o fizessem lembrar das vítimas.

Depois disso fui até o quarto dele, mas não ousei acender a luz. A cama estava arrumada, mas jaziam espalhadas pelo cômodo coisas que não cabiam no armário: abajures e relógios e bonecas de porcelana com olhos móveis de vidro.

Me sentei na cama e fucei nas coisas da mesinha de cabeceira. Mais joias. Um cantil fosco de prata — não o que ele carregava no bolso da camisa, o de outra pessoa. Cartões de crédito com vários nomes. Entre eles, encontrei um crachá que dizia FUNCIONÁRIO DO PARQUE NACIONAL, FRANCIS YEARLY. No canto do crachá, havia uma foto 3×4 preta e branca de Frank — borrada, mas ainda dava para ver o sorriso.

Pai, pai, pai. Uma palavra sem significado. O que Sully estava fazendo com o crachá do meu pai? Aquilo não fazia sentido. Como eles tinham se conhecido? O que Sully queria com ele?

O som do motor e a luz dos faróis de uma caminhonete iluminando a parede me arrancaram do transe atordoado. Corri até o quarto de visitas e escondi a esfinge e o crachá na mesinha de cabeceira. Ouvi os passos de Sully nos degraus frágeis do alpendre, seguidos do ruído da porta de tela se batendo.

— Guria? É tu?

Precisei me recompor antes de voltar para a sala de estar.

— Oi, Sully. — *Quem é você?*

Ele estava parado debaixo da cabeça do cervo, carregando uma sacola de papel cheia de compras.

— Ora, ora. Num achei que tu voltaria tão cedo.

— Tem problema eu ter vindo?

— Problema? Claro que num tem problema! — Ele colocou a sacola na mesa da cozinha e guardou um galão de leite na geladeira. — Tá com fome?

— Não, valeu. — Torci para meu estômago não roncar e me trair.

— Cadê teu namoradinho?

— Voltou pra Virgínia.

— E te largou aqui? — indagou. Concordei com a cabeça, mas só porque não queria ter que explicar tudo. — Tá triste que ele foi embora? — acrescentou. Encolhi os ombros, e Sully só

234

me olhou se soslaio. — Prefere pensar que não tá. — Ele tirou a tampinha de uma garrafa de cerveja, se sentou à mesa e deu uma bela golada. Vi o pomo-de-adão dele subir e descer enquanto engolia. Depois, Sully suspirou e enxugou a boca. — Desistiu de achar teu paizinho?

— Não — falei. — Já encontrei.

As sobrancelhas peludas dele se arquearam.

— Isso que eu chamo de trabalho investigativo.

Enfiei as mãos nos bolsos e corri a ponta do tênis no tapete trançado.

— Pois é.

— Mas e aí? Num me deixa curioso, menina!

— Ele tá no hospital — falei, devagar. — Um hospital psiquiátrico.

— Putz, guria. Sinto muito.

Enquanto ele falava, me perguntei quantas outras mentiras já tinha me contado. Sully não sentia coisa nenhuma, nadinha. Ele sabia desde o começo quem era meu pai.

— Você tava certo — falei. — Eu devia ter tirado ele da cabeça e ter ficado com o senhor desde o começo.

Não sei o que me deu para falar aquilo. A última pessoa com quem eu queria viajar era Sully. *A língua do pai em conserva, o coração da mãe num picadinho...*

Ele deu outro gole na cerveja e me olhou estranho. Naquele momento, senti que não havia mais aquele "nós contra o mundo", nenhuma outra menção às aulas de pesca que ele prometeu — como se Sully soubesse que eu tinha fuçado nos armários.

— Alguma ideia do que vai fazer agora? — indagou ele.

Neguei com a cabeça. Desejei não ter mandado Travis embora. Ou Lee. Se eu não tivesse arranjado briga com Lee, essa noite horrível nunca teria acontecido.

Sully terminou a cerveja e jogou a garrafa no lixo.

— Bom, tu vai ter tempo de pensar nisso amanhã de manhã.

— O senhor vai estar aqui quando eu acordar dessa vez?

Ele confirmou com a cabeça.

— Dorme bem, guria.

10

Entrei no quarto e virei a chave na fechadura tão silenciosamente quanto consegui. Coloquei a esfinge sobre a mesa de cabeceira e enfiei o crachá do meu pai na mochila. Apaguei a luz e, sem tirar a calça jeans, deitei na cama em que Lee tinha dormido, me enfiando debaixo da colcha vermelha e azul. Conseguia sentir o cheiro dele na roupa de cama, e aquilo me confortou. Àquela altura, ele já devia estar a meio caminho de Tingley.

Quando adormeci, sonhei com a sra. Harmon. A gente estava na mesa da cozinha dela, e a luz que passava pelos apanhadores de sol formava brilhantes manchas verdes e azuis no linóleo. Ela estava cortando a fatia de bolo que tinha me prometido.

— É de cenoura com cobertura de cream cheese — disse ela, orgulhosa, enquanto colocava o pedaço bem laranjinha de bolo num prato e me entregava. — Esse é o último bolo que fiz em vida, então ainda bem que ficou bom.

A sra. Harmon serviu duas xícaras de chá de um bule de porcelana enquanto eu devorava o bolo. Ficou me olhando comer, bebericando o chá com uma expressão pensativa no rosto.

— Ele não é um homem muito bom, né, querida?

— Quem? O Sully? — perguntei, e ela fez que sim com a cabeça. Levei a mão ao pescoço para esconder o medalhão dela dentro da camiseta. — Porque ele roubou o troféu do seu marido, a senhora diz?

— Essa é uma das razões.

— Ele me deu vários bons conselhos.

— Você se sente grata por ele?

— Sim. Acho que sim.

— Maren... — começou ela, pousando a xícara no pires antes de apoiar as mãos na mesa, com as palmas para baixo. — Às vezes, as piores coisas da vida são as que podem ensinar mais pra gente. Leve as partes boas com você, mas as partes feias... Bom, "bola pra frente que atrás vem gente", como meu Dougie costumava dizer. Tá entendendo?

— Acho que sim.

Ela assentiu.

— Não se preocupa com o medalhão, querida. Fico feliz de saber que você vai pensar em mim sempre que estiver com ele no pescoço. — Ela suspirou. — Só sinto muito por não ter conseguido te ensinar a tricotar.

— Sra. Harmon, preciso te contar uma coisa — comecei. Ela abriu um sorriso cheio de expectativa. Baixei o garfo e deixei as mãos caírem no colo. Tinha dado só um golinho no chá, mas a xícara estava vazia, e a senhora pegou o bule de novo e repôs o conteúdo até a borda. Fiquei encarando as mãos dela enquanto isso, e eram as mãos de uma pessoa muito mais nova. Achei que seria mais fácil dizer o que eu precisava dizer enquanto ela ainda servia o chá. Depois de toda a gentileza comigo, seria difícil olhar em seus olhos. — Eu sou igual a ele — sussurrei.

Com um suspiro deliberado, ela pousou o bule na mesa.

— Não, querida — disse, cobrindo minha mão com a dela. — Não, você não é.

A cozinha se dissolveu, assim como a sra. Harmon. Sua mão ainda estava sobre a minha, e fiquei observando desaparecer. Em seguida, me vi de novo sob a pilha de casacos no quarto de visitas de Jamie Gash, uma gola de pele fazendo cócegas na minha bochecha, e ouvi minha mãe me chamando. *Levanta, Maren. Acorda.*

Recém-desperta e confusa, me convenci, apenas por um momento, que, depois de tudo pelo que eu tinha passado, ela enfim mudara de ideia, e tinha ido atrás de mim e me encontrado usando algum tipo de instinto de localização materno. No segundo seguinte, despertei por completo, o coração querendo sair pela boca. Havia alguém no quarto, mas não era minha mãe. Eu devia ter sabido que trancar a porta não adiantaria de nada.

Sully estava sentado numa cadeira no canto do quarto. Não conseguia ver direito seu rosto.

— Vi que tu encontrou o crachá.

— Era do meu pai. — Recuei, apoiada nos cotovelos, me espremendo contra a cabeceira como se pudesse fugir dele. — Como ele foi parar com o senhor?

— Ele deixou aqui. — Sully coçou o queixo, o som lembrando o de unhas raspando numa lixa. — Teu paizinho é meu filho.

— Seu *filho*? — gritei.

Pela segunda vez naquela noite, senti que estava flutuando para longe de mim mesma. Não podia ser verdade. Não podia. *Além da vez com o vovô, nunca fiz o negócio dentro de casa.*

— A maldita entrou no carro e levou ele embora — dizia Sully. — Quando consegui alcançar a desgraçada, ela tinha perdido o moleque. O cara roubou meu filho de debaixo do nariz dela. — Ele bufou, cheio de ódio. — Ela era meio tapada... Ah, como era.

— Ela... Minha avó?

— Isso. — Ele tombou a cabeça de lado, como se estivesse fazendo a conexão pela primeira vez. — Num é que era?

— O que aconteceu com ela? — perguntei. Sully riu, uma risada fria e arrepiante. Foi sua única resposta. — O senhor sabia onde meu pai estava? Na época em que ele morou com os Yearly?

— Não tinha como tirar o moleque deles. Não sem armar um fuzuê, que era a última coisa que eu queria. Mas esperei demais. Ele tá escondido, e sabe que nunca mais vou conseguir chegar até ele. Mas, enfim, acho que não preciso mais, né?

— Como assim?

— Eu sabia que tu tava por aí. E já que num ia mais conseguir chegar nele, pelo menos podia achar *tu*. Eu tava te esperando, guria. O tempo todo — disse ele, devagar. — Tava esperando tu voltar.

Senti uma náusea estranha e gelada contorcendo meu estômago.

— Por que o senhor não me contou quem era?

Ele riu.

— Por que *tu* demorou tanto pra perceber?

Não falamos por um longo minuto. Enfim, perguntei:

— E era por esse momento que estava esperando?

Sully se ajeitou na cadeira, e ouvi seus ossos estalando.

— Um filho é um erro — falou ele. — Todos os filhos do mundo. Tu entende isso, não, guria?

— Não sei... — respondi, devagar. — Nesse caso, o que mais o senhor ia comer?

Sully riu.

— Agora sim tu tá usando a cabeça.

A língua do filho em conserva, o coração da neta num picadinho... Ele então exalou, e senti o bafo — cheirava como um campo de batalha um dia depois de um massacre, misturado a esgoto entupido e centenas de lixões, tudo numa baforada só. Dá para imaginar, né? O velho comia cadáveres e nunca escovava os dentes.

Eu não conseguia ver a lâmina em lugar nenhum, mas sabia que estava lá. Ele me mataria com a faca de bolso que tinha usado para descascar a maçã.

Sai, disse mamãe. *Sai, ou ele vai te prender com a roupa de cama.*

Desejava com frequência estar morta, mas não queria morrer *daquele jeito*. Chutei a colcha quando ele deu o bote na minha direção. Caiu sobre mim, mas não me agarrou direito — meus braços estavam presos, mas minhas pernas não. Senti a lâmina fria da faca no antebraço esquerdo.

— Você mentiu pra mim! — gritei. — Mentiu!

— Menti nada — chiou Sully, e o bafo fedorento no meu rosto quase me nocauteou. — Eu só como as pessoas quando elas tão mortas. Mas nem sempre deixo elas terem uma morte natural.

Por que perder todo aquele tempo me contando histórias? Me fazendo perguntas? Me *ensinando* a fazer coisas? De que aquilo tudo importava se ele iria acabar me comendo?

Diversão. Ou talvez só estivesse me engordando.

Agora liberta sua mão esquerda... Faz ele derrubar a faca... E tenta alcançar o troféu.

Ergui o joelho e comecei a chutar as pernas dele com o calcanhar. O esforço parecia inútil, mas fez Sully se distrair e afrouxar o aperto nas minhas mãos. Soltei a esquerda, empurrando a faca para longe pelo cabo, e continuei chutando enquanto estendia a mão na direção do troféu, na mesa de cabeceira. Ele tateou à procura da faca enquanto eu tateava pela esfinge. Meu coração martelava no peito quando fechei os dedos ao redor do troféu; agarrei a peça pela asa e a puxei acima da cabeça num arco. O golpe acertou a nuca do velho, que derrubou a faca.

— Vadia! — berrou ele. — Vadiazinha!

Sully cambaleou para trás e levou a mão à cabeça, e aproveitei para dar mais um golpe. Ele caiu em cima de mim, e senti o sangue quente e melado nos meus dedos. Derrubei a esfinge no chão, empurrei ele para o lado e rolei para fora da cama, pegando meus tênis enquanto fugia.

Olhando em retrospecto, sei que teria dado tempo de enfiar minhas coisas na mochila. Mas eu não tinha ideia de quão rápido ele iria se recuperar, então não tinha nem um segundo a perder. Corri pelos degraus rangentes de madeira do alpendre e voei floresta adentro, levando apenas meu diário nas mãos e a certidão de nascimento no bolso de trás da calça.

Eu não tinha a menor chance, claro. Mesmo que conseguisse correr três ou quatro quilômetros pela mata, na direção da estrada, não ia por nada encontrar uma carona no meio da noite. Sully viria atrás de mim com a caminhonete. Talvez até me atropelasse, e, no fim das contas, eu conseguiria o que tinha desejado naquela estrada no Iowa.

A trilha estava um barro só, e escorreguei mais de uma vez, mas me levantei e continuei correndo, respirando bem fundo pra afastar o pânico. Joelhos enlameados e mãos sangrando. Mesmo que *houvesse* alguém na estrada aquela hora da noite, ninguém em sã consciência pararia para me ajudar.

Estava quase chegando no fim do caminho de terra quando vi uma luz. Desacelerei conforme me aproximava, e a luz foi ficando mais nítida até eu entender que era um carro. Um carro vazio, com a porta do motorista escancarada.

Parei ao lado da porta aberta, tentando recuperar o fôlego, e me virei para ver se tinha alguém atrás de mim antes de me inclinar para olhar dentro do veículo. Era o sedã de Travis. O chaveiro do Pato Donald ainda estava pendurado na ignição.

Ergui a cabeça e percorri com o olhar a floresta banhada pela luz da lua. Não ousei chamar seu nome, mas tive a sensação de que não faria sentido. Ele não estava por ali.

O sol já estava nascendo quando cheguei à casa de Travis. Entrei em silêncio. Os copos de limonada e o prato de biscoitos ainda estavam sobre a mesa de centro.

Tirei a camiseta e o jeans e joguei tudo na lavadora. Depois entrei no chuveiro, abri a água na temperatura mais quente que conseguia suportar e chorei. Eu não tinha mais um porto seguro agora.

Não podia nem ficar muito mais tempo ali. Travis faltaria ao trabalho, e alguém iria procurar por ele. Esfreguei as mãos com bastante sabonete, usando o xampu barato e a toalha felpuda do dono da casa, e me olhei no espelho como se fosse outra pessoa, uma sem nomes escritos no coração. Estava farta de fingir que era normal.

Quando saí do chuveiro, bochechei o Listerine de Travis. Botei as roupas na secadora e andei pela casa. O andar de cima consistia num único quarto com teto inclinado e janelas triangulares com um telhadinho em cima; havia várias fotos dos pais dele sobre a cômoda e a mesa de cabeceira, e uma manta florida cobria a cama. Talvez ele tivesse herdado o quarto depois da morte da mãe.

Peguei uma mochila que achei pendurada no armário e abri todas as gavetas da cômoda. As roupas dele eram grandes demais para mim, mas eu precisava de dinheiro, e Travis parecia ser do tipo que guardava umas economias no fundo da gaveta de meias.

Me enganei. O dinheiro não estava na gaveta, e sim no armário, enrolado na ponta de um sapato surrado de couro. Me sentei na cama, o cabelo pingando na colcha, e contei setecentos dólares.

Precisei limpar o volante antes de dar a partida no carro. Queria ir até Tingley, atrás de Lee, mas não sabia o que falar para ele. E se um "Bem que você avisou" não melhorasse as coisas? E se ele não quisesse mais ser meu amigo?

Eu sabia que não devia ir. Mas fazer coisas que eu não deveria era basicamente minha especialidade.

Em comparação à caminhonete, o carro de Travis era fácil de dirigir. Aprendi sozinha a abastecer quando precisei, e tomei sempre o cuidado de ficar dentro do limite de velocidade. Soltava um suspiro de alívio toda vez que uma viatura da polícia rodoviária passava por mim sem me parar. Naquela noite, fiz o que Lee e eu costumávamos fazer — encontrei um parque, mas parei distante da área de acampamento. Depois fui para o banco de trás e me enrolei numa manta de lã piniquenta que tinha encontrado no porta-malas.

Quando adormeci, sonhei com Sully. Estava de volta ao quarto de Viz Itas da sra. Harmon, soterrada pela escuridão, mas dessa vez não consegui me livrar das roupas de cama a tempo e ele me prendeu para eu não conseguir chutar. Com uma mão, prendeu meus dois punhos contra o travesseiro, e, com a outra, pegou a esfinge. Ergueu a peça acima da cabeça, e vi o luar refletindo nas asas de bronze. "Não tem como escapar assim tão fácil, guria", disse ele, e acordei logo antes de o troféu atingir meu rosto.

Foi só quando cheguei a Tingley que me toquei que não sabia o sobrenome de Lee, então fui até a escola. Era época de férias de verão, mas a secretaria estava aberta. Uma moça simpática discou o número de Kayla e me passou o fone.

— Oi — falei. — Aqui é a Maren... a amiga do Lee, sabe? Que você viu aquela vez na casa da sua tia?

— Ah, sei — disse ela, devagar. — Lembro.

— Eu queria ter falado "oi" aquele dia, mas...

— Sim — cortou ela. — Tudo bem. Meu irmão tá com você?

— Quer dizer que ele não tá aqui, então?

— Ele não voltou desde aquela vez que você estava junto. — Kayla fez uma pausa. — Ele tá bem?

— Tenho certeza de que tá sim. A gente... meio que brigou. Acho que eu só queria vir e fazer as pazes com ele.

— Ele te disse que estava voltando pra casa?

— Isso. Mas provavelmente se enrolou em algum lugar. Talvez tenha encontrado um trabalho.

— Verdade — falou ela. — Pode ser.

Eu precisava contar outra coisa para ela, mas não sabia como começar. Por sorte, ela me poupou o esforço.

— Preciso ir pro trabalho agora, mas o que acha de me encontrar lá mais tarde pra gente conversar? Meu expediente termina às oito — continuou ela. — Se quiser, acho que consigo descolar sorvete de graça pra você.

Sorri para o fone.

— Valeu — falei. — Eu ia adorar.

Kayla cumpriu com a palavra e me encontrou no estacionamento da Sorveteria Halliday's com uma casquinha dupla sabor pasta de amendoim com calda de chocolate. Entrou no banco do passageiro. Entre lambidas, perguntei:

— Você passou na prova pra tirar habilitação?

Ela assentiu.

— Precisei emprestar a caminhonete do meu amigo, então fiquei um tiquinho nervosa, mas deu tudo certo. Lembrei de parar nos PARE e tudo o mais. O Lee disse que, se eu aprendesse a fazer baliza naquela caminhonete, ia dar conta da prova, e ele estava certo.

Sorri.

— Que ótimo.

Ela baixou o quebra-sol e se olhou no espelho.

— Pelo jeito, você também já tirou carta — disse ela. Quando neguei com a cabeça, Kayla arregalou os olhos. — Então você tá dirigindo por aí sem documento?

— Nunca fui parada nem nada. Seu irmão é um bom professor.

Ela abriu um sorriso triste e ficou me olhando enquanto eu terminava de tomar o sorvete. Depois que comi o último pedacinho da casquinha, me senti pronta para contar para ela o que mais eu tinha ido fazer em Tingley.

— O Lee disse que queria que você tivesse um carro — falei.

— Então quero que você fique com esse. Pede pro Lee trocar as placas da próxima vez que estiver aqui — sugeri. Kayla só ficou me encarando, de boca aberta. — Mas, por favor, não me pergunta de quem era o carro. Não foi roubado, e isso é tudo que você precisa saber.

Na manhã seguinte, ela botou cereal de chocolate em duas cumbucas, e tomamos café sentadas nos degraus do alpendre.

— Você podia ficar por aqui um tempinho — disse Kayla. — Até o Lee voltar. Minha mãe não ia ligar.

A mãe dela não voltava para casa desde que cheguei.

— Valeu — respondi. — Isso é bem gentil. Mas acho que o Lee não ia querer que eu ficasse.

Ela fez uma careta.

— Também acho. Só não consigo entender por quê.

— Você é a pessoa que ele mais ama no mundo. Ele quer te proteger.

— Proteger de quê? — indagou ela, e suspirei. — Tem a ver com a Rachel, não tem? Ele te contou sobre ela? — Quando assenti, ela continuou, tristonha: — Eu gostava da Rachel.

— O Lee me disse que ela ainda tá internada.

— Eu tentei visitar ela uma vez, depois que tudo aconteceu — falou Kayla. — Mas não me deixaram entrar.

— Meu pai tá num lugar parecido. — Misturei o leite achocolatado no fundo da tigela de cereal. — Num hospital chamado Bridewell, em Wisconsin.

Kayla pousou a cumbuca no chão e deu um tapinha no meu ombro.

— Sinto muito.

Tomei uma ducha e vesti uma troca de roupas dela. Pensei em pedir uma camiseta preta, mas pensei melhor e mudei de ideia.

Ela me deu uma carona até a estrada interestadual, e saí com a mochila de Travis cheia de comida, outra troca de roupa e dois livros de Madeleine L'Engle que Kayla tinha desenterrado das coisas dela para mim.

Ela desligou o carro.

— Tem certeza absoluta de que quer me dar seu carro?

— Tenho.

— Pra onde você vai?

— Acho que vou arrumar um jeito de voltar pro Bridewell.

— Pra visitar seu pai? E depois?

Encolhi os ombros. Voltar para Wisconsin era como cair direto nas garras de Sully, mas eu não sabia mais para onde ir.

— Quando o Lee vier, vou falar pra ele te encontrar lá.

Sorri quando ela desceu do carro e deu a volta para me abraçar. Foi gentil da parte de Kayla, mas eu não tinha por que ter esperanças de que ele fosse dar ouvidos à irmã.

Por milagre, não tive problemas em arrumar uma carona. No segundo dia já estava chegando a Oberon, Kentucky, onde o casal de meia-idade com o qual eu estava viajando me mimou com um bolo de carne à moda da casa e um sundae com calda de chocolate num restaurante vinte e quatro horas. Graças às economias de Travis, fiquei num hotelzinho de beira de estrada, tomei um banho demorado e caí no sono com a TV ligada.

Na manhã seguinte, saí para caminhar nas colinas. Atravessei uma ponte coberta de madeira que passava por cima de um riachinho, vendo varais cheios de roupa aqui e ali ao lado de casebres rurais. Não sabia para onde estava indo, mas, pela primeira vez em semanas, não estava ansiosa. Passar um tempinho com Kayla tinha me ajudado a me sentir melhor sobre várias coisas. Se nunca mais visse Lee, seria até melhor para ele. Travis tinha conseguido o que queria, e se Sully queria acabar comigo — então que viesse. Eu estaria pronta.

Cheguei a uma curva na estrada e parei para admirar a vista. Um velho celeiro vermelho se erguia diante de uma campina — um campo, na verdade, mas que não parecia ter sido arado havia anos. Além dele, para todos os lados, se estendia uma mata densa de pinheiros que ia até a cume do relevo à distância.

O celeiro pertencia a uma fazenda do outro lado da pista. A casa e o pátio eram protegidos por uma cerquinha branca de madeira num estado lastimável de conservação, e a construção em si não estava lá em condições muito melhores. Algumas janelas estavam quebradas, e, colado na porta da frente, havia um aviso de interdição castigado pelas intempéries. Ninguém morava ali havia anos.

Ergui o ferrolho do portãozinho de madeira e caminhei pelo lugar. Havia um poço coberto nos fundos e um puxadinho cheio de ferramentas enferrujadas. Peguei uma machadinha e a sopesei na mão. Uma horta modesta, cercada de aramado, ainda exibia aqui e ali uns chumaços de manjericão e alecrim em meio a ervas daninhas e mato alto.

Atravessei a estrada para conferir o celeiro do outro lado. O ferrolho estava emperrado e, quando consegui abrir a porta, pássaros abrigados entre as vigas expressaram seu descontentamento. As baias do estábulo estavam vazias, mas o espaço ainda tinha um cheiro adocicado de feno e esterco, e a escada que levava até o mezanino parecia robusta o bastante para aguentar meu peso.

248

Subi e olhei as árvores pela janela. Não podia ter pedido um refúgio melhor.

Voltei pela estrada e comprei uma barraca, um saco de dormir, um galão de água e alguns outros itens de uma lojinha militar perto do hotel onde havia passado a noite. Dessa vez, lembrei de pegar um abridor de latas.

Por semanas, vivi à base de feijão enlatado e dos restos da horta, dormindo na minha nova barraca montada no mezanino com a machadinha ao lado. Nos meus sonhos, meu pai me procurava e sorria enquanto estendia a mão. Eu abria a boca, e ele a enfiava dentro dela. Eu corria pelos corredores labirínticos, as paredes pichadas com palavras, e os encontrava um por um, todos eles, me esperando no escuro. Até Sully, caído no chão com as costas contra a parede, me analisando de cima a baixo com um olhar exausto antes de oferecer o pescoço.

Segui pela rodovia até uma farmácia e comprei dois Listerines do grande, e naquela noite me afoguei num oceano de enxaguante bucal sabor canela. Quando acordei, ainda sentia a queimação no nariz.

Algumas tardes, sentada no telhado do celeiro enquanto olhava para a estrada com um dos livros de Madeleine L'Engle no colo, avistava uma caminhonete vermelha e enferrujada virando na curva da estrada e esquecia o que tinha sonhado, o coração querendo sair pela boca de repente. Em outras, me imaginava vivendo daquele jeito para sempre, sem machucar nada nem ninguém enquanto dava bom-dia e boa-noite para o sol todos os dias, traçando minhas próprias constelações inventadas.

Mas claro, alguns dias chovia, ou eu encontrava um sapo morto no poço, ou algum vizinho chegava perto demais para o meu gosto, e eu mudava de ideia sobre morar ali indefinidamente. Não havia sebos pela área, e na casa da fazenda não encontrei nada além de uma vela, uma pilha de revistas de mais de dez anos e uma caixinha de fósforo.

Assim, na última semana de julho, juntei minhas tralhas e desci a escada do celeiro pela última vez, deixando a machadinha no chão do palheiro. Ela fazia eu me sentir segura, mas não tinha como pegar carona com um troço daquele em mãos.

Uma caminhoneira — uma fã dos Beatles que basicamente vivia à base de Red Bull e daqueles biscoitinhos de pasta de amendoim de embalagem laranja — me deixou em Tarbridge três dias depois. Andei até o Bridewell, esperando que a caminhonete preta estivesse no estacionamento, mas já nauseada pela certeza de que não estaria.

E ela não estava lá.

Não estava lá.

E então estava.

Encontrei Lee com as pernas penduradas para fora da caçamba, o chapéu de Barry Cook protegendo os olhos do sol da tarde. Estava com uma latinha de Pepsi numa mão e uma revista na outra. Cheguei por trás da caminhonete, larguei a mochila no cascalho, dei uma boa olhada nele e cobri o rosto com as mãos.

— Ei. — Senti as mãos dele pousando de leve nos meus ombros. — Ei. Tá tudo bem. Eu sabia que a gente ia se trombar de novo.

Queria que ele me abraçasse, mas tive que me satisfazer com seus dedos acariciando meu cabelo, me fazendo cafuné e ajeitando os fios como se eu fosse uma criancinha chateada.

Eu não sabia o que dizer, então falei:

— O que você estava fazendo?

— Ah, sei lá. Sendo útil. — Lee abriu um daqueles sorrisos astutos dele. — Encontrei um mecânico que precisava de uma mãozinha a mais, então fiquei com ele por algumas semanas. — Olhou para minha mochila nova e franziu a testa. — O que aconteceu com a mochilona?

— Perdi.

— Com tudo dentro? — indagou ele, e fiz que sim com a cabeça. — Até o ET?

— Até o ET.

Ele deu de ombros.

— Poxa vida.

Enxuguei os olhos com a palma das mãos.

— Que coincidência a gente ter vindo pra cá na mesma hora.

— Coincidência nada — falou ele, mas sorriu. — Faz uma semana que venho e fico sentado aqui, todos os dias. E isso que nem tenho um tricozinho pra passar o tempo.

Apoiei as mãos no compensado de madeira e puxei o corpo para me sentar ao lado dele. Ele abriu outra lata de refrigerante e a entregou para mim.

— Eu não tô mais fazendo tricô — falei.

— Por que não?

Pensei na mulher na cadeira de rodas no Bridewell, e nos novelos e nas agulhas da sra. Harmon enfiados no armário de Sully junto com as tralhas de outras pessoas.

— É uma longa história.

— Valeu por ter dado o carro pra Kayla. Foi muito importante pra mim.

Claro que foi. Por isso que eu tinha feito aquilo.

— Imagina — respondi. — Você arrumou placas novas pra ele?

Ele assentiu.

— Onde conseguiu o sedã? — Ele olhou para mim, curioso. — Ou prefere nem falar?

— Eu não comi o dono — respondi.

— Então quem comeu?

Em vez de explicar, dei um gole no refri.

— Você chegou a voltar pro chalé do Sully? — questionei, e ele negou com a cabeça.

— E você?

Assenti.

— Quem dera você também tivesse.

E contei tudo para ele.

— *Falei* pra você que isso de família é superestimado — falou Lee, enfim.

Enfiei as mãos nos bolsos da calça jeans e chutei uma pedrinha.

— Eu fui bem sem noção, né? — perguntei.

Lee fez que não.

— Tô feliz que você tá bem — disse ele.

— Por enquanto, ao menos.

— Quanto tempo faz...? Pouco mais de um mês? Você não acha que ele já teria te achado a essa altura? Ele encontrou a gente facinho lá no festival.

— Você acha... Você acha que posso ter matado ele?

Lee deu de ombros.

— Definitivamente dá pra matar uma pessoa acertando a cabeça dela com bastante força. Você não tinha pensado nisso ainda? — perguntou. Neguei com a cabeça e inspirei, trêmula. — Se eu fosse você, não ia nem me sentir culpada. Era você ou ele. — Depois de uma pausa, Lee perguntou: — E aí, vai visitar seu pai?

Não respondi de imediato. Olhei para o homem atrás do vidro da guarita da entrada, e, além da cerca, para a construção de três andares infinitos com janelas bloqueadas por grades. Pensei no meu pai sentado naquela cadeira com o fantasma da mão direita escondido sob a manta, o rosto seco de vez em quando por algum funcionário que não se importava com quem ele era ou que tipo de vida havia levado. Eu tinha percorrido todo aquele caminho até o Bridewell, mas na verdade não tinha nenhuma intenção de voltar a entrar na instituição.

Lee olhou para mim e assentiu.

11

Fomos de carro até o Parque Nacional Laskin. A alta temporada estava chegando, e, com tanta gente por perto, dormir na cama da caçamba parecia menos interessante do que simplesmente pagar a taxa para acampar como qualquer outra pessoa. À noite, sozinha na escuridão da minha barraca, eu fechava os olhos e via as fotos do verão perfeito dos meus pais passando diante dos meus olhos. Queria que Lee ou eu tivéssemos uma câmera fotográfica.

Depois, já perto do fim de agosto, tivemos que dar adeus à caminhonete de Barry Cook.

Naquela manhã, a gente tinha decidido ir até o condado de Door para pescar, e estávamos a poucos quilômetros do parque quando o motor engasgou pela última vez, forçando Lee a parar no acostamento. Ele passou quase uma hora debaixo do capô, e, quando enfim me disse qual era o problema, não entendi bulhufas. Ele não sabia consertar aquilo sozinho, o que quer que fosse, e a gente não podia chamar um guincho por diversas razões.

— Não é culpa sua — falei, enquanto a gente tirava nossas coisas da caminhonete pela última vez.

Mesmo assim ele continuou azedo, e não falou muito enquanto caminhávamos.

Lee erguia o polegar sempre que algum carro passava, mas demorou mais de meia hora até alguém parar. O veículo encostou

um pouco à nossa frente, e uma jovem loira de óculos de sol cor-
-de-rosa enfiou a cabeça para fora da janela do motorista.

— Oi, gente. O carro de vocês quebrou, é?

A gente se aproximou, e Lee espiou desconfiado pela janela do banco de trás. Havia caixas de armazenagem transparentes empilhadas até o teto.

— Eu tô voltando pra facul — disse ela. — Mas tá tudo bem, a gente arruma espaço. Pra onde vocês estão indo?

— Pra onde você estiver indo — respondeu Lee.

Ela saiu do carro e abriu um sorrisão.

— Isso é que eu chamo de caroneiro tranquilão.

Lee nos apresentou para Kerri-Ann Watt, que estava indo cursar o último ano na Universidade de Wisconsin-Madison. Ela mal me olhou, e seu aperto de mão era mole como macarrão que passou do ponto. Se fosse só eu na estrada, ela teria passado reto — razão pela qual acabei indo toda espremida no assento de trás enquanto Lee ia no banco do passageiro. Ele sorria para mim por cima do ombro de vez em quando. Kerri-Ann perguntou todo o tipo de coisa sobre a vida dele, e eu precisava cobrir o sorriso sarcástico com a mão toda vez que ele mentia.

Chegamos em Madison pouco depois das quatro da tarde, e Lee e eu ficamos esperando no carro enquanto Kerri-Ann registrava sua chegada e pegava as chaves do quarto. Estudantes com camisetas e bonés com a mascote da universidade, um texugo, andavam de um lado para o outro, todos rindo e gritando pelo estacionamento, cheios de abraços e cumprimentos animados.

— Vocês não têm lugar pra ficar, têm? — perguntou Kerri-Ann assim que voltou. — Podem ficar comigo se quiserem. Me deram um quarto individual. — Abriu um sorrisinho para Lee. — Só precisam me ajudar com a mudança.

— Fechou — disse ele. — Vai ser rapidinho em três.

Subimos as escadas e deixamos as coisas no quarto dela. Eu nunca havia estado num alojamento estudantil, mas tive a impressão de que aquele era um bem comum: paredes simples de blocos de concreto, chão de linóleo cinza, móveis de compensado de madeira. Esperamos Kerri-Ann pendurar pôsteres — Lee revirava os olhos cada vez que ela desenrolava um, com a foto do Tom Cruise em *Negócio arriscado* ou da banda Right Said Fred — e depois seguimos até a pizzaria do campus para jantar. Kerri-Ann seguiu pelo caminho que margeava o lago, sempre alguns passos à minha frente para ficar ao lado de Lee, e tocava seu braço sempre que queria mostrar algo. Aquilo já estava começando a me dar no saco. Na manhã seguinte, a gente ia ter que descobrir o que ia fazer — e, o que quer que fosse, não teria nenhuma relação com Kerri-Ann Watt.

— Você é tão habilidoso com as mãos, Lee... — disse ela quando voltamos ao quarto. — Se incomoda de montar a estrutura da minha cama? Vai levar só uns minutinhos. Enquanto isso, vou desembalando meus itens femininos. Quer ajudar, Maren?

Kerri-Ann fechou a porta do banheiro atrás da gente e começou a dispor os itens de higiene e os cosméticos na pia.

— Essa é minha parte preferida de começar um ano letivo novo — falou ela. — Organizar meus produtos de beleza.

— Você tem um montão de maquiagem.

Ela riu.

— Do jeito que você fala, parece que é uma coisa ruim.

— Não sei pra que isso tudo. Você já é linda.

Ela não me agradeceu pelo elogio, só continuou organizando os potinhos, bastões e frascos. Fiquei só observando, e na minha cabeça eu agarrava sua tesoura de unha.

Depois de alguns minutos, Kerri-Ann pareceu satisfeita com o resultado e olhou para mim, como se me avaliasse.

— Você podia ser atraente se fizesse um esforcinho, sabia?

Cruzei os braços e a encarei através do espelho.

— E agora você vai me dizer que eu não devia usar roupa preta o tempo todo, porque me faz ficar pálida e parecer rabugenta e profundamente infeliz, e ninguém vai querer fazer amizade comigo assim.

— Bom, se já te falaram isso antes, não acha que é uma coisa pra pensar?

— O Lee fez amizade comigo. Ele não se importa com o que visto ou passo na cara.

— Aaaah. — Kerri-Ann puxou uns fiapos do meu cabelo e os ajeitou atrás da minha orelha. — Era isso que eu estava tentando entender.

— O Lee não gosta de mim nesse sentido.

— É o que você diz. Mas não existe isso de amizade entre garotos e garotas.

— Nunca aconteceu nada entre a gente. E ele acha que eu sou uma criancinha, de toda forma.

— Mas por quê? Quantos anos você tem?

— Dezesseis.

Kerri-Ann riu.

— E ele? Uns vinte?

— Dezenove.

— Sem problemas — disse ela, pegando um pote de plástico. Enfiou o dedo dentro dele e espalhou um pouco da meleca rosa nos lábios. — Gosto de carinhas um pouco mais novos.

Lee estava terminando de montar a cama quando saímos do banheiro. Segundo o relógio da mesinha de cabeceira, era onze e trinta e três. Ali estávamos, quase perto da hora de ir dormir, e eu não fazia ideia de onde eu ia deitar.

Kerri-Ann subiu na cama e apontou para uma caixa no chão, ao lado da escrivaninha.

— O colchão de ar tá ali. Lee, não quer inflar ele pra você? Tem uma bombinha elétrica, então não precisa assoprar pra encher. Maren, acho que você vai ficar mais confortável num dos sofás lá na área comum, no fim do corredor. São bem confortáveis; eu já dormi neles várias vezes enquanto assistia a algum filme.

Lee olhou para mim, incerto.

— Escuta, que tal eu encher o colchão pra Maren e...

— O colchão tá furado — disse Kerri-Ann, sem pestanejar. — Não quer que a Maren tenha uma noite confortável? — indagou ela. Não tinha como eu reclamar sem transformar aquilo numa *ceninha*, então não falei nada quando Kerri-Ann jogou uma manta cinza toda esfarrapada para mim. — Até amanhã cedo.

A área comum estava toda apagada. Com a ajuda da luz dos postes que entrava pela janela, vi uma pequena cozinha com geladeira num canto, uma TV enorme em outro e alguns sofás espalhados pelo cômodo. Escolhi um e me acomodei nele. O estofado cheirava a cerveja e meia suja.

Visualizei Kerri-Ann desabotoando a camisa de Lee e a jogando no chão ao lado do colchão de ar desinflado. Vi ele correndo os dedos pela pele nua dela. *Você é tão habilidoso com as mãos, Lee...* Revirei os olhos no escuro e tentei com todas as forças esvaziar minha mente. Quando adormeci, me vi correndo naqueles corredores em zigue-zague com Kerri-Ann perdendo a dianteira em relação a mim, tropeçando nos saltos de bico fino cor-de-rosa.

Quando dei por mim, alguém estava iluminando meu rosto com uma lanterna.

— Você não devia estar aqui — disse uma voz incisiva, porém gentil. — A área comum tá fechada. Você mora nesse alojamento?

Ergui a mão para proteger os olhos, e a pessoa desviou o feixe do meu rosto um instante antes da luz do teto acender. Havia uma pessoa parada na área da pequena cozinha, alta e robusta, o cabelo raspado bem rente à cabeça. Demorei um segundo para perceber que não era um homem, e sim uma guardinha mulher.

— Eu sou amiga da Kerri-Ann Watt. — Quase engasguei no *amiga*. — Ela mora no quarto dois dois nove.

— Você preencheu o cadastro de pernoite como convidada? — ela respondeu, enunciando as palavras com esmero; inglês não era sua língua nativa.

— Então... eu não sabia que precisava preencher um cadastro.

— Pega suas coisas, por favor. A gente vai dar uma passada no quarto da sua amiga.

Segui a vigia pelo corredor, arrastando a coberta atrás de mim.

Ela bateu com firmeza na porta de Kerri-Ann, depois esperou uns segundos e bateu de novo. Enfim ouvimos passos se aproximando.

Kerri-Ann abriu a porta. Olhei por cima do ombro dela e vi que a cama estava vazia. O colchão de ar também estava murcho no chão de linóleo.

— Pois não?

— Encontrei essa moça dormindo na área comum. Ela disse que é sua amiga.

Kerri-Ann me olhou de cima a baixo com a expressão neutra.

— Não, sinto muito. Não conheço essa garota.

Abri a boca para protestar enquanto a guarda pedia desculpas e Kerri-Ann fechava a porta, disparando um olhar de triunfo na minha direção pelas costas da mulher.

— Mentir não é legal, mocinha. Agora vou precisar denunciar você. Vai receber uma multa da segurança do campus.

— Eu não menti — falei, cansada. — Quem tá mentindo é a Kerri-Ann, porque quer meu amigo só pra ela. — Devia ter usado aquela tesoura de unha quando tive a oportunidade.

A vigia olhou na direção da porta de Kerri-Ann e depois para mim de novo enquanto avançávamos pelo corredor na direção do luminoso vermelho escrito SAÍDA, e percebi que não era uma questão de acreditar em mim ou não. Ela não dava a mínima para nada daquilo. Só estava fazendo seu trabalho, e se eu desaparecesse naquele instante ela só daria de ombros e continuaria a ronda como se nada tivesse acontecido.

— Agora a gente precisa passar no posto da segurança do campus — disse ela, enquanto descíamos as escadas. — Fica a duas quadras daqui.

Acompanhei a guarda até a base da escadaria, mas quando ela virou numa esquina corri para o lado oposto. Sabia que não viria atrás de mim.

Caminhei por mais algumas quadras na direção do lago e sentei num banco que dava para a água. Ainda demoraria algumas horas para o sol nascer. Minha mochila tinha ficado no quarto de Kerri-Ann, eu não tinha nada comigo além da manta esfarrapada e não sabia o que fazer naquela situação. Vivia como uma sem-teto havia meses, mas foi só naquele momento que me senti assim.

Devo ter cochilado, porque de repente amanheceu e Lee estava sentado ao meu lado. Alguns corredores matinais trotavam de um lado para o outro, e me senti nua e ridícula sob aquela manta velha. Minha garganta estava doendo.

— Onde você estava? — perguntei, exausta. — Não te vi lá com ela.

— Foi mal, Maren. Eu nunca deveria ter deixado as coisas chegarem a esse ponto. Ela foi uma peste desde o instante que a gente pegou carona, mas não achei que seria tão idiota *assim*.

— Ela te contou o que fez?

— Não precisou.

— Deixei a mochila lá no quarto dela. Você acha que consegue ir lá buscar pra mim?

— Você mesma pode ir buscar se quiser. Mas a gente não precisa ir embora tão cedo. — Ele suspirou, e enfim senti: um fedor, encoberto por um cheirinho de menta. Lee provavelmente tinha usado a escova de dentes dela. — Agora tudo naquele quarto pertence a você.

Usei todas as peças pretas de Kerri-Ann, inclusive as calcinhas, e todo dia usava a carteirinha dela para entrar na biblioteca da universidade. Ninguém nunca conferia se eu era a pessoa na foto. Eu só mostrava o cartão para um estudante de expressão entediada no balcão e passava pela catraca, entrando na maior biblioteca que já tinha visto.

Depois de algumas horas lendo, eu ia dar uma volta por entre as estantes para esticar as pernas, e os carrinhos de reposição estavam sempre cheios com montes de livros que precisavam ser recolocados no lugar. Eu tinha a impressão de que nunca havia alguém por perto encarregado daquela função, então comecei a me ocupar com aquilo. Organizar os livros lidos por outras pessoas me tranquilizava.

Não via muito Lee ao longo do dia. Para onde quer que fosse e o que quer que fizesse, ele sempre terminava passando num McDonald's ou num Burguer King, e me trazia um hambúrguer e um milk-shake de morango pro jantar.

Eu não sabia quanto tempo ainda conseguiríamos seguir fazendo aquilo, mas sempre parecia que a temporada estava no fim só porque eu *gostava* daquela vida. Gostava daquela cidade. Gostava do campus. O refeitório meio que imitava uma cabana de caça alemã, com um monte de madeira escura e letras góticas, e quando o clima estava bom a gente podia levar a bandeja para comer numa sacada voltada para o lago.

As pessoas eram simpáticas também, embora eu não conseguisse conversar com elas. Cheguei a ver algumas vezes três meninas tricotando juntas na sacada, e um dia uma delas me pegou olhando. Sorriu e disse:

— Você tricota?

Neguei com a cabeça.

— Eu tentei aprender, mas não levo muito jeito, não.

— Ah, todo mundo tem essa sensação no começo. — A menina se inclinou e deu um tapinha na cadeira ao lado dela. — Senta, eu te ensino como faz, você aprende e ponto-final.

— Rá! — exclamou uma das amigas. Todas continuavam tricotando enquanto a gente conversava. — E *ponto*-final!

— Não tô com tempo agora — murmurei.

— Ah, tudo bem. — Ela pareceu decepcionada. — Bom, a gente tá sempre tricotando juntas, então pode vir quando quiser.

— A gente não é um clube de tricô propriamente dito — falou a outra menina. — Mas o tanto de papo que a gente bate compensa.

— As pessoas acham que isso é coisa de vovozinha. — A primeira garota suspirou. — Mas vem da próxima vez, se puder. É só trazer a lã e suas agulhas.

Assenti e tentei sorrir enquanto me afastava da mesa.

Não dava para acreditar. Elas eram legais *demais*.

Na hora de ir para a cama, Lee sempre enchia o colchão inflável, mas eu às vezes acordava no meio da madrugada e o encontrava vazio de novo. Ou ele tinha encontrado um esconderijo na área comum ou estava dormindo no banco traseiro do carro de Kerri-Ann. De vez em quando, o encontrava no banho quando eu acordava, e em outras manhãs ele já nem estava mais por perto. Eu tinha oferecido a cama para ele mais de uma vez, mas Lee nunca aceitava. Ele pegava alguma coisa de Kerri-Ann, uma escova de cabelo ou um top de academia, suspirava e dizia:

— Alguém devia me papar um dia desses. Eu bem que mereço.

E eu bronqueava:

— Não fala essas coisas.

— Por que não? Por que não posso falar essas coisas?

Eu não respondia. Nunca conseguia pensar numa boa resposta.

No dia seguinte, como sempre, me sentei numa das mesas da biblioteca. Li e escrevi por algumas horas antes de ir ao banheiro.

Quando voltei, encontrei algo dentro do livro que tinha deixado aberto, e de imediato meu cérebro se recusou a reconhecer aquilo.

Uma coisa comprida e branca.

Peluda.

Presa a algo que parecia uma pulseira com um pingente.

Peguei o objeto na mão porque, mesmo olhando melhor, não conseguia entender o que era. O pelo estava meio grudado com sangue seco numa das pontas, onde havia um corte.

Rabo. Rabo de gato. Do gato da sra. Harmon.

Ouvi um tilintar baixinho quando derrubei o rabo no chão, e percebi que ele não estava preso a uma pulseira, e sim a uma coleira. Ajoelhei e olhei a medalhinha. BICHANO, dizia. E, no verso: HARMON — AV. SUGARBUSH, 217 — EDGARTOWN, PA. Num piscar de olhos, me vi de novo no quarto de Viz Itas, fechando a porta para manter o lindo gato branco da sra. Harmon para fora.

Eu devia ter deixado ele entrar.

A biblioteca estava lotada de alunos, e, se perceberam que havia algo errado, não demonstraram. O silêncio pareceu mais intenso. Era como se todos tivessem virado manequins, mas eu conseguia sentir o olhar de Sully sobre mim. Meu estômago se revirou, e minhas mãos começaram a vibrar com o impacto repugnante do bronze se chocando com um crânio.

Eu poderia esconder o rabo do gato e continuar sentada lá, em público, onde Sully não poderia me pegar. Mas a biblioteca não ficaria aberta para sempre.

Fechei o livro e o deixei em cima da mesa pela primeira vez, depois peguei o rabo do gato e o joguei às pressas na lixeira mais próxima. Era uma tarde perfeita de sol, e por toda a quadra havia pessoas jogando frisbees ou se bronzeando. Não me virei para olhar para trás. Só continuei voltando para o alojamento.

Subi as escadas até o primeiro andar e me sentei no patamar. Atrás das portas duplas, os corredores estavam vazios. Esperei o som dos passos dele ecoando nos degraus.

A porta lá embaixo abriu e fechou, e então vieram as passadas, lentas e constantes. Fechei os olhos e ouvi minhas mãos se agitando e meu coração retumbando. Já tinha vencido Sully uma vez, mas era difícil ignorar o velho medo.

Quando voltei a abrir os olhos, ele me fitava com um olhar perverso, e não entrava na minha cabeça como eu fui capaz de confiar nele algum dia. A faca de bolso brilhava em sua mão — aquela mão horrível, as unhas manchadas de sangue.

— Ora, ora. Tu sabe que andou se comportando mal, e é meu trabalho como avô te dar um corretivo. Num acha, guria?

Suspirei.

— Você podia ter feito isso um mês atrás.

— Precisei recuperar as forças. Além disso, como é aquela história do prato que se come frio? Vai, levanta. Agora. — Brandiu a faca na direção da porta atrás de mim. — Já me meti em problema demais, num preciso de outros.

Sully me seguiu até o quarto de Kerri-Ann e fechou a porta com a tranca. Me empurrou na direção da cama; eu não conseguia parar de olhar por cima do ombro dele, mas era inútil. Lee ainda demoraria algumas horas para voltar. O sol estava se pondo, enchendo o quarto de sombras.

— Escuta, se tu olhar pra porta de novo, te corto no meio. Tá entendendo?

Assenti. Por que usar uma faca? Saturno nunca tinha precisado de uma.

Sully virou a cadeira da escrivaninha de frente para mim e sentou. Começou a limpar a unha com a lâmina, jogando casquinhas de sujeira e sangue seco no chão.

— É a segunda vez que teu namoradinho não surge com uma capa pra te salvar. — Sully abriu um sorriso maldoso. — Que belo namorado, ele.

— Ele tá pra chegar — falei.

— Nada. Eu dei um jeito nele.

Naquele momento, senti pena do velho. Era como se ele não tivesse se olhado no espelho nos últimos quarenta anos. Pensei, também, em como mamãe tinha se importado comigo e me protegido. Sully jamais saberia como era ser amado — ou algo próximo disso.

— Quer dizer que matou ele? — perguntei.

Sully gargalhou.

— Cortei a garganta do moleque e jantei mais cedo.

Era mentira. Eu não precisava nem torcer para que fosse.

— Você me seguiu até a casa do Travis? Ficou me observando enquanto eu acamp...

— Olha, só cala a boca, guria. Tu num tem nada pra falar além de implorar por misericórdia antes que eu te espete com isso aqui. — Ele fez uma careta de dor, esfregando a nuca. Havia um hematoma feio na região, como uma mancha preta num pêssego, e uma linha irregular marcava o ponto onde a quina do troféu tinha rasgado a pele. Estava com menos cabelo do que um mês antes. — Tu me acertou forte, e depois daquilo, num ando muito bem. Num tô só esquecendo as coisas, esqueço também onde eu tô e o que tô fazendo. Às vezes, não consigo ver nada. Não consigo sair de dia, porque minha cabeça dói mais do que já anda doendo normalmente.

— Se você tivesse me deixado em paz, eu não precisaria ter feito isso.

Ele apontou a faca para mim.

— E se *tu* tivesse calado a boca e parado de chutar, teria dado muito menos trabalho pra nós dois.

Bom, *aquilo* não deixava de ser verdade.

Sully voltou a cutucar a sujeira das unhas.

— Uma vez eu conheci um cara — começou, do seu jeito meio aleatório — que tinha devorado a mãe. Claro, ele pode ter dito isso só pra ver minha reação. Mas eu num tinha medo de nada nem de ninguém, nem de um cara que tinha comido a própria mamãezinha.

— O Lee provavelmente comeu o pai dele — falei. — Com certeza dá conta de dar um jeito em *você*.

Os olhos do meu avô brilharam no escuro.

— Num tá escutando não, guria? Num te falei que todo mundo faz isso?

Ouvi uma porta bater no fim do corredor, depois outra série de passos pesados e constantes se aproximando. Era Lee. Eu tinha certeza.

— Me pergunto por que você falaria isso, sendo que não é verdade — comecei, cautelosa. — Você sabe o que vai acontecer, Sully. Pode até me comer, mas depois o Lee vai comer *você*. É o que ele faz. Come as pessoas que o mundo fica melhor sem.

Uma chave virou na fechadura. A porta ficou contida pela tranca interna.

— Maren? Maren, tá aí?

Sully me fulminou com o olhar. Correu a mão pelo que ainda restava do cabelo.

— É pra contar que você tá aqui? — perguntei. Era estranho estar me sentindo tão calma sabendo que ele poderia dar o bote e me apunhalar com a faca a qualquer instante. Lee estava tentando outro jeito de abrir a porta. Dava para ouvir o som do solado de borracha guinchando no chão enquanto ele forçava a tranca, os estalidos de metal contra metal. — Ele vai conseguir entrar — falei. — O Lee sabe como arrombar todos os tipos de fechadura.

Era agora ou nunca, então. Sully pulou na minha direção, mas eu estava preparada. Segurei sua mão direita com firmeza, e assisti quase com apatia ele ajustar a pegada no cabo da faca com a esperança de me atingir na mão.

— Já tô chegando, Maren!

Soltei o braço de Sully no último instante, e ele cambaleou na direção da cama até enfiar a lâmina no travesseiro. Subi nas costas dele e agarrei a arma por trás, e no mesmo instante a trava da porta cedeu e a porta se escancarou. Sully se virou para Lee com uma expressão de surpresa, quase de medo, e naquele momento pareceu inacreditavelmente frágil para alguém que tinha passado o último mês me caçando.

Lee mal me olhou; só pegou Sully pelo braço enquanto a porta batia. Soltei o homem.

— Espera no banheiro — falou Lee.

Corri até a porta e a tranquei enquanto Sully dizia:

— Ei, espera um momentinho, piá...

Lee só respondeu:

— Não me chama assim.

Entrei na banheira, puxei a cortina e apertei os olhos com a mão até começar a ver cometas. Sete minutos, mais ou menos. Eu estava em segurança agora. Quase em segurança.

Lee enfim bateu na porta.

— Posso entrar? — perguntou. Não respondi, mas ele entrou mesmo assim. Ajoelhou ao lado da banheira e abriu a cortina de plástico. — Tudo bem aí? — perguntou enquanto me abraçava, o bafo me atingindo no rosto. Senti vontade de vomitar. — Foi mal. Vou escovar os dentes.

— Ele disse que tinha dado um jeito em você.

— Vou ficar surpreso se aquele cara tiver contado uma verdade na vida.

Ergui o olhar.

— Obrigada — falei.

— Não tem de quê. — Ele pegou minha mão e me puxou devagarzinho. — Vem. Vou te ajudar a sair da banheira.

Lee lavou o rosto e as mãos e escovou os dentes com a escova de Kerri-Ann enquanto eu voltava até o quarto. O lugar nunca fora lá muito aconchegante, mas agora parecia menos ainda, embora Lee já tivesse tirado os lençóis e coberto o colchão nu com a colcha florida de Kerri-Ann. Me encolhi o máximo possível na ponta da cama. Conseguia ver, de canto de olho, uma sacolinha de mercado amarela pousada no chão ao lado da porta, as alças fechadas com um nó e o plástico estufado de restos humanos. Não que meu avô tivesse sido uma pessoa lá muito humana.

Lee voltou, se sentou na cadeira da escrivaninha e esfregou os olhos.

— Não consigo acreditar em como quase te perdi — falou.

— Por que você voltou mais cedo?

Ele encolheu os ombros.

— Só tive a sensação de que devia.

Vi uma coisa esquisita jogada para fora do armário aberto no canto do cômodo. Algo que lembrava uma corda. Então Sully tinha guardado a mochila no quarto antes de ir me procurar na biblioteca.

Lee acompanhou meu olhar e se levantou para investigar. Escancarou a porta e pegou o cordão feito de cabelo.

— Mas que porra...?

Conforme puxava e revelava mais e mais da corda, a expressão de Lee foi se intensificando — era como se tivesse encontrado um dedo decepado no meio da salada, como se ele mesmo também não fosse um comedor.

A peça foi se empilhando no linóleo conforme Lee a tirava da mochila. Era tão longa que ficava difícil de acreditar que tinha qualquer outra coisa na mochila.

— Que bizarrice — murmurou Lee. — Tipo uma Rapunzel Frankenstein zumbi.

Dei uma risadinha ao ouvir o termo, apesar dos pesares.

Quando ele enfim chegou na outra extremidade do cordão, olhou para mim com o rosto tomado pelo mesmo misto de fascínio e nojo que eu tinha sentido naquela noite na casa da sra. Harmon.

— Você já tinha visto isso? — perguntou ele.

Confirmei com a cabeça.

— Aquele cabelo ali, perto da ponta, é dela.

Mas o cordão estava um pouco maior desde a última vez que eu o vi. Vislumbrar a peça inteira pela primeira vez me fez pensar que se Sully só comesse quem já tinha morrido haveria muito mais trechos cinzentos, brancos e grisalhos ao longo da corda.

Lee a chutou de lado e se sentou na cadeira, encarando o objeto.

— É a coisa mais repugnante que eu já vi.

— Duvido, não sei por que... — falei.

Ficamos em silêncio, olhando para a mochila, como se outra surpresa terrível pudesse se esgueirar para fora dela a qualquer momento.

De repente, fui tomada pela necessidade de me livrar daquilo imediatamente. Me levantei num salto, enfiei a corda de cabelo de novo dentro da bolsa, agarrei a mochila pela alça e comecei a arrastá-la pelo chão.

— Onde você tá indo?

— Jogar isso no lixo.

— Espera. — Ele se levantou e puxou a alça da minha mão.
— Não faz isso.

— Eu tô exausta de vasculhar as coisas de outras pessoas, Lee.
Principalmente não quero ter que vasculhar *isso*.

— Você não precisa olhar.

— E isso nem é o pior, tá? Você precisava ver o que ele me
deixou na mesa em que eu estava na biblioteca. — Estremeci. —
Ele matou o gatinho da sra. Harmon.

Por um instante, nos encaramos em silêncio.

— Eu vou continuar me sentindo assim? — continuei. —
Mesmo sabendo que ele tá morto?

— Demora um pouco pra acalmar os nervos, só isso — respondeu ele. — Vai passar. Por que você não toma uma ducha?
Prometo que não te falo o que quer que tenha na mochila.

Já debaixo da água quente, comecei a me sentir um pouco
melhor. Quando saí do banheiro, Lee me mostrou um maço grosso
de notas de vinte.

— Viu? Por isso que falei pra você não jogar tudo no lixo.

— Não quero esse dinheiro — falei. — É da sra. Harmon.

— Ela não foi a única.

Ele estava certo. Eu não sabia o que dizer, então peguei a cópia
de *O médico e o monstro* de Kerri-Ann e a abri. Mas não consegui ler muito; sentia o olhar de Lee sobre mim.

— O que foi? — perguntei, enfim.

— Eu adoro sua expressão quando você tá lendo. É como se
você fosse pra outro lugar mesmo.

— Você fica me olhando enquanto eu leio?

Ele encolheu os ombros.

— Você fica tão entretida que nunca nem percebeu. — Ele
fez menção de falar mais alguma coisa, mas só lambeu o dedão e
começou a contar o dinheiro enquanto eu voltava para a leitura.

Depois de um tempo, anunciou:

— Quinhentos e oitenta e nove dólares. — Estava com uma bolsinha na mão. — E tem mais coisa aqui. — Lee deu uma chacoalhada nela, fazendo o conteúdo tilintar. — Aposto que são joias.

— Posso ver?

Ele me entregou a bolsinha. Abri o cordão e derrubei as peças no colchão. E ali, entre outras coisas que eu nunca tinha visto, estavam os anéis de opala e pérola que eu havia organizado na lareira da sra. Harmon.

Lee ergueu o olhar da mochila.

— Encontrou alguma coisa sua?

— Não — falei. — Da sra. Harmon.

Tirei os anéis do meio do montinho de outras joias e os coloquei na palma da mão aberta. Queria enviar os itens para a sobrinha da senhora, mas não fazia ideia de como encontrar o contato dela. Corri o dedo pelo medalhão no meu pescoço e pensei no bolo de cenoura e no casal de noivos na cidade de *O Mágico de Oz*.

— Que loucura. — Lee riu, tirando outra coisa da mochila. — Ele era tipo um Papai Noel demoníaco. — Ergueu o cantil manchado de Sully e abriu a tampinha. — Tim-tim! — E tombou a cabeça para trás, dando um longo gole.

— Tem certeza de que é uma boa ideia botar a boca nisso aí? — perguntei.

— E faz diferença? — Ele limpou o bocal do cantil com a barra da camiseta e me entregou. — Eu não devia ter escovado os dentes.

— Não, valeu.

— Tem certeza? É uísque do bom.

Ele se levantou e se juntou a mim na cama. Peguei o cantil e dei uma golada, tossindo quando o álcool desceu queimando minha garganta.

— Credo — falei, e bebi de novo. — Que troço horrível.

272

— Mas você continua bebendo, né?

Nossos dedos se tocaram quando devolvi o objeto a ele.

— O gosto é péssimo, mas esquenta tudo aqui dentro.

De repente, nada mais me incomodava: nem a lembrança da faca de Sully na minha garganta, nem os ossos dele acomodados como uma pilha de cascalho no estômago de Lee. Eu não estava nem aí com o fato de que meu avô nunca iria me levar para pescar. Que eu não tinha nenhum dinheiro meu de direito, ou que meu pai acordaria pelo resto da vida esperando uma visita minha, ou que havia a possibilidade de alguém bater à porta de Kerri-Ann, ver a luz ou ouvir nossas vozes, e chamar a segurança do campus. Dava para entender por que as pessoas se viciavam em bebida.

Puxei o edredom até o queixo.

— Toma. — Ele estendeu o cantil de novo. — Termina.

— Não, valeu.

Tinha a impressão de que, se bebesse mais um pouco, aquela sensação quentinha e confortável de não estar dando a mínima para nada iria sumir. Eu estava fraca, mas num bom sentido. Aquela noite seria repleta de sonhos felizes.

Lee deu de ombros, virou de novo o cantil e o depositou vazio na mesinha de cabeceira.

— Hora de dar o dia por encerrado.

Ele se levantou e apagou a lâmpada do teto. Havia uma luz vinda do outro lado do pátio, suficiente para ver tudo dentro do quarto. Ele tirou a camiseta e a jogou na cadeira; depois, erguendo a mão ao rosto para sentir o próprio bafo, foi até o banheiro usar a escova de dentes de Kerri-Ann.

Voltou desabotoando a calça.

— Faz quanto tempo que a gente se conhece, Maren? Só três meses, mesmo?

De repente, falar qualquer coisa, mesmo um simples "sim" ou "não", parecia exigir um esforço inacreditável. Um calor e peso se espalhavam pelo meu corpo, fazendo minhas pálpebras fecharem e minha língua parecer adormecida.

Mas ainda mantive os olhos abertos a tempo de ver Lee terminar de se despir. Ele tinha um corpo bonito. Quando se curvou para a frente ao tirar o jeans, vi pela luz da rua a parte de baixo das costas dele, brilhando como se a sombra do garoto fosse feita de ouro em vez de escuridão. Pensei naquela primeira noite, quando adormeci no colchão de água e ele foi dormir no sofá. O colchão de ar inútil jazia murcho num canto. Quis perguntar "Por que você vai dormir aqui? O que mudou de ontem pra hoje?".

Ele deixou a calça toda amarrotada no chão e subiu na cama, passando por cima de mim para se acomodar com cuidado no espaço entre a parede e meu corpo.

— Tudo bem eu ficar aqui? Você tá confortável com isso?

Como mais eu estaria?

— Sim — sussurrei.

Ele pousou a mão no meu ombro.

— Maren...

— Hm...? — Apesar da minha mente estar meio enevoada, fiquei maravilhada com minha capacidade de parecer não me importar.

Ele deu uma risadinha.

— Você vai estar com uma baita ressaca amanhã de manhã.

— Mas eu só bebi um tiquinho!

— Já é muito pra quem não tá acostumada. — Ele acomodou o queixo no meu ombro. Parecia querer falar alguma coisa, mas não consegui perguntar o que era. Lee enfim continuou: — Quando te vi aquela noite no corredor de doces... O que eu quero dizer é que eu senti. Alguma coisa. Sei lá. Tudo o que sei é que te vi e senti.

— Sentiu o quê?

— Isso — respondeu ele. — Eu sabia que isso ia acontecer.

274

Isso? O que era *isso?* O calorzinho se esparramava por mim, membro por membro. *É só dormir*, pensei. *Dorme e esquece disso.*

— Você sabia o que eu era? Desde o corredor de doces?

— Não tive certeza até ver você no carro. — Ele deve ter sentido eu me encolher de constrangimento, porque continuou: — Foi mal. Sei que você não gosta de lembrar daquilo.

Nenhum de nós falou por um tempo. Ele ainda estava apoiado num dos cotovelos, a mão livre pousada no meu ombro. Depois, começou a me fazer cafuné.

— Seu cabelo... — murmurou Lee. — Ele teria usado seu cabelo.

Eu nunca tinha prestado atenção de verdade no meu cabelo. Era longo, escuro e sem nada de especial, mas quando Lee encostou na minha cabeça os fios se transformaram em pura seda. Com dedos carinhosos, ele afastou as madeixas do meu pescoço. Inclinou a cabeça e deu um beijo ali, no exato lugar por onde a gente começava.

— Não — falei.

— Por que você não quer, ou por que eu não deveria?

— Não... Porque... você não deveria.

— Eu sei que te tratei com frieza. — Ele correu os dedos pelo meu braço. — Sinto muito, mesmo. Você sabe que eu precisava fazer aquilo.

E, sob aquela calidez pesada, sob a segurança que eu tinha conjurado de dentro de um cantil, senti o estômago roncar.

12

Quando acordei, Lee não estava em lugar nenhum. Tinha um gosto ruim na minha boca. Não restava dúvidas do que eu havia feito.

Era uma manhã sombria e cinzenta, e no quarto havia coisas que não deveriam estar ali. O chapéu de Lee estava na mesa, onde ele o deixara. A calça jeans, embolada no chão. Vi outras coisas sem as quais ele não conseguia viver, partes dele que nunca devia ter visto por trás dos panos.

Fechei os olhos e inspirei o cheiro do garoto que ainda persistia nos lençóis. Quando ele me abraçou, todos os problemas haviam se dissipado, todas as coisas tenebrosas e feias e apodrecidas dentro de mim. Lee tinha me purificado. Tinha me deixado ir em frente. Mas fiquei deitada na cama por um bom tempo, desejando que ele não tivesse feito aquilo, do fundo do meu coração. Agora, o nome de Lee estava escrito ali também.

Quando voltei da biblioteca naquele dia, havia um bilhetinho rosa colado na porta.

> K-A: Por que você não apareceu no café da manhã de boas-vindas da fraternidade Delta? Tava de ressaca, é? Me liga assim que puder. — Melissa

Não soube como reagir. As coisas não podiam continuar como estavam, podiam? A qualquer momento, alguém iria me encontrar no quarto de Kerri-Ann.

Na manhã seguinte, estava devolvendo os livros às prateleiras quando vi um menino me observando de uma das mesas de estudos. Era mais velho — tinha cara de estar no segundo, talvez até terceiro ano da faculdade — e, embora fosse sarado como Lee, vestia uma camisa de alfaiataria que o fazia parecer um funcionário de banco.

Quando terminei de guardar tudo, peguei um livro chamado *As lendas da Babilônia* e me sentei na mesma mesa que o garoto, de frente para ele. O conteúdo era bem denso, mas era gostoso *tentar* entender. Também era gostoso saber que seus olhos se desviavam do livro e atravessavam a mesa para recair no meu braço.

Depois de uns quinze minutos, ele arrancou uma página do caderno e a deslizou pelo tampo. *Desculpa a intromissão, mas vi que você tá lendo sobre a Babilônia. Conhece* Sonhei com o rio Tigre, *do Reginald Toomey?*

Neguei com a cabeça, e ele continuou escrevendo. *Procura depois. Se o daqui da biblioteca já estiver com alguém, posso te emprestar o meu.*

Valeu, escrevi. *É muito legal da sua parte.*

Você vai cursar arqueologia ou antropologia?

Ainda não decidi.

Tô fazendo os dois ao mesmo tempo. Seria um prazer responder qualquer pergunta que você possa ter. Já leu alguma coisa do Claude Lévi-Strauss? Ou da Margaret Mead?

Ficamos nisso por alguns minutos, trocando bilhetes sobre os livros e as matérias que ele estava cursando. Ele era bonito, e passava o tempo livre na biblioteca por escolha própria. A gente tinha muito em comum.

Eu sou o Jason, escreveu ele, enfim. *Prazer em te conhecer.*

Escrevi meu nome sob o seu, e ele abriu um sorriso tão perfeito que poderia muito bem ser garoto-propaganda de um comercial da Colgate.

Ou da Listerine, disse uma vozinha na minha cabeça.

Foi sua próxima pergunta. É claro. *Você namora?*

Olhei para o garoto — que olhando-me olhava de volta, dolorosamente fofo — e, porque sabia que não podia facilitar as coisas para ele, respondi: *Sim*. Não precisei nem virar a folha de papel; senti ele fazer uma cara de triste enquanto eu terminava de escrever. *Desculpa*, acrescentei. *Valeu pelas ótimas dicas de leitura.*

Eu teria dado elas independente de qualquer coisa, escreveu ele. *Espero que acredite em mim.*

Fiz que sim com a cabeça, sorri e juntei meus livros. Estava fadada a trombar com ele de novo. Ele estudava ali; devia frequentar a biblioteca quase todo dia.

Às vezes eu assistia a alguma aula, lia o material e pensava no que iria escrever se estivesse mesmo matriculada na matéria e precisasse entregar um trabalho sobre os jivaros, do Equador, que costumavam encolher a cabeça dos inimigos. Talvez ainda fizessem isso. Jason me espiava por entre as prateleiras, e eu deixava.

Certo dia, cansei de ler e comecei a guardar os livros devolvidos nas respectivas prateleiras, como sempre. Enquanto voltava para pegar mais alguns, vi um homem parado no fim do corredor, o cotovelo apoiado no carrinho cheio de livros para devolução. Estava vestindo uma camisa de botão de mangas curtas, ligeiramente amarrotada e de tecido tão fino que dava para ver os contornos da blusa branca de algodão que usava por baixo. Não consegui ignorar as marcas redondas de suor nas axilas. Não era um pensamento legal de se ter, mas escapou antes que eu pudesse me autocensurar — ele era *tosco*. O nariz, os braços, o formato do rosto. O cabelo dele pendia comprido e embaraçado ao redor das orelhas, e ele parecia estar sem se barbear havia alguns dias. Era mais baixo que eu. Eu via aquele rapaz quase todo dia, respondendo a perguntas no balcão da recepção, mas nunca tinha prestado muita atenção nele antes.

Fiquei parada ali, nervosa, e pensei em fingir que estava procurando algo nas prateleiras como se meu plano não fosse devolver todos os livros que estavam no carrinho no qual ele apoiava o braço branco e macilento. Ele estava me encarando, com o canto da boca retorcido no que, para ele, provavelmente era um sorriso.

— E eu pensando, esse tempo todo, que os livros estavam voltando sozinhos pras prateleiras.

— É um bom jeito de passar o tempo — respondi.

— Você não tem coisas pra ler pras suas matérias?

— Já terminei.

— Fica à vontade. — Ele deu um passo para o lado, e ergui um monte de livros nos braços.

Ele pegou um lápis que alguém tinha largado no carrinho e bateu a pontinha no nariz.

— Os auxiliares aqui recebem seis dólares e cinquenta por hora. Você só precisa se inscrever com o diretor da biblioteca. — Com o lápis, apontou para o escritório de paredes de vidro no canto do salão. — Geralmente a carga é de dez horas por semana, mas a gente tá sem mão de obra no momento, então você pode dobrar os turnos sempre que quiser. — Fez uma pausa. — Você é caloura? — perguntou, e assenti. Ele estendeu a mão. — Eu sou o Wayne. Sou aluno de doutorado.

— Meu nome é Maren.

— Prazer em te conhecer — respondeu ele, e de repente entendi a diferença entre secura e sarcasmo.

Decidi que gostava dele. Wayne e eu nunca seríamos amigos, para a sorte dele, mas ele deixava claro que me respeitava, e aquilo era muito importante para mim.

Troquei o peso de perna.

— Você tá fazendo doutorado em quê?

— Biblioteconomia. — Ele deu de ombros. — Nada interessante. — Trocamos um sorriso. Ele se virou para ir embora, depois mudou de ideia. — Escuta... Eu vou falar com o Henderson. Ele é o diretor. Você já tá trabalhando faz uma semana e meia, então vou só dar um jeito de fazer com que te paguem de agora em diante.

— Valeu. — De repente, me senti tão grata que quase chorei. — É muito legal da sua parte.

Wayne encolheu os ombros mais uma vez antes de voltar para a recepção. Retornei para as prateleiras com os braços cheios de livros de engenharia, sorrindo que nem boba, como se não tivesse mais nada com que me preocupar.

Quando saí da biblioteca naquela tarde, peguei uma cópia do jornalzinho do campus. Comprei um sanduíche na cafeteria e abri o jornal na mesa enquanto comia, olhando os classificados à procura de quartos para alugar. A opção mais barata ficava a apenas meia dúzia de quarteirões dali, o que tornava os duzentos dólares do aluguel um pouco suspeitos.

Registre seu interesse na rua Front, 355, das 10h às 18h.
Vagas apenas para moças.

A pensão era uma construção vitoriana descuidada e decadente — tinha alguns móveis em vime jogados no alpendre e gnomos de jardim com a pintura descascando das carinhas felizes. O lugar estava caindo aos pedaços, mas não era desagradável. Uma mulher, tão idosa quanto a sra. Harmon, embora bem mais gordinha, atendeu quando bati à porta.

— Olá — falei. — Vim por causa do anúncio do quarto.

Ela assentiu e deu um passo para o lado para que eu pudesse entrar. O vestíbulo tinha cheiro de mofo e pastilhas para tosse. Partes do tapete clássico tinham se desgastado e virado manchas acinzentadas. Por uma porta aberta à esquerda, dava para ver um sofá marrom cheio de almofadas bordadas.

— Você não parece ter idade pra morar sozinha — comentou a senhora.

— Eu sou caloura.

— Não se deu bem com sua colega de quarto? Bom, ninguém vai te incomodar aqui. Só pego três inquilinas por vez, apenas moças, e as outras duas são tão quietinhas que parece que o gato comeu a língua delas. Quase não as vejo. O uso da cozinha é vetado, mas você vai comer na faculdade mesmo, então não tem problema. Quer ver o quarto?

— Sim, por favor.

Ela apontou para a escada.

— É a segunda porta à direita. O banheiro fica no fim do corredor. Você me perdoa eu não ir te mostrar — falou ela. — Não consigo mais subir muito as escadas.

Assenti e fui para o andar de cima. O quarto era pequeno, mas muito limpinho, com uma escrivaninha e uma cômoda e uma cama de solteiro com lençóis brancos. Abri a porta do armário, e uma fileira de cabides de metal baratos tilintou no varão. A janela estava fechada, mas dava para ouvir crianças rindo em algum quintal próximo. Quando ergui os olhos, vi um crucifixo pendurado sob a porta.

A senhora ainda estava parada no corredor quando desci.

— E então? — Ela parecia ir direto ao ponto, mas não era grosseira. Não conseguia nem imaginar a idosa me chamando para tomar um chá com bolinho na cozinha.

— Posso ficar com o quarto?

— O aluguel é duzentos dólares por mês. O depósito equivale ao primeiro e o último mês, então você paga quatrocentos e tá tudo certo. Se estiver de acordo, é seu.

— A senhora aceita pagamento em dinheiro?

Ela ergueu as sobrancelhas.

— Você tá com todo esse dinheiro aí? — indagou ela. Peguei na mochila o que ainda restava da grana de Travis e separei quatrocentos dólares em notas de vinte. — Não é muito esperto ficar andando por aí com toda essa dinheirama.

— Normalmente, eu não ando. — Entreguei o dinheiro, e ela umedeceu o indicador para conferir o valor.

— Bom, você parece uma boa garota, mas acho melhor avisar de qualquer jeito: minha regra é que o único garoto que entra nessa casa é meu neto. Ele faz uns bicos pra mim de vez em quando, então se trombar com ele algum dia, não precisa assustar.

— Sem problemas — respondi.

Em seguida voltei para o alojamento de Kerri-Ann, guardei minhas coisas e fechei a porta ao sair.

Eu tinha um emprego. Tinha um lugar para morar. Devia estar empolgada.

Era verdade o que a sra. Clipper tinha dito sobre as outras duas inquilinas — embora estivessem mais para fantasmas do que para alguém de quem o gato comeu a língua. Eu as via uma ou duas vezes por semana, sumindo quarto adentro com os cabelos morenos pingando, enroladas em toalhas brancas. Certa vez, na calada da noite, tive a certeza de ouvir a voz de um homem enquanto dois conjuntos de passos subiam a escada silenciosamente; ouvi barulhos vindo do quarto ao lado, mas, de manhã, apenas uma pessoa — a de passada mais leve, minha colega de pensão fantasmagórica — desceu. Quis bater na porta dela, mas sabia que ela negaria tudo. Pensei em Travis, e me perguntei se havia gente por aí que fazia o que eu não tinha tido coragem de fazer. Devia ter.

Criei uma rotina. Guardava os livros nas prateleiras, passava o intervalo do almoço comendo um sanduíche de atum e lendo um livro da Anne Rice num recanto escondido da biblioteca, depois voltava para o meu quartinho na casa da sra. Clipper e terminava os livros que tinha começado durante o dia. Tinha duas manhãs livres por semana, e aproveitava para assistir a alguma aula, anotando o conteúdo como se minhas notas dependessem daquilo. Nos dias em que Jason estava na biblioteca, minha rotina ia por água abaixo — principalmente quando ele me seguia enquanto eu trabalhava.

— Leu algum artigo interessante esses dias?

Arquejei e ergui os olhos da última pilha de livros que levava abraçada ao peito. Jason deu um sorrisinho, como se estivesse feliz por ter me assustado.

— Desculpa — sussurrou ele.

— Tudo bem. — Olhei a etiqueta na lombada do próximo volume e me afastei do garoto para procurar a prateleira certa.

Ele chamou meu nome, e tentei não estremecer.

— Você pode largar os livros rapidinho? — pediu. Pousei a pilha numa prateleira próxima, e ele avançou um passo. Senti meu corpo se virar no automático de frente para ele — como metal atraído por um ímã, uma flor pelo sol. Ele suspendeu a mão no ar entre nós. — Posso?

Fiz que sim com a cabeça. Ele ergueu o medalhão com cuidado, apertou o botãozinho e a tampa se abriu. Do lado de dentro, Dou-

284

glas Harmon presenteava um fotógrafo falecido há muito tempo com um sorriso de astro de cinema.

— Que carinha boa-pinta — comentou Jason. A camisa dele cheirava levemente a sabão em pó, e, quando respirou, senti o cheiro fraco de bacon sob um toque de Listerine sabor hortelã. — É seu avô?

Quem me dera.

— Ele não foi avô de ninguém, acho.

Jason franziu a testa, mas nem dei a ele a oportunidade de perguntar se eu tinha encontrado o colar num brechó. Recuei e o medalhão escapou da mão dele, e senti como a peça estava um pouco mais quente do que antes ao pousar contra minha pele.

— Melhor eu voltar pro trabalho. — Larguei ele ali parado no meio do corredor, a mão erguida como se a foto de Douglas Harmon ainda estivesse entre seus dedos.

Nunca mais usei o cordão depois daquilo. De repente, parecia errado estar usando o lembrete do amor da vida de outra pessoa, sendo que eu jamais poderia ter o meu.

Semanas se passaram, e comecei a me vestir diferente. Cardigãs pretos, saias pretas, meias pretas de renda. Achei que Jason talvez fosse achar minhas pernas mais bonitas. Me debruçava sobre fotografias de esculturas babilônicas no Museu Britânico, monstros lindos em granito polido. *A criatura atrai o tolo aventureiro com o perfume fantasmagórico de jardins suspensos, tentando-o a esquecer que todas as flores tinham virado pó mil anos antes. São os últimos momentos dele como homem.*

No meio de novembro, Jason me encurralou enquanto eu carregava mais uma pilha de livros e me convidou para a festa do Dia de Ação de Graças.

— Não posso — falei.

— Não tem problema você ser vegetariana ou coisa do tipo — acrescentou ele, sem pestanejar. — Vai ter muita coisa além de peru.

Balancei a cabeça, tentando não sorrir.

— Eu não sou vegetariana — afirmei. — Mas valeu pelo convite, Jason. Você é muito gentil.

Na primeira semana de dezembro, ele me seguiu até as estantes com um formulário amarelo na mão. Era um que devia ser preenchido caso algum livro muito antigo ou obscuro precisasse ser emprestado, que não ficava nas prateleiras normais, e algum bibliotecário precisava ir buscar. Mas o lugar para fazer uma requisição daquelas era na recepção.

Jason chegou bem perto de mim, e o hálito quente dele soprou no meu pescoço.

— Tô precisando desse livro — disse, baixinho. — Acha que consegue me ajudar?

Concordei com a cabeça, peguei o papel da mão dele e andei pela seção mais silenciosa da biblioteca. Digitei uma senha numa porta nos fundos, e ele me seguiu até a área dos livros que não ficavam expostos. Fui à frente mostrando o caminho, virando à esquerda e à direita, ziguezagueando até os fundos. As luzes no teto zumbiam e piscavam, apagando por vários segundos, e dava para sentir o cheiro de poeira e mofo nos livros antigos — paredes cheias de palavras que eu provavelmente nunca leria.

Enfim, me virei e olhei para o rapaz. Estava parado no meio do corredor, os dedos percorrendo distraidamente as lombadas de volumes raros encadernados em couro enquanto esperava para ver o que eu faria.

Me virei e comecei a desabotoar a blusa preta cheia de babados de Kerri-Ann, e o ouvi arquejar. Abri o último botão e tirei a blusa, e quando me virei os olhos dele estavam brilhando, as mãos já na fivela do cinto. Os pelinhos do meu braço arrepiaram, e senti um frio na barriga enquanto embolava a blusa e a enfiava atrás de uma fileira de livros.

— É seguro a gente fazer isso aqui? — Ele estava tirando o cinto, abrindo a braguilha. — Certeza de que ninguém vai encontrar a gente?

— Não tenho certeza de nada — falei, e estremeci. Às vezes, a gente só percebe como uma coisa é verdadeira quando a coloca em palavras.

— Ai, meu Deus. — Jason passou a mão pelo elástico da cueca. — Ai, meu Deus.

Olhei para o chão.

— Não tô tentando te deixar com tesão.

Pelo contrário, mas se eu tinha acreditado nas palavras enquanto as pronunciava, depois já não sabia mais se eram verdadeiras ou não.

— Bom... — sussurrou ele, se aproximando um passo. — Não tá funcionando.

Com a mão livre, ele correu o dedo pela minha clavícula, puxando de leve a alça do meu sutiã. Estremeci de novo quando ele passou a mão pela lateral do meu corpo, afundando os dedos na minha cintura. Senti o bafo dele de novo, vestígios de um café da manhã gostoso sob o cheiro artificial de hortelã.

— Só tirei a blusa pra não me sujar — falei.

Ele sorriu.

— Então talvez seja uma boa tirar a saia também.

Neguei com a cabeça e recuei um passo, saindo do alcance dele.

— Sabe qual é a Classificação Decimal de Dewey para o tema "canibalismo", Jason? — questionei. Ele ficou me olhando, sem entender. — É três, noventa e um, ponto nove. — *Fatos. Fatos me confortam.* — Quer que eu te diga por que sei disso?

Ele riu enquanto se aproximava, a mão ainda enfiada dentro das roupas de baixo.

— Você vai me devorar, sua tracinha de biblioteca?

Dei mais um passo para trás.

— "Demonologia", um, trinta e três.

— Conta mais — sussurrou Jason. — Você é uma súcubo, Maren?

— Se você não for embora *agora*, eu vou te comer. Primeiro a garganta, depois o resto. — Respirei fundo e esperei, mas naquele breve instante um pensamentozinho horrível, uma memória, veio à tona sem que eu pudesse controlar.

Tem algumas coisas que nunca vou te contar, por mais que você pergunte. Todo aquele tempo, eu achava que queria saber.

Os olhos de Jason brilhavam na escuridão entre as estantes. Ele se aproximou e lambeu a linha do meu maxilar.

— Não achava que você era tão *perversazinha* assim.

Suspirei enquanto levava os lábios ao pescoço dele.

— Ninguém nunca acha.

AGRADECIMENTOS

Quando descobrem que sou vegana e escrevi um livro sobre canibais (carniçais, na verdade, mas "canibais" é mais fácil), as pessoas acham bizarro, cômico ou as duas coisas ao mesmo tempo. A explicação mais curta é que penso que o mundo seria um lugar muito mais seguro se nós, como indivíduos *e* como sociedade, analisássemos de forma séria e honesta a prática de comer carne, levando em consideração suas consequências ambientais e espirituais. Por isso, gostaria de agradecer a Will Tuttle, cujo livro *The World Peace Diet* [em uma tradução livre, *A dieta da paz mundial*] ajudou a esclarecer meus objetivos enquanto revisava *Até os ossos*. Também agradeço a Victoria Moran, mentora, amiga e superstar vegana.

Devo uma gratidão imensa à sra. Drue Heinz e a todos no retiro internacional para escritores de Hawthornden Castle, que me deu tempo e espaço (isso sem mencionar alimentação) para que eu pudesse reescrever o primeiro rascunho desta história em janeiro de 2013: Hamish, Ally, Mary, Georgina e meus colegas Helena, Kirsty, Melanie, Colin e Tendai — muito obrigada pelo apoio. Obrigada Ann Marie DiBlasio e Sally Kim, por escreverem cartas de recomendação que me trouxeram até aqui.

Também sou muito grata a Nova Ren Suma e a Rachel Cantor, pela empolgação precoce (quando tudo o que eu tinha era "canibais apaixonados!") durante o jantar no Dirt Candy, a Seanan McDonnell, por ser tão detalhista e cuidadosa como sempre, a Kelly Brown e McCormick Templeman, pela inspiração e pelo entusiasmo, e a Elizabeth Duvivier, Amiee Wright, Deirdre Sullivan, Diarmuid O'Brien, Ailbhe Slevin e Christian O'Reilly, por toda a gentileza e todo o incentivo. Meu amor a Maggie Ginsberg-Schutz e Sarah Paré Miller, por me hospedar em Wisconsin e a Gail Lowry e Paul Brotchie, por me ensinarem a fazer "picadinho de pobre". E, como sempre, obrigada a Brian DeFiore, Shaye Areheart, Adrian Frazier e Mike McCormack.

Minha agente, Kate Garrick, trabalhou muito em todas as versões deste livro. Ela foi além do que era de esperar da função dela, e fico muito grata por acreditar em mim. Sara Goodman, você é maravilhosa, e é um prazer fazer parte do seu catálogo. Um abraço para Alicia Clancy, Melissa Hastings, Olga Grlic, Paul Hochman, Lauren Hougen, Melanie Sanders, Courtney Sanks, Steven Seighman, Justin Velella, George Witte e todo mundo que amou este livro na St. Martin's, e a Hana Osman e o resto da equipe na Penguin UK.

Meu agradecimento, acima de tudo, vai para a minha família, para a de sangue e para a *que é como se fosse* — pessoas que sempre acreditaram que minhas histórias merecem ser lidas.

ESTA OBRA FOI COMPOSTA PELA ABREU'S SYSTEM EM CAPITOLINA REGULAR
E IMPRESSA EM OFSETE PELA GRÁFICA SANTA MARTA SOBRE PAPEL PÓLEN NATURAL
DA SUZANO S.A. PARA A EDITORA SCHWARCZ EM JANEIRO DE 2023

A marca FSC® é a garantia de que a madeira utilizada na fabricação do papel deste livro provém de florestas que foram gerenciadas de maneira ambientalmente correta, socialmente justa e economicamente viável, além de outras fontes de origem controlada.